AF483950

LOS DÍAS DEL JURAMENTO

Marcelo Leandro Cimadamore

www.marcelocimadamore.ar
palabrasdichas@hotmail.com

Cimadamore, Marcelo Leandro
  Los días del juramento / Marcelo Leandro Cimadamore. - 1a ed . - Trelew : Marcelo Leandro Cimadamore, 2020.
  254 p. ; 21 x 14 cm.

  ISBN 978-987-86-5618-2

  1. Narrativa Argentina. 2. Novelas de Aventuras. 3. Novelas de Ciencia Ficción. I. Título.
  CDD A863

Impresión bajo demanda: Amazon KDP
Hecho el depósito legal según ley 11.723

PRÓLOGO

Año 2013. A partir de una serie de entrevistas y consideraciones casuales, el joven Damián Pecat, bajo el amparo del periódico *Las Voces,* da a conocer su primer gran trabajo. Urgido por ajenas confesiones, refiere un episodio que tuvo como protagonista a un personaje famoso oriundo de San Sálfiro, lugar poco particular cercano a la ciudad de Orencia.

«Injusto sería no destacar la historia de hombres que fueron reducidos a meras imágenes desdibujadas», explicaba el director del periódico en una modesta conferencia durante el lanzamiento del libro. Agradecía a todos los entrevistados y se comprometía a salvaguardar algunos nombres reales por responsabilidad legal y moral.

Fruto de una verdad que pondrá el pasado en entredicho, en forma atrevida e inesperada, Damián Pecat hace pública una declaración libre y desconocida de sucesos acaecidos en el año 1963. He aquí el detalle de su indagación, nervio de su posterior crónica.

DAMIÁN PECAT

Tal vez no fuera profesional, pero a sus veintidós años el futuro que se forjaba parecía evidente. Damián explotaba su virtud con tanta pericia como naturalidad y sus cercanos lo sabían. También lo sabía el jefe de redacción.

Dos años llevaba en el periódico; su adaptación no había sido plena. «¡La cúspide de la lengua le tiene reservado un espacio!», farfullaba con sorna un colega que lo creía vanidoso. No percibía la sinceridad más pura e ingenua. Damián anhelaba ser escritor y no temía admitirlo, pese a que algunos opinaban que desarrollarse como periodista para finalmente dar la espalda al oficio era poco menos que anticipar un comportamiento desdeñoso. «No pretendas respeto, chico», le decían. «Aquí hay gente que ha dado la vida por contar una verdad. No estamos en una preparatoria».

Eran observaciones afectadas y él no las compartía. Sabía que tales sentencias cargaban propósito aleccionador, pero jamás se había burlado del oficio y, aun sin ser desdeñoso, sospechaba que en el periódico no existía sujeto capaz de dar la vida por una noticia. Trataban de impresionarlo.

Las Voces tenía gran historia en la ciudad, al margen de sus limitados recursos y de vivir a la sombra de *El Capitalino*, diario que avalaba su tinta con un centenar de años y el grueso de los lectores de la provincia. Era la referencia periodística ineludible, sobre todo en Orencia. Pero *Las Voces* —acaso para ser digno y no morir como competidor— en los últimos años había adoptado una metodología de trabajo poco conservadora y gustaba de distinguirse de la veterana editorial. Ya no respetaba los procedimientos ortodoxos y había saltado al formato digital en los albores mismos de la red, en una decisión bastante censurada. Ya por entonces algunos periodistas preguntaban si los periódicos debían ocuparse de captar el interés de la juventud o escribir para quienes auténticamente ansiaban informarse. El prestigio además se obtenía a partir del material impreso. En entornos intangibles todo fluía rápido y nadie dejaba huella.

Damián Pecat formaba parte de la plantilla de «colaboradores intermitentes», como en la sala se les decía. Usualmente cubría noticias que otros rehuían por su hipotética falta de trascendencia. Allí estaba él, libreta en mano —como reportero de la vieja escuela—, cuando en un barrio había que reseñar problemas cloacales; cuando en zonas campestres había que puntualizar dificultades asociadas a la falta de lluvias; cuando en el zoológico nacía algún ejemplar y cabía mencionarlo. Su inexperiencia lo acercaba a temas que en su contextura y superficie se adivinaban triviales. Otras veces revisaba en una computadora notas escritas por compañeros o colaboradores desconocidos. Identificaba incoherencias y errores tipográficos, pero no siempre los podía corregir. Ciertos periodistas eran quisquillosos y pedían que nadie tocase sus notas.

El jefe de redacción Agustín Ponce Arregui, no obstante, confiaba en la capacidad instintiva de Damián Pecat y, a poco de sumarlo a la plantilla, lo había puesto a trabajar al lado de Samuel Esvelón, un reportero distinguido que *Las Voces* le había robado a *El Capitalino* hacía varios años. Ambos adultos avizoraban el talento del joven y fomentaban su colaboración encargándole, a medida que las circunstancias lo permitían, trabajos de mayor trascendencia y relieve. El camino era largo; no había motivo para apresurarse.

Damián agradecía las atenciones, pero creía que en un futuro breve, brevísimo, al cabo de aprender el arte de la narración, dejaría de ser reportero y se lanzaría como escritor para salir del anonimato mismo en que había nacido.

Era un muchacho especial; derecho, pero de costumbres peculiares. Criado en el seno de una familia que lo había acogido de recién nacido, luego de que su madre biológica (una conjetura infundada) lo abandonase en la puerta de un hospital, podría haber crecido como un pequeño diablo y no faltó quien recomendase tener las antenas paradas, pues las malas sorpresas llegarían tarde o temprano. Pero nada de eso pasó. Damián creció como un chico bondadoso y sin ninguna malicia. Parientes cercanos nunca entendieron que él mentía o fabulaba no por picardía, sino porque le gustaba inventar historias. Era de mente despierta y tendía a aburrirse.

Ya de niño estuvo al corriente de su origen amargo. Supo que había sido adoptado desde que pudo entender qué cosa significaba ser adoptado. Creció asumiendo, por cuenta de la deducción e influencia del cine, que su madre no había podido encargarse de la crianza y que la decisión de dejarlo en la puerta de un hospital no era tan reprobable si se la razonaba; en los hospitales se encargaban de tareas afines, y más cruel hubiese sido abandonarlo en un contenedor de basura. Esta idea podría haber sido desoladora, pero nunca lo fue. Idealizó a sus padres y procuró dotarlos de facultades que estimaba distintivas; los volvió invisibles, menos humanos pero más respetables. Entrando en su adolescencia, comenzó a imaginarlos no como sujetos negados de Dios —o indignos del cielo—, sino como nómadas buscadores de algún destino inescrutable al que no hubiesen podido arrastrarlo siendo bebé. Los colmó, pues, de grandes convicciones y los reivindicó mental y emocionalmente. Puede que su llegada al mundo fuese producto de un contratiempo o una tentación mal administrada, pero jamás se dejaría inundar por despecho o encono. Esperar un encuentro irreal con sus progenitores era un pasatiempo inocuo; parte de un juego que no incluía indisposiciones, pero sí tentativas fantásticas. Podía esperar eternamente o dormir con una oreja en la almohada y otra en la puerta; volverse animal para salir a la calle y olfatear rastros; tal vez protagonizar casualidades magnificentes que se explicasen por sí mismas. ¿Valía viajar en el tiempo y espiar a quien lo había abandonado?

Era inquieto, observador e insatisfecho. Tanto su poder de imaginación como su avidez por escribir historias fantásticas tendrían origen en esta niñez llena de expectativas y esperas, y en una madre docente que le había enseñado a analizar cuanto texto caía en sus manos, por más que ello rebasase en complejidad a lo que por educación le ofrecían en la escuela. Parte de su revoloteo interno, del espíritu juguetón que infatigable lo llevaba a imaginar un encuentro con progenitores extraños, sería dignamente administrado por su madre del corazón para que todo no desembocase en una frustración inmanejable con matices patológicos.

Damián debía su naturaleza agitada al desafortunado origen, pero nunca renegaría de ello ni tampoco osaría jactarse. Obraría siempre con inteligencia; aprendería a canalizarlo. Las ansiedades e inquietudes no identificadas, desde luego, serían materia a tratar en su adultez.

Junto con sus dos hermanos se había criado sin mayores privaciones. Asistiendo a una buena escuela primaria, en donde su madre impartía clases, había aprendido a ignorar a quienes se burlaban no solo de su condición de adoptado, sino también de las extrañas manías que acusaba. Durante las clases agachaba la cabeza y se ponía a escribir o dibujar sin prestar atención al entorno; y como no era de naturaleza violenta o rabiosa, pues ni se defendía de sus compañeros y sin más se dejaba ofender. Tampoco se le daban bien las artes físicas; tenía cuerpo de niño y como niño quedaría... Dejaría de crecer a los doce años. Un metro sesenta centímetros y cincuenta kilogramos.

No parecía en la actualidad tener doce años, pero tampoco veintidós. Sus formas y conductas eran alegres pero recatadas, y solo por este rasgo último uno advertía que en realidad no estaba frente a un adolescente.

En la escuela una maestra lo encaminó hacia la escritura. Notó en él una inquietud que, pensó audazmente, bien podría encausarse a través de la palabra. Le dio pautas básicas. «Intenta escribir cuanto ocurra en tu cabeza. ¡Sí, todo lo que imagines! ¿Las historias de fantasía? ¡Absolutamente!». Así Damián escribió sus primeros cuentos, llenos de dragones y aventuras épicas, y dejó entrever su habilidad para sorprender gratamente a aquellos adultos que lo leían. No existía un mundo posible sin animales parlantes y sin una princesa en peligro que por centímetros escapaba de la muerte, siendo apenas arañada por la idea horrorosa y prohibitiva que la excluiría de una próxima invención. Recreaba a diario tales realidades y sus cercanos lo alentaban en ese juego primordial y saludable. Mientras chicos de su edad se debatían entre la televisión, los juegos electrónicos y la calle, él vagaba por una tierra imaginaria (poco tecnológica pero anacrónica) en la que seres bárbaros luchaban mortalmente sin derramar una sola gota de sangre, y bestias imposibles se dedicaban a sobrevolar castillos para atormentar tanto a los nobles como a los prisioneros. En tal escenario la dama en apuros, la que a menudo era raptada cuando caminaba distraída por sus jardines, tuvo un rostro específico y ya nunca lo cambió.

Aquella princesa un día recibió nombre y se llamó Anabel. Damián estaba en quinto grado cuando se enamoró de forma platónica. Durante las clases miraba a su compañera y escribía inspirado por aquello que le hacía sentir. Anabel se convirtió en amiga leal y aprendió a simpatizar con la conducta distante y reconcentrada de Damián. No lo juzgaba. A veces le hablaba y no recibía más que respuestas fuera de contexto o silencios, pero no lo juzgaba. Se acostumbró a la particularidad —que algunos veían problemática—, y juntos crecieron embargados por un idilio propio de los que van creciendo y descubriendo el mundo.

Llegaron a la escuela secundaria y allí compartieron su andar letrado. Damián era buen estudiante, tal como ella, pero no brillaba porque la escritura acaparaba su tiempo. No paraba de escribir; lo hacía día y noche, también en la escuela. Así afilaba su mente, decía. Pero en realidad se hundía en sus propias invenciones y nunca salía ileso. Sus urgencias, su relativa insatisfacción, lo llevaban a reincidir en conductas de niño reconcentrado y volvía, pues, a los silencios incongruentes y a las respuestas equivocadas. Se perdía en esos escenarios fatigosos y se dejaba ir cautivo por horas o incluso días. No podía luchar contra eso. Se hallaba continuamente al borde de un hallazgo, a las puertas de una historia que nadie en su sano juicio querría impedir. Si no era por causa de un cuento obstinado —uno de los que se le resistía—, siempre hallaba una obsesión creativa que él catalogaba como rudimento no desenvuelto. Nadie debía preocuparse. La solución estaba cerca. No podía estar confundido.

Anabel comenzó a estudiar psicología en la universidad. Él, en una tentativa ciega, también estudió la carrera durante un año. Fue una pérdida de tiempo; no retuvo un solo conocimiento. Abandonó para dedicarse de lleno a su pasión. Entonces escribía cuentos oscuros y dilemas menos agraciados y pueriles que el dragón de fuego que no dañaba a la princesa cuando esta lograba escapar en los brazos de un príncipe o sobre el lomo de un ave gigante que surgía convenientemente toda vez que se la requería.

Gracias a un profesor de la universidad, allegado a su madre, consiguió empleo en el periódico *Las Voces*. El hombre conjeturó que Damián podría allí practicar su arte, a la vez que utilizar la experiencia como trampolín. Su virtud se vería drásticamente enriquecida por el ejercicio de redacción al cual tendría que acostumbrarse.

El tipo le había augurado éxito de manera profética. Muchos escritores famosos, de renombre mundial, habían trabajado para periódicos y eso marcaba una pauta significativa. «Fueron grandísimos creadores, y sin embargo se iniciaron como reflectores de la rigurosa realidad. ¡Aprende! ¡Mantente atento! Todo autor debe sufrir su arte para encontrar el verdadero polo. Es cosa ineludible».

La capacidad de Damián no pasó inadvertida en el periódico y tanto Agustín Ponce Arregui como Samuel Esvelón pusieron el ojo en él. Esvelón, de hecho, lo adoptó rápidamente como protegido y comenzó a forjar con él una relación estrecha y profesional. Le enseñaba a la vez que aprendía. Decía Esvelón que la frescura del chico llegaba al oficio como preciada gratificación, para que las nuevas generaciones por fin supliesen al periodismo oxidado. Le tenía gran afecto.

EL TRABAJO

Lunes por la mañana. Damián acudió a su trabajo como cada inicio de semana. Los lunes debía presentarse en la redacción de *Las Voces* para comprobar si tenía alguna tarea asignada. Era la mecánica bajo la cual operaban los colaboradores intermitentes.

El básquetbol era en Orencia —y en la provincia— el deporte estrella. El club Atlético Lidonia era de los más populares, no tanto por sus logros sino por su masa fiel de hinchas. El periódico *Las Voces* era partidario gracias a su director, que años atrás había sido dirigente en la institución. El hombre llevaba el fanatismo en sus entrañas.

En los meses venideros, Atlético Lidonia se preparaba para celebrar el aniversario número cincuenta del único campeonato obtenido a lo largo de su historia, en el año 1963. Ante semejante ocasión, el periódico planeaba publicar un libro con imágenes, reportajes y crónicas de los protagonistas de aquella hazaña. Sumado a esto, el director proyectaba un apartado con biografías de los jugadores más salientes. Apenas cinco eran los hombres que a su juicio merecían trato distintivo. Todos ellos artífices del mentado torneo.

El jefe de redacción, Agustín Ponce Arregui, tenía ya pautada la elaboración del trabajo. Un periodista se encargaría de lo relativo al club desde su nacimiento —esto para darle un contexto al libro— y recapitularía la histórica campaña del año 63, partido a partido, con sus principales incidencias; otros tres periodistas se abocarían a la tarea de retratar a los emblemáticos jugadores poniendo énfasis en sus carreras, pero también en sus vidas. Se esbozarían biografías breves y se narrarían particularidades para darle al libro matices y ofrecerle al consumidor algo contundente. La conmemoración del logro deportivo sería una lícita excusa para reseñar de nuevo a aquellos grandiosos jugadores y ponerlos en boca de los fanáticos y de todo aquel que apreciara las crónicas del pasado. El director del periódico sabía que vender el libro en tales fechas sería neta ganancia.

El jefe de redacción le encomendó a Damián Pecat una tarea especial. Debía viajar a San Sálfiro, ciudad portuaria que quedaba a 170 kilómetros de Orencia, para indagar y escribir acerca de Julio Roizzino, el jugador emblema del club, el mismo que había brillado durante la temporada gloriosa. ¡Julio Roizzino! ¡Nada menos! Él se había retirado del deporte en forma abrupta e inesperada y, en la época, había causado gran revuelo. Sí, Julio Roizzino... El jugador... ¿No lo conocía? Bueno, eso no era importante. El caso es que Roizzino era uno de los jugadores más asiduamente recordados por la afición. ¡Debía considerarlo!

En la redacción había un elemento que a Damián le serviría para arrancar la *investigación*. Tendría que investigar. Una carta había llegado desde San Sálfiro —hacía ya unos dos años— instando a la gente del periódico a que escribieran una vez más acerca de Julio Roizzino. La petición —entonces— había sido ignorada porque Ponce Arregui consideraba falto de interés lo relacionado con el astro del básquetbol. Mucho se había escrito ya del exjugador y ningún periodista ni fanático sentía verdadera intriga por su persona. ¡Cuánto habían luchado para entender sus razones! ¡Quién se alejaba en tan alto punto de su carrera! Pero resucitar ahora a la figura opacada, dado lo que se avecinaba, podría juzgarse enorme acierto. ¿Esa carta tenía algún propósito puntual? Tal vez. «Julio Roizzino», farfulló Agustín Ponce Arregui. Otra vez ese tipo. Nadie sabía cosa cierta de él, pero los hinchas más veteranos encomiaban su recuerdo año tras año. En un sueño recurrente ellos esperaban que alguna figura actual le hiciera sombra. Y ahora ni siquiera vivía. ¿Qué había sido de ese hombre? ¿Al menos había sido feliz?

Julio Roizzino había muerto hacía ocho años y no mucho quedaba por decir. Por tal razón la carta enviada desde San Sálfiro había sido olvidada en un cajón del escritorio de Ponce Arregui. La oportunidad para indagar ahora, sin embargo, era perfecta. El libro homenaje lo requería y abría una nueva puerta. Damián Pecat debía elaborar la biografía de aquel hombre y también seguir el rastro de esa singular carta que contenía un mensaje de pocas líneas y el nombre de una persona que podía contactarse en un sitio específico. Las instrucciones eran claras, no así la intención del mensajero. Pecat viajaría al pueblo pesquero y recabaría datos en diferentes puntos que el jefe de redacción le había indicado. También buscaría al remitente de la carta. Tenía un plan.

Agustín Ponce Arregui consideró a Pecat para esta labor por dos causas, o tal vez por tres: primero porque supuso que otro periodista se hubiera negado a viajar a San Sálfiro, o lo hubiera hecho de mala gana, y segundo porque Samuel Esvelón le aseguró que el chico obraría competentemente. Aunque no averiguase algo de valor, escribiría del deportista algo meritorio y favorable. Otra razón —no menos importante de cara al proceso— es que Damián Pecat era educado y por naturaleza afable, cosa que resultaba conveniente. No había empleado en la redacción que pudiera preguntar o investigar sobre asunto semejante —y tan lejano— sin levantar una polvareda de antipatía. Muchos periodistas, a lo largo de los años, habían querido saber de Julio Roizzino y no siempre habían sido bienvenidos en San Sálfiro. Era un pueblo de gente arisca.

Según se viera, Damián tenía el mejor y más importante de los encargos. Cierto es que debía viajar y que ningún periodista sentía envidia por eso, pero también es cierto que Julio Roizzino era en definitiva el personaje más pintoresco para retratar en un libro. El aniversario del título de Atlético Lidonia era ideal para que el interés por el exjugador resurgiera. Todos sabían eso.

No viajaría Damián —exclusivamente— para contactar con el remitente de la carta; lo haría también para figurarse a Roizzino en ese pueblo inhóspito que había sido cuna. El jefe de redacción imaginaba una crónica con tintes biográficos que describiera al hombre y no tanto al jugador. Por eso le dio a Pecat la chance de desempolvar los archivos impresos de aquella lejana época, para escarbar no solo en la vida de este sujeto, sino en las circunstancias confusas de su retiro profesional. Seguía siendo este un aspecto primordial. Cuanto rodeaba a Roizzino estaba marcado no por la huella de sus triunfos, sino por su retiro imprevisto y por ende sorpresivo. Y la carta podía ser una luz de esperanza. Quién sabe. A lo mejor el tipo que la había enviado tenía algo relevante para decir. Tal vez en San Sálfiro se tenía conocimiento de alguna verdad que se ignoraba en Orencia o en Río Muyet, ciudad elegida por Roizzino para vivir hasta sus últimos días.

Samuel Esvelón sabía que Pecat ahondaría en la historia del deportista no solo para develar el misterio, sino para concebir un soberbio escrito que sacase al hombre del entierro y lo acercase a la gente. «Debes preguntar y luego repreguntar», le había aconsejado. Tenía que aprovechar el viaje a San Sálfiro para hablar con cuanto individuo tuviera algo para decir de Roizzino. En Río Muyet no podría sino toparse con los familiares del jugador, y se sabía que ellos no eran dados a ventilar detalles privados. Ya lo habían intentado.

Las biografías o reseñas incluidas en el libro tendrían por fuente de inspiración la voz del pueblo, el decir testimonial o resueno de la calle. Significaba esto que *Las Voces* reflejaría de los deportistas algo más que datos ya publicados. Se hablaría principalmente de las personas.

Frente a las consideraciones generales de Ponce Arregui y también de Esvelón, Damián se sentía animado. Era la primera vez que le encomendaban un trabajo de envergadura. ¿Podría escribir acerca de este hombre desconocido? ¿Podría hacerle justicia? Estaba por verse si llevaba el oficio en las venas.

Ir detrás de la historia de un sujeto que había perdido su tren de fama «por un misterio», un tipo que había dejado tras de sí una estela difusa, le provocaba placer y expectativa. Ignoraba lo que sus compañeros decían. «Es un encargo infructuoso, chico. No hay de Roizzino más que rumores deshilachados; ninguna pista que conduzca a la verdad. Supongo que pasarás buen rato, chico. ¡Indaga! A los pueblerinos les hacemos gracia los periodistas; nos creen dueños de la verdad. Harás buenos amigos...».

Damián sospechaba que solo por ir detrás de una leyenda tan controvertida, solamente por eso, experimentaría unas cuantas horas de trabajo reconfortante.

Siendo casi las once de la mañana, abandonó la redacción con objeto de alistarse para viajar unos pocos días. Para presentar el borrador contaba con cuatro semanas, así que realizaría una labor concienzuda y sin presiones.

Viajaba hasta el punto geográfico de investigación. No conocía San Sálfiro.

A poco de volver a su casa esa mañana, dispuso un modesto bolso de viaje, saludó a su familia e informó de la tarea que le habían encomendado. «Ah, sí. Julio Roizzino», dijo su padre. Y no dijo más porque él tampoco indagó. Estaba apurado y apenas sabía de Roizzino lo poco que había averiguado. De nombre al menos ya lo conocía.

Habló por teléfono con su novia Anabel y sin más se dirigió a la estación de colectivos. Se preparaba para estar fuera tres días como máximo; tenía poco dinero para encarar la estadía.

Contaba con indicaciones precisas para hallar el hotel en donde se alojaría; su jefe ya le había reservado una habitación. Con el dinero que llevaba encima, de más estaba conjeturar cuán mediocre sería el sitio en donde se hospedaría.

Samuel Esvelón había visitado la hemeroteca de Orencia para seleccionar archivos impresos de la época. Estaba claro que Damián no conocía al deportista y de él se había escrito mucho. «Aprovecha el viaje y adéntrate en su vida», le dijo. Damián asintió y le agradeció. Pero enseguida pensó que fracasaría si la pericia era cosa fundamental para llevar a término el compromiso. Esperaba no tener que hablar de básquetbol más que de forma sucinta, pues sabía del deporte poco más que de jardinería.

Durante el viaje repasaría los artículos; tanto mejor era llegar a destino con un panorama claro. Ya en San Sálfiro recabaría información e idearía una crónica decente, algo más decente que aquello que había leído de manera somera al agarrar los impresos y hojearlos. Llevaba consigo también la carta enviada a la redacción tiempo atrás, objeto que le valdría de referencia. Debía encontrar al remitente en un bar llamado Español Colorado. Tenía un nombre: Efraín Atinelo.

Para lograr algo significativo tendría que rebuscar y esperar la mejor fortuna. En nada le preocupaba eso; la tarea le parecía entretenida y promisoria. No le molestaba viajar.

San Sálfiro era un pueblo pesquero con nula perspectiva de ciudad. Además —acotaban tendenciosamente sus compañeros—, era un pedazo intrascendente de mundo azotado por continuas tormentas y por un frío del demonio. Y estaba lleno de extranjeros, si la cosa admitía empeorar: extranjeros que eran dueños del mismísimo pueblo y de las fábricas que habían trasladado desde sus mundos civilizados. Salvo que uno fuera pescador o anduviese con ganas de aventuras de naturaleza, San Sálfiro era espantoso para vivir. Que Julio Roizzino naciera en ese sitio parecía una casualidad del destino. ¿Había en San Sálfiro escuelas? ¿Había niños siquiera? ¿Quién demonios jugaría allí al básquetbol? Lo único que fehacientemente se veía eran redes de pesca y gaviotas sobrevolando el puerto. «Al menos tiene una historia de la cual jactarse», bromeaba otro tipo aludiendo al famoso exjugador. «Tendríamos que ir a San Sálfiro para decir lo mismo de Orencia».

Dado que el mar no era elemento presente en la vida de Damián, si acaso presagiaba una estadía desagradable se debía precisamente a eso. No le gustaba el mar. No sabía nadar y los tiburones le daban pavura. El acuático era un mundo demasiado vasto y desconocido. Prefería escribir sobre lugares que uno pudiese pisar. El mundo terrenal ya era de por sí fecundo y era apto para imprimir seres inimaginables y contingencias infinitas. No necesitaba el mar. Prefería que sus monstruos volasen, llegado el caso. Imaginar un dragón echando fuego por su boca lo estremecía; pero un tiburón hambriento, amenazando al mundo con sus mortales dientes, lo hacía sentir descompuesto.

EL DEPORTISTA

Julio Roizzino había nacido en San Sálfiro y, sin esfuerzo, se había convertido en el personaje más saliente del lugar. Si el club Atlético Lidonia era el orgullo de una porción templada de Orencia, Roizzino en su día había sido el hijo pródigo del pueblo. Sin embargo, no muchos podían dar cuenta de su genialidad levemente enterrada. Prácticamente no había material fílmico del hombre en su elemento, y apenas si existía una treintena de fotografías que certificaban su paso por las canchas de Orencia. Y las personas mayores que intentaban revalidar su grandeza patinaban frente a desestimaciones, aun cuando evocaban buenos tiempos del club y discutían los presuntos yerros que el exjugador había cometido; también cuando pretendían comparar aquellos gigantes aguerridos con estos desfachatados del presente que se creían estrellas antes que jugadores.

Julio Roizzino era un personaje casi mítico de la historia de Lidonia y su grandeza se presumía desproporcionada.

Pero la situación con su fama en San Sálfiro, donde había alcanzado lisa y llanamente estatus de ícono, era harto distinta. Allí jamás había sido discutido por ninguna de sus acciones extradeportivas. A nadie le importaba su vida desordenada o los supuestos excesos a los que había estado expuesto en su mejor momento deportivo. Siquiera la decisión brusca de abandonar el básquetbol había sido mal vista. Para este acotado mundo de gente que lo veneraba y respetaba, Roizzino había dejado de lado su profesión simplemente porque los valores y fundamentos de toda buena vida no se hallaban cerca de una cancha de básquetbol, sino en la familia.

Aunque Roizzino había fallecido hacía ocho años, algunos no se resignaban y cada tanto lo citaban como ejemplo perfecto de superación. Había logrado llegar adonde nadie más, ¡a la gloria!, habiendo nacido en el lugar menos indicado para destacarse en un deporte. Por eso cada vez que se lo nombraba aparecía elevado al máximo como modelo de talento y capacidad. Y en Orencia, en el ambiente relacionado con el club Lidonia, ocurría algo parecido con aquellos que lo contaban entre las viejas glorias. El periódico partidario, en las secciones deportivas, cada tanto hacía un repaso histórico y mencionaba aquellos exjugadores que habían conformado el notable equipo que campeonara en 1963. Quien hablase de aquella alineación no podía menos que desdeñar el bajísimo rendimiento de las nuevas camadas. El club mismo rememoraba las acciones de aquella histórica liga y no dejaba de ponderar sus antiguas figuras. Algún periodista en aquellos años habló de «La tríada de oro», un sueño conformado por Julio Roizzino, el experimentado Alberto *Diente* Logreña y Felipe Ruiz. Ese trío inigualable había sido determinante para que Lidonia ganase el trofeo y decorase su humilde vitrina por vez primera y última. Ya nunca, siquiera, el club volvería a ser protagonista de una liga. Esta razón explicaba por qué los hinchas se aferraban a cada aniversario del logro con inconmensurable nostalgia. Todos esperaban una gran celebración en el cumpleaños número cincuenta.

El libro que preparaba *Las Voces* tendría como propósito reconocer a las estrellas de la institución, a cada fragmento de una historia que parecía cada vez más lejana. Aquellos nombres emergerían no para llenar las páginas de otro suplemento deportivo, sino para declarar a esos sujetos parte emérita de un logro que con el tiempo había cobrado relevancia épica. Detrás de los jugadores estaban los hombres, la vida misma. ¡Cuántos homenajes merecían!

El deportista en cuestión había fallecido lejos de su pueblo y del brillo que lo había hecho tocar el cielo, pero su nombre seguía evocándose con insistencia en torno al club. La sombra enigmática con que había cubierto su retiro profesional había hecho de él algo todavía más especial. De su vida privada se había dicho mucho a lo largo de los años, incluso conociéndose más bien poco. Su retiro había sido inesperado e incomprensible tanto para la afición como para el ambiente deportivo. Se había apartado de las canchas luego de sufrir un accidente de motocicleta en San Sálfiro; accidente que lo llevaría a determinar, sin demasiada justificación, que ya no quería seguir ligado a la actividad profesional. No sentía deseos ni ambición. El accidente lo había exhortado a hacer un replanteo de su vida y el resultado de la rémora era ese. Eso arguyó. Así, como si buscara llevarse al olvido o a la inadvertencia en el instante menos lógico —a poco de salir campeón—, Roizzino dejaría el básquetbol. De esto hacía ya cincuenta años. Un manto de sospechas, no obstante, seguía existiendo en el corazón de ciertos fanáticos de edad que recordaban aquella lejana decisión con razonable suspicacia. Eran varios los viejos que se reunían en la cantina del club Lidonia y discutían tal cosa sin mucho fundamento, al tiempo que exhumaban con melancolía al equipo de la gloria. Pero todo lo que se decía en el presente se había dicho innumerables veces en el pasado. Un puñado de periodistas había dado rienda suelta a la imaginación de los hinchas explicando el retiro del jugador mediante coloridas elucubraciones. Esta sería la semilla que impulsaría a clasificar este retiro como el más debatible que la liga nacional había visto y vería.

Varios periodistas punzantes (sujetos que no dejaban volar una mosca sin vislumbrar en el vuelo presumibles connivencias) habían ido detrás de la historia del basquetbolista; ninguno había conseguido dar con una respuesta que justificase la absurda decisión. Aun con esto, a la sazón Roizzino había sido tildado de egoísta y luego de tener motivaciones turbias. Ese retiro guardaba rasgos deshonestos y, aunque no existieran pruebas para avalar las hipótesis, la verdad eventualmente se sabría. Ellos no se equivocaban. Algo olía a podrido.

Las preguntas se repetirían durante años. ¿Por qué no había vuelto a jugar una vez recuperado del accidente? ¿En verdad buscaba constituir una familia, o detrás de su alejamiento había algo raro que todos ignoraban? La gente que aún refería las hazañas del jugador seguía preguntándoselo en vano.

Con los años se habían barajado varias suposiciones.

El accidente reportado, según archivos de la época, aparentemente no revestía mayor gravedad: una pierna fracturada y un par de golpes que por nada del mundo impedirían a una persona joven retomar su labor profesional. Para los fanáticos de Atlético Lidonia las posteriores declaraciones de Roizzino nunca habían resultado satisfactorias.

Las razones esgrimidas, razones que él mismo ofrecía cuando intentaba explicar sus actos, apuntaban estrictamente al deseo de formar una familia con su novia María. Si bien esta chica había vivido en San Sálfiro desde su nacimiento, a la sazón residía en el lejano Río Muyet, ciudad situada a más de 1.400 kilómetros. María había abandonado el pueblo para hacerse cargo del negocio que su finado padre le había legado. Tal separación, por entonces, no había supuesto un problema para la pareja porque Roizzino también estaba lejos del pueblo de donde ambos eran oriundos. Sin embargo, luego del accidente, algo significativo había experimentado el jugador y ese algo obraría, en definitiva, como detonante. A Roizzino ya no volvería a importarle ni su profesión ni el dinero ni el deporte que lo había hecho famoso. Viajó a Río Muyet y pocos meses después contrajo matrimonio con María. Fue en una ceremonia privada a mediados de 1964.

El público adepto a las exacerbaciones intentaba explicar el alejamiento del deportista contemplando todas las posibilidades habidas: desde aquellas esbozadas por los primeros que cubrieron la noticia, hasta las resultantes del sujeto que oyó la novedad a través de un tercero que se encargó de elaborar una teoría conspirativa e inculpar al club Lidonia o al ambiente putrefacto que se respiraba en la organización de la liga. Así como se decía que Roizzino había llegado al límite de rendimiento y no quería continuar sometido a la presión de la alta competencia —inevitablemente comenzaría a experimentar el declive propio de los que triunfan—, se decía también que había fingido la lesión para no volver a entrenar, hecho desencadenado por la supuesta mala influencia del entorno en que se movía. También se rumorearon barbaridades que apuntaban a manejos dudosos de dirigentes y a cuestiones derivadas de un sector bajo de la política de la provincia. Jamás se haría público.

Gente cercana al club Lidonia cuestionó la excusa por inaudita y no se lo perdonó. Luego de un presente tan exitoso algo no encajaba y de hecho contradecía el comportamiento que al deportista se le atribuía. Siempre Roizzino había profesado gran amor por el deporte y, entre dientes, se decía incluso que había ya sacado rédito a su fama. Sin duda el suyo era un cambio de vida impensado. Ni el accidente ni el posterior casamiento parecían motivos válidos para explicar el alejamiento, más aún cuando se juzgaba que como profesional tenía contrato vigente y que, además, en el plantel era una pieza valiosa. Si el problema era de dinero, podría haberse negociado una mejora salarial.

El deportista se vio envuelto en diversos comadreos hasta que todos en Orencia comenzaron a olvidar y pusieron los ojos en otra cosa. Su nombre se fue agigantando con el silencio de los años y su trascendencia real dentro de las canchas se volvió incomprobable. El tipo era una suerte de mito y los hinchas veteranos, solo ellos, celebraban que así fuera.

SAN SÁLFIRO

Lunes, primeras horas de la tarde. Damián Pecat bajó en la estación de la ciudad y fue golpeado por un viento helado que soplaba de costa y arremetía constante. Recogió su bolso y buscó un taxi para que lo llevara al hotel. El sitio alojamiento no quedaba lejos de la terminal, pero prefería evitar la caminata y amortizar el viaje. Hacía mucho frío.

Luego de acomodarse en su cuarto de dos estrellas, se dirigió a la antesala o recepción del albergue para averiguar en dónde quedaba el bar Español Colorado, la biblioteca principal y también el club en el cual Julio Roizzino se había iniciado. Nombró al deportista, solo para ver si era cierto que todos lo reconocían. Eso pasó.

Estaba listo para ponerse en movimiento. Samuel Esvelón le había sugerido arrancar con una visita a la biblioteca y otra al club Municipal; no debía apostar ciegamente a lo que trajera la carta. También había recalcado Esvelón aquel asunto de preguntar y repreguntar. Toda persona podía o no ser fuente de información; solo había que descubrirlo. El conserje, cuidador y aparente dueño del albergue le dio breves instrucciones, y de un cajón extrajo un mapa de San Sálfiro para señalar los tres puntos que Pecat buscaba. Le dijo que podía conservar el plano; era cortesía de la casa. Damián le agradeció y se quedó estudiando el papel. Con un lápiz hizo una cruz en cada lugar.

Considerando que desde su posición la biblioteca estaba más cerca que el bar y el club, decidió pasar por ella para revisar cuanto archivo pudiese encontrar relacionado con el atleta. Pronto se halló caminando por un pueblo que no le parecía tan deplorable. Se notaba mínimo ajetreo en las calles; eso sí le llamó la atención. Tal como le había aconsejado Esvelón, comenzó a imaginar cómo habría sido para un tipo famoso criarse en un ambiente tan tranquilo.

Llegó a la modesta biblioteca y no bien entró echó una ojeada para reunir algunos detalles. Cinco mesas con unas pocas sillas de madera fue lo primero que vio, y a un costado de la entrada un flaco mostrador que ostentaba un gran teléfono de época —descansaba junto a un monitor de computadora apagado—. Avanzó unos pasos y reparó con curiosidad en los desiguales anaqueles de madera que sostenían libros también desiguales en tamaños y colores. Parecían desordenados. Algunos estantes estaban vacíos y otros repletos. Tal vez estuviesen dando una limpieza a fondo. «Buenas tardes», dijo y se acercó al mostrador. Se paró frente al bibliotecario. El hombre estaba sumido en la lectura de una novela y ni se había molestado en levantar la cabeza. Damián saludó de nuevo, cordialmente, y le pidió archivos y diarios de la época que investigaba. Fue conciso; no quería molestar. El tipo, apenas echándole una mirada, le dijo que en la biblioteca no guardaban periódicos ni revistas de aquellos años. Tenían libros, muchos libros. Aunque a simple vista no pareciesen tantos, aseguró que había suficientes. A Pecat se le ocurrió investigar acerca del pueblo para tener una idea remota que facilitara su posterior mención. Pensó de nuevo en aquello que le había dicho su veterano maestro. No reveló que era periodista ni escritor, pero dijo que venía de Orencia. Pidió un libro con información de San Sálfiro, si es que tenían. El tipo no preguntó cuál era el propósito y volteó para tomar de un anaquel un gran libraco de portada colorida. *Ciudad de San Sálfiro* se llamaba.

El hombre no parecía deseoso de hablar, así que Damián se alejó del mostrador y ocupó una mesa que estaba en el centro del recinto. La mesa estaba iluminada con un velador individual de cuerpo blanco. Su luz amarillenta era tenue y resultaba confortable para la lectura. La biblioteca estaba vacía. Damián abrió su portafolio y sobre la superficie de la mesa dispersó los artículos impresos con los que había viajado. Los separó y los observó con detenimiento. No tenía decidido cómo ni por dónde empezar.

Abrió el libro solicitado y comenzó a hojearlo. Era un muestrario de fotos que ponía énfasis en la parte histórica de la ciudad. Acercó los ojos al papel. Había fotografías antiguas de espacios públicos, de escuelas, de un hospital, de diversos comercios con sus dueños posando satisfechos (como si supiesen adónde irían a parar esas fotografías con el tiempo), de hombres, mujeres y niños trabajadores. Las calles de San Sálfiro no parecían las mismas, sin embargo. Supuso que encontraría alguna imagen del bar Español Colorado (el conserje del hotel había dicho que era un sitio histórico), pero apenas si encontró una breve descripción con la fecha de su fundación. No había ninguna fotografía. En cambio, de Julio Roizzino sí que halló reseña de su carrera deportiva. Imágenes que en su mayoría había visto y datos elementales que había leído en las publicaciones que Esvelón había fotocopiado para tal fin. Hojeó el libraco de San Sálfiro un buen rato. La información era casi irrelevante. Tal vez tocado por las opiniones negativas de sus compañeros, se preguntó por qué habría tantos extranjeros en el pueblo —los apellidos raros lo dejaban en claro—, y también se preguntó si esos hombres serían los dueños de todo, como había oído decir.

Apuntó en su libreta detalles provechosos y dejó el libraco a un lado para revisar los impresos. En el viaje los había inspeccionado de modo ligero.

Asimilaba y copiaba en su libreta lo que juzgaba importante. Tenía a disposición varias crónicas con información del exjugador. Sabía su edad en el momento del debut y retiro, su procedencia, su club de origen y sus logros deportivos, pero datos poco certeros leía a propósito del retiro imprevisto. Algunos periodistas habían tratado el asunto de manera anodina y apenas si esbozaban sin extrañeza la decisión del jugador; otros en cambio sugerían razones inciertas y sospechosas. ¿Estaba Julio Roizzino mezclado con gentes que manejaban negocios oscuros? También tenía a disposición artículos que mencionaban el accidente de motocicleta, y otros menos interesantes que hablaban de la idolatría que el hombre generaba.

San Sálfiro reposaba en la palma de su héroe fallecido y todos se enorgullecían de él. Eso estaba claro. El astro consentido había llevado al básquetbol de un club virgen hacia el título y jamás se olvidaría. En diarios de la época era señalado como uno de los máximos responsables de la hazaña junto con Logreña y Ruiz. Las crónicas de *El Capitalino*, que Pecat revisaba en forma meticulosa —acaso procurando hallar alguna nota firmada por Samuel Esvelón—, ensalzaban a Julio Roizzino y lo ratificaban como ídolo indiscutible de la afición de Atlético Lidonia. Nadie parecía negar su talento.

Escasos detalles de su vida privada, sin embargo, aparecían desarrollados por esos mismos periodistas. El hombre había fallecido hacía ocho años en Río Muyet; como su vida al margen del deporte había sido poco menos que modesta, la noticia no había tenido resonancia a nivel nacional. En realidad, según había dicho el propio jugador (los diarios sí que tenían registros de este pormenor), detrás de él simplemente había «un hombre común, de familia, poco interesante y sin mucho para decir».

La suspicacia respecto de su retiro deportivo, reflejada en un par de publicaciones insistentes, paradójicamente había sobrevivido gracias a los fanáticos de Lidonia. De culpar al club o cuestionar a Roizzino por el ambiente pernicioso en el que supuestamente se movía, pasaron a decirse tonterías que más bien causaban risa. Al cabo de un tiempo se hablaba de necesidades afectadas, de amistades influyentes, de dinero proveniente de apuestas ilegales, de extorsiones. Varios mencionaban incluso a una mafia que falseaba el destino de los campeonatos profesionales de básquetbol. Todo era un negocio sucio. También hubo difamación encubierta. En cierta entrevista radial hubo quien puso en tela de juicio el honor de su novia María. Se dijo que la chica estaba embarazada y que se había ido a Río Muyet para alejar a la criatura nonata de un novio libertino, vicioso y egoísta.

No era cierto; esto último sí se corroboró.

El propio Roizzino se encargó de disipar los primeros rumores, negando cada una de las estupideces, pero pronto se cansó y ya no volvió a referirse a su retiro. Acaso lo único rebatible fue la decisión de no regresar a Orencia ni siquiera para despedirse de los hinchas del club, que en ocasión celebraban aún la obtención de un título que ya nunca volverían a conseguir. Pero tampoco se lo podía condenar por esa causa. Él había dado todo en la cancha y, según sus honestas afirmaciones, ya no tenía pasión ni fuego interno y por eso abandonaba la ciudad y el deporte. La vida de un sujeto anónimo y corriente no podía ser mala. Su padre pescador había sido feliz.

El homenaje tenía por objeto plasmar la vida general de Julio Roizzino, pero ¿por qué no aclarar aspectos incógnitos relacionados con su alejamiento si se daba la chance?... Era una buena posibilidad. Al cabo de tantísimos años, tal vez los secretos del deportista ya no fuesen tan herméticos. Además, Agustín Ponce Arregui había puntualizado algo que debía tenerse en cuenta en nombre del periodismo más estricto. Si en el transcurso de la investigación aparecían evidencias de arreglos extradeportivos o algo de naturaleza turbia que involucrase a dirigentes de antaño, indudablemente la información sería tomada en cuenta y tendrían luego que decidir cómo sacarle rédito. Toparse con un eslabón perdido sería grato,

¡muy grato! Las investigaciones periodísticas que incluían corrupción daban tela para varios episodios.

Damián Pecat planeaba dirigirse al bar Español Colorado y allí buscar al hombre de la carta. Traía el papel en su portafolio. Luego de revisar y marcar algunos impresos, cerró su libreta y comenzó a guardar los archivos. El tipo de la biblioteca había adoptado actitud desconfiada y lo miraba de reojo, acaso temiendo que fuese a robarle el libro que había solicitado. Damián se percató de ello y se acercó al mostrador con cordialidad. Aprovechó la ocasión para presentarse y a la vez formular un par de preguntas. Quizá, por pura casualidad, diese con alguna información de valor.

—Le devuelvo su libro, señor —dijo tranquilamente y lo depositó sobre el mostrador—. Mi nombre es Damián Pecat y vengo de Orencia en representación del periódico *Las Voces*. Me han encargado hacer una biografía de Julio Roizzino.

—¿Periodista? —dijo el bibliotecario y alzó las cejas. Agarró el libro de la ciudad y se alejó para colocarlo en un estante.

Esto fue extraño, no tanto porque guardó silencio luego de la pregunta, sino porque pareció ligeramente incómodo. Pecat notó algo extravagante en el aspecto del hombre. Tenía rostro esquelético, cejas anchas y tupidas, y una nariz algo desproporcionada. Utilizaba unos anteojos de marco grueso que destacaban el tamaño de su gran tabique.

—Soy Juan Amador Tejea —dijo al regresar al mostrador—. ¿Usted busca información sobre Julio Roizzino, el exjugador?

—El mismo —replicó Damián—. Me pregunto si usted lo conoció, señor.

El bibliotecario se sacó los anteojos y procedió a limpiarlos con un trapito que extrajo de un estuche de plástico. Tomó asiento.

—Cuanto pueda existir de Roizzino podrá usted encontrarlo en una biblioteca de Orencia, joven. Me atrevo a presumir que los archivos que guardó en su portafolio provienen de la ciudad.

—En efecto, señor. Tengo copia de varios documentos de la época: notas y crónicas de rigor diverso. Cuento con alguna información, cierto, pero vine a San Sálfiro para entrevistarme con un hombre amigo de Julio Roizzino. ¿Conoce usted el bar Español Colorado?

Esta fue una conjetura aventurada por parte de Damián. ¿El hombre que había enviado la carta era amigo del deportista?

—Ese bar queda en la misma calle que podría conducirlo al puerto. Está frente al mar.

—Visité la biblioteca para recabar información —explicó Damián—. Deseaba prepararme para la entrevista.

—No guardamos archivos de aquella época —remarcó Juan Amador Tejea—. Esta es una biblioteca pequeña, pero tiene lo necesario para que uno se instruya. ¿Qué busca usted exactamente?

Pecat quería mostrarse profesional.

—Nutrirme con datos sobre la vida de Julio Roizzino en San Sálfiro, señor. Entiendo que se retiró luego de haber logrado aquel campeonato de 1963 con Atlético Lidonia. Pero me gustaría indagar. Se cumplen cincuenta años del logro y publicaremos un libro.

—Dicen que era un atleta exquisito.

—El club así lo recuerda —dijo Damián con solemnidad. El bibliotecario no se veía conmovido—. Y, para qué mentirle, la afición de Lidonia suele evocar a sus ídolos con nostalgia. Julio Roizzino es un hombre muy recordado.

—¿De qué tratará el libro, joven?

—Preparamos una publicación a modo de homenaje, señor Tejea. Hablaremos de los jugadores y se narrará también la historia del club. Yo escribo sobre Roizzino, sobre su vida y su retiro. En su día hubo mucho misterio, señor. Nunca se llegó a ninguna conclusión.

—¿Y por qué supone que eso cambiaría?...

Era buen punto. El bibliotecario era astuto y no quería hablar. ¿Tenía una opinión del caso?

—Entiendo a qué se refiere, señor. Espero tener suerte. Tal vez la entrevista resulte provechosa. Es un libro homenaje —aclaró—. No daré vida a antiguos rumores.

Amador Tejea se encogió de hombros.

—No puedo ayudarlo, joven periodista. La información que usted precisa me es desconocida. Oí de Julio Roizzino infinitas veces, pero como el deporte no está ni estuvo vez alguna entre mis aficiones nada puedo decirle. —Esbozó una sonrisa—. Parezco viejo, pero cuando Roizzino estaba en boca de todo San Sálfiro yo era un chiquilín.

—No se preocupe —dijo Pecat sin perder la tranquilidad.

—Aunque hablar con mi jefe Andrés Cercilo, joven periodista, sí que le hubiera sido útil; él conocía personalmente a Julio Roizzino. Pero el viejo ya pasó a mejor vida. No tendrá suerte en la biblioteca.

—Oh, ya veo —dijo Damián. Dedujo que allí no quedaba hilo del cual tirar—. Supongo que tendré que hacer trabajo periodístico... —agregó tratando de sonar fresco.

El comentario no provocó el efecto deseado. Amador Tejea frunció el entrecejo.

—Los periodistas no siempre andan con buenas intenciones —señaló con aire grave—. Le recomiendo, joven, que no se jacte de su profesión por estos lados. Las motivaciones que esgrimen los de su clase a menudo resultan capciosas, y la gente de por aquí es desconfiada. Recuérdelo.

—Gracias, señor. Lo tendré en cuenta.

Damián sabía digerir este tipo de reproches. Nadie estimaba a los periodistas y lo había comprobado innumerables veces. En Orencia, en los diferentes medios de comunicación, la competencia era encarnizada y nunca faltaba un insolente que, en pos de una nota o una exclusiva, contravenía las buenas costumbres —incluso el sentido común— y sumaba una razón para que todos los profesionales por igual fueran odiados o, cuando menos, tratados con suspicacia.

Pensó en el bar y en la carta, en todo lo que podría conseguir si investigaba. Visualizó a Agustín Ponce Arregui incitándolo a descubrir cualquier verdad, por desgraciada que fuera.

—Creo que probaré suerte en el bar Español Colorado —dijo—. Espero no ganarme antipatías, señor. Mis propósitos son nobles. *Las Voces* hará un sentido homenaje; es una promesa. Algunos jugadores de Lidonia ya han muerto. No pretendemos molestar a sus familias o seres queridos. También visitaré el club municipal, señor. De allí surgió Julio Roizzino.

—Parece buen plan, joven. El club Municipal no queda tan lejos.

—Primero voy al bar, señor. ¿Me dijo usted que lo conoce?...

—Sí, el Español es un cafetín bastante tradicional. Es visitado por gente mayor. Puede que allí encuentre algún compañero de Julio Roizzino.

—Sería magnífico. ¡Cuánto me ayudaría eso!

—El Español está cerca del puerto, sobre la misma calle, pero varias cuadras antes. Lo va a encontrar sin dificultad.

—Tengo un mapa de San Sálfiro —dijo Damián y atinó a mostrarle. Lo traía en el bolsillo de su saco.

—¡Que tenga éxito! —dijo Amador Tejea, y volvió a su novela luego de limpiar sus anteojos, otra vez.

Damián Pecat salió del recinto con tranco de forastero. Caminando lentamente, pensó en el bar y en el mar que aromaba la calle. Confirmó en su mente que era buen sitio para escribir, a pesar del frío y de que nunca se acercaría al agua.

Tenía hambre. No había probado bocado desde el desayuno en Orencia. La garganta se le cerraba y una especie de reflujo con gusto a estómago vacío amenazaba con salir junto con la respiración. Pensaba en almorzar tardíamente, o merendar temprano, y se preguntaba si para hacerlo debía ir hasta su hotel. Tal vez en el bar podrían servirle algo... Una comida ligera. Decidió seguir camino y arriesgarse. Se entregó a la idea de unos cuantos bocados que saciasen su malestar. Si el sitio no era como lo imaginaba, tendría que sustituir cualquier tipo de comida por un café y unas medialunas.

¿Cómo debía ubicar a Efraín Atinelo, el remitente de la carta? ¿Era prudente anunciar en el bar que buscaba a un tipo dispuesto a hablar de Julio Roizzino? ¿Y si todos en el pueblo —ya le habían advertido— se mostraban hoscos o evasivos tal y como el bibliotecario? No quería comprometer al hombre de la carta. Mejor era conservar en todo momento una actitud de reserva. Estaba algo ansioso.

ESPAÑOL COLORADO

Bordeando un largo paredón enano que separaba la vereda de lo que sería la playa, fue en busca de su objetivo mirando de reojo el mar y cerrando su abrigo con la mano libre para no enfermarse. Una ventisca fría que parecía sostener su tenor y velocidad arrastraba unas arenas, las arremolinaba y al cabo las estrellaba contra el paredón. Damián miró hacia los lados y le pareció extraño no toparse con nadie. Ni un alma. Imaginó un desierto y miró de nuevo esas arenas viajeras que nunca eran las mismas pero sin embargo eran indistinguibles. A su espalda estaba el puerto, a poco más de un kilómetro de distancia, según había estipulado en su mapa. Nunca vio gaviotas alborotadas y revoloteando. Parecía un pueblo abandonado; ni siquiera había cartelería de publicidad en esa calle, que tenía entendido era la principal.

Continuó su camino mirando a la izquierda, hacia la vereda de enfrente, para tratar de distinguir el negocio que buscaba. De pronto vio a dos ancianos salir de un local viejo y apagado y se orientó hacia ellos. Cruzó la calle solitaria y no necesitó preguntarles. Estaba frente al mentado bar Español Colorado.

Echó la cabeza hacia atrás y miró la alta pared del local; era muy alta. El nombre del bar estaba pintado con colores naranjas y blancos cremosos. La pared estaba en mal estado y la pintura cuarteada, pero el nombre se leía perfectamente.

La vereda del café estaba sucia y las arenas se arrinconaban de a miles en el nacimiento de la pared. No era una visión atractiva ni mucho menos veraniega. Hacía muchísimo frío. Volteó para mirar el mar y le pareció revuelto, sensación amplificada quizá por el mismo frío y por los aromas que llegaban acompañados por el viento. El mar zigzagueante, traicionero, estaba a pocos metros de la vereda y ello en sí parecía curioso.

En Orencia había cemento por donde uno mirase; en San Sálfiro, mucha playa abierta y el mar inmenso. No parecía haber más.

Entró en el bar y echó una rápida mirada como para estudiarlo. El lugar era grande, aunque no reunía las características de los bares populares de Orencia. Parecía un cafetín antiguo, y sus mesas y sillas evidentemente databan de largos años; también la barra del lugar, hecha de madera, sugería haber sobrevivido a muchos hombres de alcohol.

Contempló un instante a los clientes —casi todos ancianos— y luego llevó los ojos a la barra, que se hallaba a la izquierda. Reparó en la pared que se alzaba detrás. Tenía amurada una repisa de tres escalones, y en ella se sostenían botellas y sifones que también se veían antiguos. Algo bastante típico de los bares y cafetines. Una media pared que estaba en perpendicular a la barra y conducía presuntamente al baño atrajo su atención. Tres recortes de periódico y dos fotografías de aceptable calidad, con encuadres de madera, adornaban el ingreso al baño. Se arrimó para observar mejor y, a los pocos segundos, una voz templada que provino de sus espaldas explicó las imágenes.

—Julio Roizzino, el ídolo de San Sálfiro.

Damián giró la cabeza para identificar a quien le hablaba.

Un hombre de unos sesenta años, de aspecto campechano, vestido de punta en blanco, señalaba los recortes.

—Y en esta otra foto aparece con Alberto Logreña y Felipe Ruiz.

«La tríada de oro», pensó Damián Pecat. Estaba en el lugar indicado.

—Grandísimos deportistas —dijo, y volvió los ojos sobre las imágenes.

—Es probable que San Sálfiro nunca vea otro como Julio Roizzino.

—¿Usted lo conoció, señor?

—Lo vi algunas veces —replicó el mozo—. Ya por entonces no jugaba, desde luego.

—¿Puedo molestarlo con algunas preguntas?

El hombre observó a Damián tal como si esperase recibir una orden o encargo.

—Claro que puede —dijo de lo más servicial—. ¿Cómo lo ayudo?

—Estoy buscando a un hombre llamado Efraín Atinelo. ¿Lo conoce?

—¿El viejo Efraín?... ¿Se refiere al barbero?

Damián vaciló.

—Entiendo que visita este lugar —repuso inseguro. ¿El tipo de la carta era barbero? Qué importancia tenía eso, en todo caso.

El mozo reflexionó unos segundos. Luego le dio una noticia inesperada.

—¿Enfermo? —preguntó Damián—. ¿Ya no viene por aquí?

—Hace cosa de un año que no lo veo.

—Oh, qué mala suerte, señor. ¿Y no sabe usted cómo puedo contactarlo? Me urge conversar con él.

—Supongo que podría preguntarle a mi patrón Álvar. Él conoce a Efraín de toda la vida.

La sugerencia parecía tibia, pero Damián se aferró a ella y hasta se contentó por tener otra chance. Un fracaso tan temprano era desalentador.

—Siéntese, muchacho, y espere a mi patrón Álvar. Si el mundo no deja de girar, vendrá en cuestión de minutos. Es el dueño del Español. Le aseguro que vendrá. Siéntese, siéntese...

Y le hizo un gesto de invitación.

—Gracias —dijo Pecat al tiempo que buscaba indeciso una mesa para ocupar.

—En cualquier lado, muchacho. Vamos, vamos; no sea tímido. Cualquier mesa lo aceptará. En este cafetín no se hacen reservas.

Damián se dirigió sonriendo hacia una mesa que lindaba con una ventana; veía la calle momentos antes caminada. No estaba lejos del mar, pero se sentía a gusto. El mozo lo siguió para tomar el pedido.

—Puede colgar el saco en ese perchero —le indicó—. Nadie se lo va a tocar.

Eso hizo Damián. Y mientras se sacaba el abrigo comentó:

—Veo que le gusta el deporte, señor. ¿Puedo hacerle unas preguntas acerca de Julio Roizzino?

—¡Claro que sí! Pregunte con confianza, muchacho. La verdad no le pertenece a nadie.

—¿Qué sabe de su retiro profesional? —preguntó Pecat sin rodeos mientras tomaba asiento—. Entiendo que fue un tema muy debatido en la época. ¿Lo recuerda?

El mozo no se sorprendió, al margen de que la pregunta parecía audaz para un inicio de charla.

—Se fue a vivir a Río Muyet —contestó sin pensarlo—. Allí se casó y tuvo dos hijos, según entiendo.

Mientras Pecat se acomodaba, él se puso a limpiar la mesa con un trapo que estaba gris de mugre.

—¿Desea que le traiga algo para tomar, muchacho?

—¿Aquí sirven comidas, señor?

A juzgar por lo visto, obtendría una respuesta negativa. Pero igual lo intentó.

—Nada de comidas, muchacho. Pero le puedo ofrecer café y unas ricas medialunas compradas en la panadería hace pocas horas.

—Eso estaría bien —dijo Pecat—. Gracias.

El mozo dio media vuelta y se alejó. Cuando estaba por ingresar en la cocina, volteó y pegó un grito que en nada turbó a los demás clientes.

—¡Joaquín! —dijo elevando una mano—. ¡Ese es mi nombre!

Pecat hizo un gesto afirmativo y sopesó la amabilidad del hombre. Se dijo que tal vez pudiera sacarle a Joaquín algún dato de Roizzino más concreto y menos genérico. Debía indagar más incisivamente; siempre con respeto, como hacían los periodistas.

Sacó su libreta de apuntes para dejarla sobre la mesa y anotar cualquier ocurrencia que como luz le llegase. El portafolio quedó descansando a sus pies, junto a la pata izquierda de la silla.

Joaquín se acercó con una taza de café, dos medialunas y un vaso de agua. Llevaba la bandeja con la soltura propia de los mozos expertos.

Damián redobló la apuesta.

—Me decía, señor... ¿Julio Roizzino se retiró y ya nunca volvió por aquí?

—¡Qué va! Por supuesto que volvió a la ciudad —dijo Joaquín sin desconcertarse por el fisgoneo—. Aquí tenía amigos y también a sus padres, muchacho. Claro que volvió. Esta es su ciudad. Pero en Río Muyet vivía su esposa y por eso pasaba su tiempo allí.

—Y ¿qué me puede decir de su retiro profesional, señor Joaquín? Sé que el accidente de motocicleta no fue tan grave. He leído algunas crónicas.

—Se fracturó una pierna... —puntualizó Joaquín—. Eso suena grave y doloroso.

—Pero no parece haber sido la razón de su retiro. ¿Estoy en lo correcto, señor?

—¿Qué está insinuando? —inquirió el mozo arrugando la frente. Por vez primera reparó en la libreta que Damián tenía sobre la mesa—. ¿Quién es usted, muchacho? Y no me mienta. Mire que soy bastante hábil para detectar mentiras.

Damián, a pesar de que podría haberse puesto nervioso, se encogió de hombros y sonrió. La advertencia del mozo no era ceñuda, sino graciosa.

—Estoy escribiendo una biografía del exjugador, señor Joaquín. No se lo dije para no asustarlo.

—¡Qué va! —dijo el mozo echando también una sonrisa—. Como si uno pudiese asustarse tan fácilmente... Entonces, ¿es usted uno de esos periodistas de chismes? Me han advertido de ustedes. Dígame la verdad, muchacho. Yo no juzgo a la gente, pero me gusta saber con quién hablo y en quién debo confiar.

—Soy escritor, señor Joaquín. Trabajo para un periódico, pero no soy periodista ni tampoco me interesan los chismes.

—¡Un periodista en el Español —exclamó Joaquín—. ¡Claro que sí! Seguro que no me lo quiere confesar para no darme nervios... Pero no tema, muchacho. Soy recto y no lo molestaré con preguntas. Solo me alegro de que usted no se incline por los chismes. Un periodista... ¡como los de antes! Me alegro, me alegro... Eso no puedo negarlo. ¿Y qué hace por el cafetín? Puede responderme con total franqueza. Me haría feliz ayudarlo.

—Ando buscando a Efraín Atinelo —repitió Damián con intenciones de aclarar sus planes—. Ignoraba que estaba enfermo. Mi nombre es Damián Pecat y vengo de Orencia enviado por el periódico *Las Voces*. Estoy investigando para hacer una biografía de Julio Roizzino, una biografía que saldrá publicada como parte de un tributo que se le hará al club Atlético Lidonia. Se cumplen cincuenta años del campeonato conseguido en 1963, sabrá usted, y el periódico prepara un libro para homenajear a los exjugadores.

—Una sabia decisión —dijo Joaquín meneando la cabeza—. Julio Roizzino tendría que ser homenajeado cada pocos años.

—Así lo creo yo, señor.

—Se imagina usted que Roizzino fue el más famoso de todos los hombres en San Sálfiro. ¡Un hombre estrella! Es una suerte que usted haya llegado al cafetín y pueda hablar con mi patrón Álvar. Él fue amigo de Julio Roizzino... ¿Qué piensa usted de esta noticia? ¡Lo habré sorprendido! No tema decirlo.

—Vaya... ¿Es eso cierto?

—No me gustan las mentiras, muchacho. Lo digo en serio. Espere a mi patrón Álvar y sáquese las dudas. Álvar conoció muy bien a Julio Roizzino; fueron amigos. Será para usted muy propicio.

Esta noticia provocó en Damián gran alivio. No había encontrado al hombre de la carta, pero hablar con un amigo del deportista parecía una alternativa más que conveniente.

—¡Qué noticia magnífica! ¿Cree usted que su patrón Álvar contestará mis preguntas?

—Muchacho, no hay nadie tan hablador como Álvar. Eso le digo. —Y de pronto volteó hacia los recortes que colgaban en la pared—. A don Álvar le encanta hablar de su juventud. No exagero. Está un poco viejo, pero siempre se acuerda de Julio Roizzino. Incluso podrán hablar de Efraín. Todos ellos eran amigos.

—Oh, qué oportuno, señor Joaquín. Y tal vez su patrón pueda decirme dónde encontrar al señor Efraín. Trataré de no molestarlo.

—¡Molestar a Álvar! —dijo Joaquín riendo—. Pero ¡qué dice, muchacho! Si usted se descuida, tendrá que coserle la boca para que deje de hablar.

Un cliente llamó al mozo desde otra mesa.

—Disfrute su café —terminó diciendo y se alejó.

Damián abrió su libreta para repasar los apuntes que había tomado en la biblioteca. Un ruido llamó su atención. La puerta del bar se abrió e ingresó por ella un anciano acompañado de una mujer mayor. Joaquín lo saludó amablemente y comenzaron a hablar. Era de presumir que ese hombre podía ser el mismísimo Álvar, dueño del lugar.

«Este es un guiño del destino», pensó Damián. Le echó una mirada contemplativa al viejo y sonrió al suponer que, si en verdad era Álvar, por pura fortuna había dado con él a poco de iniciar la espera. Quizá lo necesario para empezar a esbozar el trabajo encomendado estaba cerca, pronto a develarse.

El viejo estaba acompañado por una mujer que parecía ser su esposa. Apoyando los codos en la barra, como si ambos fueran clientes, conversaban con Joaquín mientras este miraba hacia la mesa ocupada por Damián Pecat.

El joven devolvía las miradas con disimulo. Jugaba con unas cenizas que habían escapado de un recipiente atestado de cigarrillos, que Joaquín había olvidado retirar, y con el dedo dibujaba caminos o símbolos. Entendió que ese viejo efectivamente era Álvar; tantas miradas alusivas corroboraban la certidumbre.

Era tan anciano como no esperaba que lo fuese, pero se veía vigoroso más allá de necesitar un bastón soporte de madera. Tenía una altura incoherente para su edad —debía de superar el metro ochenta— y sus movimientos eran ágiles. Gesticulaba con las manos y vestía como los demás viejos del bar: con pantalón marrón y abrigo al tono. También llevaba una boina de tela haciendo juego.

El anciano abandonó la barra, dejando a su mujer con Joaquín, y se aproximó a Pecat.

—Mi nombre es Álvar Velarque —le dijo— y tengo para usted, jovencito, unas cuantas consideraciones acerca de Julio Roizzino. Eso está buscando, ¿verdad?

—Así es, señor.

Álvar, como en un acto reflejo, miró los recortes encuadrados.

—Me ha dicho Joaquín que usted es periodista y está interesado en conocer detalles de la vida del deportista.

—Me llamo Damián Pecat, señor, y trabajo para el periódico *Las Voces* de Orencia. Pero soy escritor y no periodista.

—Ya veo, ya veo.

La voz ronca de Álvar semejaba a la voz apagada de su abuelo paterno. Damián lo notó enseguida.

—¿Qué clase de trabajo está por hacer, joven?

—Una biografía, señor. Viajé para investigar, escribir y, además, para encontrarme con un hombre llamado Efraín Atinelo.

El viejo Álvar se disculpó y tomó asiento. Demasiado machacado para permanecer de pie.

—Efraín... —masculló reflexivo—. No lo veo hace algún tiempo. Está bastante enfermo, según escuché. Ya no viene por el cafetín.

Damián no se mostró decepcionado.

—¿Tendría a bien indicarme en dónde vive ese señor? Me gustaría hacerle una visita.

Álvar bajó la mirada.

—Creo que no sé en dónde vive —dijo no en actitud esquiva, sino avergonzada—. Va a tener que disculparme.

—Oh, no se haga problema —dijo Damián sin hacer patente su fresca decepción.

—¿Para qué periódico me dijo usted que trabaja? Quizá yo pueda ayudarlo.

Damián se explicó nuevamente y agregó que debido a la conmemoración del logro de Atlético Lidonia iban a publicar un libro homenaje. Recordarían la conquista y ahondarían en la vida de los jugadores más emblemáticos. Le tocaba a él escribir sobre Julio Roizzino.

—¡Nuestro estandarte! ¿Y qué piensa usted escribir, joven?

—Hablaré de su vida deportiva, pero intentaré enfocarme en otros aspectos —reconoció Damián—, como por ejemplo lo relacionado con su retiro.

—Ya veo por dónde vienen los tiros —dijo el viejo mostrándose alerta—. Muchos escribieron sobre ese punto tan particular, joven. ¿Cree usted poder hacerle honores a Roizzino? ¿Podrá escribir de él algo que no sea pura patraña?

—Eso mismo haré —contestó Damián sorprendido—. El periódico planea un homenaje sincero. Intento por ende desentrañar cuestiones relacionadas con su extraño retiro, no por curiosidad sino para escribir algo digno y no pecar en el proceso de condescendiente o de absoluto ignorante. Entenderá usted que es menester del periódico reseñar aquel retiro. Sería preferible echar luz sobre el asunto.

Por fortuna Álvar pareció no molestarse ni detectar en la frase última la típica coacción que los periodistas empleaban para amenazar de forma solapada a sus entrevistados. La verdad solía ser menos terrible que las habladurías.

—Comprendo cómo funciona su trabajo —dijo Álvar—. Jamás le pediría que renuncie a la verdad periodística, joven. Pero ¿podrá usted escribir algo que no tenga regusto a desprestigio? Julio Roizzino la ha pasado mal en aquella época. Me consta.

—¡La verdad me ampare, señor Álvar! La idea no es revivir rumores ni molestar a nadie; todo lo contrario. Sé que por aquí lo recuerdan como a un ídolo y el periódico jamás atentaría contra eso.

—Las personas que conocieron a Roizzino siguen pensando en él tal cual usted lo describe. Otros ya lo han olvidado.

—Mucho le agradecería si puede contarme algo de su vida. ¿Podrá usted ayudarme?

El viejo aguzó la atención.

—¿Qué pretende saber exactamente? Intuyo que no se atrevería narrar en su libro de deportes cuestiones más bien relacionadas con la vida de una persona joven. Tendrá que manejarse con cautela.

Damián volvió a sentir algo que, por un segundo, había experimentado en la biblioteca: se intrigó. No quiso alarmar al viejo Álvar y mantuvo su presunto profesionalismo. Se mostró seguro y sereno.

—Ansío tener un panorama completo de su vida. Me encargaron escribir una biografía que perfile a Julio Roizzino como hombre y no exclusivamente como deportista. La cautela está ciertamente asegurada, señor Álvar, dado el propósito general del trabajo.

—Es usted muy jovencito —observó el viejo con extrañeza—. ¿Cuánto tiempo lleva como periodista?

—Dos años, aproximadamente —dijo Damián cerrando la libreta de apuntes, con gesto relajado. Si compartía alguna información personal, tal vez pudiera ganarse la confianza del anciano—. Pero no soy periodista y creo que nunca lo seré. Estudié psicología un tiempito, hasta que mi vocación comenzó a echármelo en cara. Me gusta escribir historias, cuentos, relatos.

—Me temo que cambió dinero y equilibrio por penuria y constante incomodidad —opinó el viejo con perspicacia—. ¿No le advirtieron?

Damián asintió con una sonrisa.

—Le contaré de Julio Roizzino cuanto desee saber, joven amigo. Incluso podríamos hablar de asuntos que nunca se supieron y eso sí que ilustrará al Roizzino hombre que usted pretende descubrir. Tal vez podamos abordar el accidente de motocicleta y lo que hubo alrededor, siempre que usted prometa cautela y buena intención.

—Estaré muy agradecido —dijo Damián casi frotándose las manos—. Puede usted confiar en mi palabra. No me gustan los chismes.

—Pero conversaremos mañana, jovencito, pues hoy me resulta dificultoso. Me acompaña mi mujer Estela —dijo mientras la señalaba— y solamente andamos de paso. ¿Le parece bien? Regrese mañana a primera hora. Podremos desayunar y conversar sin apuro.

—Mañana vendré a verlo, señor Álvar. Gracias.

El viejo fue en dirección a la barra para reunirse con Estela, que aún conversaba con Joaquín. Álvar ordenó la partida y, con un ademán casual, saludó a un par de coetáneos que ocupaban una mesa cercana a la puerta del cafetín. Salió peleando contra el viento, abrazando a su esposa y afirmándose sobre el bastón que mantenía firme su lado izquierdo del cuerpo, única parte que parecía algo dañada. De inmediato ambos salieron del campo visual de Pecat.

El sol amenazaba con caer más allá del horizonte. El día lunes se iba.

Lamentablemente no había podido dar con el hombre de la carta, pero se sentía dichoso por haber conocido a Álvar. Este abuelo cordial había insinuado tener información de Julio Roizzino y eso parecía propicio. Entretanto, perdía los ojos en el oleaje y no tenía prisa por abandonar la mesa del bar. Detrás de los ventanales se hallaba al reparo del viento; seguramente afuera el aire áspero se sintiera inmisericorde. La poca gente que pasaba caminando lucía muerta de frío.

Damián permanecía en postura distendida mientras preveía lo poco que podría hacer una vez que llegase al albergue. Miraba su libreta, que descansaba junto a un lápiz negro y a la taza vacía de café, y se le ocurría atinado seguir trabajando. Debía visitar el club Municipal. Eso haría. No era mala idea. Podría así ganar tiempo y ya no hacerlo mañana.

Llamó a Joaquín alzando la mano y cuando el hombre se acercó, le preguntó algunas generalidades de San Sálfiro. ¿Siempre hacía tanto frío? ¿Y qué había de los extranjeros? No había visto ni uno solo en la calle; al menos ninguno reconocible a simple vista. También le preguntó acerca del paredón enano que estaba frente al bar. Por último, intentó una vez más con lo suyo. ¿Podría conseguir la dirección del señor Efraín Atinelo?

—Solo sé que está enfermo —contestó el mozo—. Si no puede ayudarlo mi patrón Álvar, muchacho...

—Está bien, no se preocupe. Y dígame, ¿qué podría hacer en la ciudad para pasar el rato? ¿Dónde podría cenar o distraerme antes de volver al hotel?

—¿En dónde se hospeda?

—Sales Santas se llama el lugar.

El mozo meneó la cabeza, pensativo.

—No sé qué costumbres tendrán en Orencia, pero la gente de la zona, la gente como uno, para distraerse acude a los bares que están de camino al puerto. No hay muchas opciones viables.

—Ya veo —contestó Damián no muy interesado. De igual modo preguntó en dónde quedaban estos lugares para no parecer descortés.

Joaquín señaló la calle.

—Tiene que dirigirse para el lado del puerto —dijo—; allí mismo puede comer si lo desea. Los lugares que le digo saltan a la vista. Vaya por esta misma calle y no se perderá.

—Gracias, señor Joaquín. Tengo un mapa de la ciudad. Ya me las arreglaré.

Las instrucciones sobraban. Ya se le habían ido las ganas de distraerse o comer en uno de esos sitios. Lo único que ahora quería era cenar algo barato y rápido; sus tripas insistían con ruidos y movimientos raros. Agradeció nuevamente y, luego de pagar la cuenta, optó por dirigirse al club Municipal. Quería llegar antes de que cayera el atardecer. La noche sería helada y no quería andar en la calle.

El club Municipal era menos que un club y Damián lo supo al llegar al gimnasio. Ingresó en un galpón y registró de un vistazo cada detalle relevante, como era su costumbre. Lo que aún parecía sobrevivir del sitio, ya que se lo notaba bastante viejo, era una cancha de básquetbol con aros sin redes, un espacio que adivinó serían los vestuarios o baños, y una conserjería que pronto comprobó estaba amueblada con un humilde escritorio, un armario de chapa y algunos cuadros con recortes de periódico. También había dos trofeos en una pequeña repisa de madera.

Un tipo bastante veterano salió al cruce y lo sorprendió cuando asomaba la cabeza en la oficina.

—¿Se encuentra perdido, muchachito?

—No, no —dijo Damián dubitativo.

Tenía aire adolescente y a veces la gente lo confundía con un menor de edad. Pero algo era claro: no tenía aspecto de deportista y menos aún de basquetbolista. Más lógico era suponer que estaba en el gimnasio por equivocación o para solicitar información geográfica, tal como si fuera turista.

—¿Este es el club Municipal? —preguntó sin calcular la obvia respuesta—. ¿Aquí se formó Julio Roizzino?

—Ni más ni menos —replicó orgulloso el veterano—. Y yo soy quien cuida del gimnasio.

—Ah, ¡qué tal, señor! —Le tendió la mano—. Mi nombre es Damián Pecat y escribo para el periódico *Las Voces* de Orencia. Estoy recabando información acerca del exjugador para hacer una biografía. ¿Usted lo conoció? ¿Podría contarme algo de él?

—Yo lo conocí, desde luego que sí.

Damián arrancó la tentativa con moderación, simulando sobrio interés.

—¿Qué puede usted contarme de Roizzino, señor? Me gustaría saber cuándo empezó a jugar, hasta que edad lo hizo en este lugar, en qué momento de su vida viajó a Orencia... Cualquier dato podría servirme.

El hombre se rascó la cabeza luego de quitarse una gorra manchada con gotas de pintura blanca. Dejó que su mente retrocediera en el tiempo.

—Tantos años... —dijo pensativo—. ¿A jugar? Bueno, empezó a jugar de jovencito, como otros chicos que tenían por costumbre hacer ejercicio aquí. Enseguida se destacó en los campeonatos de básquetbol que organizaban las escuelas, y hasta ganó algunos trofeos. También venía al gimnasio por las tardes, para botar el balón y encestar un tiro tras otro. Le gustaba jugar. No le miento. Pero cuando los profesores querían entrenarlo... Ah, ¡eso sí que no lo permitía! Era especial. Él se negaba a entrenar y decía que jugaba para divertirse. Era un muchachito rebelde.

—Ya lo creo —dijo Damián animado y sacó la libreta de apuntes.

Cuando iba a preguntar cómo había llegado Roizzino a Atlético Lidonia, el tipo sin más anunció que tenía un secreto para confiarle.

—¿Quiere que le cuente?

—Desde luego.

Esperaba oír alguna cosa relacionada con el retiro; era lo que todos cuchicheaban. Pero el tipo en cambio dijo que la fama de Julio Roizzino era inmerecida. «Demasiado alarde», acotó.

—¿Eso es cierto?... —preguntó Damián dudoso.

—No todo se lo regalaron, muchachito. No se equivoque. En Orencia tuvo que esforzarse para triunfar, y el entrenamiento, por más que no le gustase, pasó a ser cosa corriente en su vida. Se vio obligado a entrenar y mejorar. Lidonia era un club serio. Aún lo es, desde luego. Pero cuando Roizzino empezó a hacer plata y fama, ¿me capta?, ahí todo se fue al demonio.

Pecat no sabía qué anotar. Preguntó algo simple para poner una palabra en la hoja de su libreta.

—Y ¿qué edad tendría cuando viajó a Orencia?

—¿Qué edad tiene uno cuando sale de la escuela secundaria? Pues... no sé. Era un muchachito indisciplinado que jugaba al básquetbol y la fortuna no reparó en tal aspecto. Yo he visto jugadores más capaces.

—¿Dice usted que Roizzino no era tan talentoso? —inquirió Damián.

—¡Nada de eso! —replicó el veterano atrapado en su indiscreción—. Lo que digo es que los cazadores de talento ya no vienen por el club Municipal y es una pena. ¿Cómo podrían saber si ahora hay otro pibe tan talentoso como Roizzino? Imposible. Nos condenan de antemano. Cierto es que llevaron otros jugadores esperando dar con una estrella, pero las camadas se renuevan y no habría que subestimar al destino. Podría de un día para otro nacer otro Roizzino. Esos cazadores no tienen por qué comportarse como buitres. No hay por qué separar la carne del hueso. Se han olvidado del deporte y la formación.

—La gente de por aquí recuerda a Julio Roizzino con mucho orgullo y respeto, ¿verdad?

—¡Qué sentido tendría negarlo! Es el único hombre que logró triunfar en esta bendita ciudad. Vea aquellas fotos —dijo invitando a Damián a meterse en el despacho. Luego señaló los recortes encuadrados—. Aquí está Roizzino cuando ya era famoso. ¿Conoce estas fotos, muchachito? Pero para qué le pregunto... —se reprochó—. Si usted vino de Orencia, de seguro sabe más que yo.

—Nunca vi estas imágenes —reconoció Damián al observar los recortes—. Son excelentes.

—¡Son exclusivas del club Municipal!

Pecat quiso abordar puntos de mayor relevancia.

—¿Qué puede decirme a propósito de su retiro imprevisto? —Intentó hablar con naturalidad para no indisponer al tipo—. ¿Recuerda usted aquella época, señor?

—Claro que sí, muchachito. Julio Roizzino se fue a Río Muyet y ya nunca regresó; ni siquiera volvió vez alguna para saludarnos. No me extraña que se haya negado a seguir jugando... Nunca le gustó entrenar y tenía dinero para toda la vida.

Damián cerró la libreta. Este tipo evidentemente no tenía ningún dato de utilidad; más parecía una de las tantas fuentes de rumores del pasado. ¿Qué caso tenía oírlo? Más cerrado el misterio, más tentador y fácil maquinar tramas y hacer infames deducciones.

Pero hizo otro intento.

—¿Usted sabe algo del accidente, señor? Procuro entender qué cosa emanó de aquel contratiempo tan corriente. ¿Por qué Roizzino se alejó del deporte luego de eso?

—No lo sé, muchachito. Pero imagine usted cuántos logros podría haber alcanzado con Lidonia. ¡Nunca lo sabremos!

Inútil seguir preguntando. Damián miró de reojo la cancha y el cuidador dijo:

—Recorra el lugar como si fuera su club. No lo acompaño porque debo ayudar a mi hijo Luis —señaló a un hombre que salía de los baños o vestuarios. Damián no lo había visto—. Tenemos que limpiar cada rincón del club porque mañana viene una escuela a entrenar y esto tiene que brillar.

—Los dejo trabajar. Gracias, señor.

Pecat dio una vuelta por la cancha e intentó imaginar a Julio Roizzino botando el balón. Nada inspirador le llegaba vía ese desencantado lugar. Se despidió entonces del veterano cuidador y de su hijo Luis, que se había acercado para curiosear. Se dirigió hacia el hotel Sales Santas. Ya caía la noche.

San Sálfiro había visto nacer a su jugador emblema, pero curiosamente no había testimonio del cual hacerse eco. Había polvo sobre los recuerdos y se hacía notorio en cada comentario lleno de especulación. Aquellas preguntas de antaño, no obstante, resonaban ahora en la cabeza de Damián Pecat. ¿Por qué Roizzino se había retirado precipitadamente? ¿Por qué nadie tenía información consistente del caso? ¿Algún rumor era auténtico? Se sentía intrigado. Esperaba tener un mejor panorama luego de conversar con Álvar Velarque. Tendría que averiguar algo más concreto si quería escribir evitando hacer un mero rejunte de datos de lo publicado años atrás. No haber hallado a Efraín Atinelo había dificultado su labor. Pero tenía gran espíritu y no estaba desanimado. Luego de analizarlo, entendió por qué Esvelón le había sugerido ir a la biblioteca y arrancar el sondeo desde allí, olvidando la carta o tomándola como simple guía estimulante. ¿Sería Álvar una buena fuente de información? Guardaba esperanzas; siempre veía posibilidades en donde nadie más. Gustaba de pensar que cualquier piedra podía ocultar un diamante.

En la calle del hotel, en la misma cuadra, encontró una despensa abierta. Compró alimentos embutidos, renunciando a la idea de comer en un restaurante o bar, y luego se metió en el cuarto.

Sentado en la cama, a poco de cenar, repensó asuntos que no tenían que ver explícitamente con su trabajo y abrió la libreta para examinar apuntes que había tomado durante el día, en las primeras hojas. Estudió las desordenadas anotaciones, pero se distrajo pensando en el cuento que no había podido terminar en Orencia. Maldito cuento obstinado. No podía abocarse al trabajo teniendo pendiente algo de tanta importancia. ¿Por qué no había podido acabarlo? Qué incomodidad.

Mientras reparaba en los bosquejos que había recabado del deportista fallecido, y también en el potencial desconocimiento que evidenciaba, recordó a su novia Anabel y luego pensó en Álvar y en Estela, la pareja de ancianos. ¿Sería Estela la persona que todo soportaba de Álvar? El viejo parecía bondadoso y atento; además, no parecía escritor ni agobiado por intereses abstractos. De seguro era una persona con inclinaciones bien plantadas. Cuando Estela quiso irse, por ejemplo, él no le negó el deseo y se fue con ella sin quejarse. ¿Cómo se veían las personas felices? ¿Acaso reían todo el tiempo o iban anunciando su felicidad? No, llegar a viejo no debía de ser cosa feliz, pero seguramente quedaba la tranquilidad de no haber sido traicionado por el tiempo. Al menos habían llegado a la vejez juntos.

Crecer frente a la tragedia implícita, protagonizando desde niño una obra sin telón, había arraigado en Damián una conducta distraída y muy enrevesada. Con frecuencia las personas que estaban a su lado se preguntaban si era un cretino o simplemente egoísta. Y había razones legítimas. Él por caso estaba enamorado de su novia Anabel, pero no siempre actuaba en consecuencia. Sus urgencias eran las relacionadas con cuentos e historias. Eso era cuanto lograba sumergirlo en análisis que luego convertía en personajes, incidentes o eventualidades. Era involuntario ocuparse de lo que traía en la cabeza y olvidar el resto; desde que despertaba hasta que volvía a sumergirse en sueños era así. Estar en continua expectación, siempre aguardando algún suceso, tal vez expusiese su corazón insatisfecho, pero era un comportamiento casi insalubre que no podía manejar. Al menos pedía disculpas cuando se percataba de sus yerros. «No recuerdo cuándo me lo dijiste... Creí haberlo soñado... Estaba distraído». Esas frases sinceras salían de su boca con frecuencia.

Anabel cedía ante las necesidades de su novio porque lo quería demasiado y no esperaba otra cosa. Damián era como era. Intentar cambiarlo tal vez lo quebrase emocionalmente o lo empujase hacia una dificultad que jamás podría resolver. Así que ella lo aceptaba tal cual era, sin cuestionamientos. El propio Damián era consciente de esto, pero no lograba controlarlo. Su mente era inquieta y no lo inducía a pensar amorosamente en Anabel; pensaba por el contrario en los papeles que tenía escritos, en los que podría escribir, y luego reparaba en lo demás, en aquello que daba por sentado. Se reconocía deseoso de inspiración; debía estar listo para la inspiración, a toda hora y contra todo pronóstico. «Podría llegar en cualquier momento», le explicaba a Anabel. Por eso dormía con una libreta abierta, a pocos centímetros de la mano. No se permitía dejar pasar un pensamiento sin anotarlo. «No me lo perdonaría», se decía exagerado. Tal vez el gigantesco inconveniente de los cuentos obstinados, que a muchos provocaba gracia, para él fuese cosa auténticamente dramática.

Tal vez Anabel así lo comprendía y por eso elegía esperar, siempre ofreciéndose como alternativa de logros invariables.

Damián sacó de su portafolio el teléfono para hablar con su novia y notó que estaba apagado. La batería, muerta. Comenzó a revisar el bolso en busca del cargador; en algún lado lo había guardado... Se le dibujó una sonrisa. El cargador que traía no era el suyo; uno de sus hermanos estaría insultándolo.

Se preocupó únicamente porque no podría ser ubicado por su novia o por quien lo buscase. Pero, fuera de eso, se sintió aliviado al recordar que cargaba en su portafolio la agenda telefónica de papel. Allí guardaba los números de teléfono de sus compañeros de trabajo y de su familia. Se encogió de hombros y se resignó. Esas cosas podían pasar. Ya todos lo conocían. Mañana hablaría con Anabel desde la recepción del hotel; ahora no tenía ganas de salir de la habitación. Demasiado frío.

Con la libreta de apuntes en la mano, cerró algunas ideas trazadas para desenredar el cuento obstinado y, luego de rabiar porque no le gustaban, cerró la libreta algo enojado y se metió en la cama. Era todo por un día lunes. Estaba en San Sálfiro y tenía que tranquilizarse. No estaba allí para escribir cuentos.

Apagó la luz del velador y cerró los ojos procurando un día martes de mejores resultados. Su esperanza dependía del viejo del bar.

ÁLVAR, DUEÑO DEL ESPAÑOL

Martes por la mañana. Pensó en hablar con su jefe para contarle que no había podido dar con el hombre de la carta, pero se detuvo a reflexionar y optó por dejar pasar algunas horas antes de reportarse (nadie le había dado esta indicación). A poco de despertar, a las ocho de la mañana, ocupó el baño del albergue para sacarse la modorra y asearse y minutos después salió de su habitación sin desayunar. Saludó al conserje y le dijo que en efecto había descansado plácidamente. «Gracias, señor. ¡Hasta más tarde!».

Se encontraba de buen ánimo. Iba de camino al bar Español Colorado a entrevistar a aquel viejo que le serviría de preámbulo para su trabajo. Por el momento no tenía material del cual aferrarse.

Al llegar saludó a Joaquín y divisó al viejo Álvar esperándolo sentado en la misma mesa que él había ocupado el día anterior. Un lindo gesto.

—Buen día —le dijo con una sonrisa cordial—. ¿Llego a tiempo para desayunar?

El viejo hizo un ademán para que tomara asiento y dijo que él había llegado bien temprano, como hacía cada vez. Y no era casualidad que estuviese sentado en esa precisa mesa. Desde allí podía apreciarse el mar y eso resultaba muy placentero. San Sálfiro era su hogar, y el mar su mundo.

—Hermoso cafetín —dijo Damián tomando asiento—; una hermosa vista. No hay cemento que estorbe.

—Sospecho que en Orencia todos los cafetines se hallan ubicados entre paredes de cemento. En una ciudad tan grande no queda espacio para la naturaleza.

—Concuerdo con usted. En ocasiones es agobiante.

—Cuando San Sálfiro nacía, déjeme contarle, jovencito,

el puerto era centro de todo. Próximo a él se establecieron los primeros negocios. El Español llegó algunos años después.

—¿Qué tan lejos estamos del puerto, señor?

—A menos de un kilómetro.

Alguna cosa había leído Damián en la biblioteca a propósito de esto que mencionaba Álvar. Y también se decía que el crecimiento de la ciudad había sido extraordinario en los últimos años.

El viejo continuó con su observación. Se hallaba cómodo. Le encantaba estar en el cafetín charlando con un desconocido.

—Si usted camina por esta calle bordeando el mar, y considera las dos calles paralelas que están detrás de nosotros, encontrará casas y edificaciones con fachadas antiguas. En cambio, si se dirige hacia aquel lado —señaló una parte que Damián no había caminado—, se topará con la supuesta modernidad. La ciudad creció y creció expandiéndose sin control. Pero somos nosotros, los que estamos cerca del mar, quienes fundamos esta ciudad. Que la historia no le mienta, jovencito. Este lugar siempre fue de los pescadores, por mucho que los extranjeros digan que ellos con sus empresas trajeron vida. No es cierto.

A Damián Pecat no le interesaban las consideraciones políticas. No quería ser descortés y por eso escuchó con atención; pero decidió no preguntar.

—Hermoso cafetín —volvió a decir—. Y además parece muy antiguo; eso puedo notarlo.

—¡Es la prueba viva de lo que recién decía! El Español Colorado tiene tantísimos años más que yo, que en realidad tengo tantísimos años más que cualquier otra persona —dijo Álvar riendo.

—Me gusta su negocio —dijo Damián examinando las paredes y también el techo, que era alto y se parecía a los techos altos que se veían en cafetines antiguos de Orencia.

Álvar hizo señas llamando al mozo Joaquín para que se aproximara. Luego preguntó, tal como si buscase una respuesta honesta que disipara sus dudas:

—¿En verdad usted procura conocer la historia de Julio Roizzino solo para hacerle un homenaje?

—Es mi intención y la del periódico *Las Voces* —replicó Damián con absoluta seriedad. No debía caber ninguna duda.

Joaquín se acercó y tomó el pedido. La orden de desayuno fue simple: dos tazas de café y cuatro medialunas. En vano era ser pretencioso.

Álvar expuso el porqué de su inquietud. Con los años muchos periodistas se habían referido a Roizzino en términos maliciosos y muy reprochables.

—Eso lo sé, señor Álvar.

—La reputación del Español podría resentirse —insinuó el viejo—. Mi nombre es conocido y se relaciona estrechamente con este negocio.

—Descuide, señor. Puede confiar plenamente en mi palabra. No soy periodista y mi trabajo excede la labor de esa clase de profesionales.

—Eso me deja tranquilo, joven. Supongo que me fiaré de su palabra; no todos los jóvenes están perdidos en este mundo tan superficial.

No sabía Pecat por qué Álvar tenía esta clase de reparos de antemano, pero se intrigó.

—Confíe en mí —le dijo con absoluta calma—. Le prometo tanta mesura como el asunto requiera. Me consta que hubo rumores alrededor de Roizzino; leí numerosos artículos de la época. Pero llegué a San Sálfiro con el objeto de darle a la historia una nueva oportunidad.

—¡Me gusta saberlo! —dijo Álvar frotándose las manos—. Bien, bien... ¿Por dónde quiere empezar? ¿Deberíamos practicar con algunas preguntas? Nunca me entrevistaron.

—Usted hábleme de Julio Roizzino y yo apuntaré los detalles que considere relevantes. De ser necesario, nos detendremos a explorar ciertos puntos.

—Pero ofrézcame un panorama, jovencito. ¿Sobre qué cosas ansía usted escribir? ¿De qué deberíamos hablar? Tengo numerosos recuerdos.

Damián no perdería la chance de blanquear sus dudas. Dijo que ansiaba conocer aspectos concretos de la vida del deportista. ¿Cómo era en persona, qué cosas le gustaban, qué hacía cuando vacacionaba en San Sálfiro?

—Y cuénteme también qué piensa de su retiro prematuro. Es un asunto relevante, señor Álvar. ¿Cómo tomaron la noticia aquí en San Sálfiro? ¿Cree usted que Julio Roizzino abandonó el básquetbol para formar una familia en Río Muyet? Fue una de las causas que él mismo esgrimió.

Álvar sonrió de gozo, como si esperase que Damián Pecat abordara precisamente esas cuestiones.

—Que sus amigos le hicieron perder las mejores oportunidades... Que su novia lo presionaba para que se mudase a Río Muyet porque estaba embarazada... Que las lesiones y la presión de la competencia... ¡Que se vendía al mejor postor! Si habremos escuchado rumores de ese orden, jovencito. Pero atiéndame a esta verdad, porque cierto es que hablamos de un pasado lejano pero no debería olvidarse. Hay información todavía no explotada y sin embargo muchos periodistas avivaron su imaginación por puro morbo. Si alguien estuvo relacionado con el retiro profesional de Julio Roizzino, joven amigo, ese alguien fue un sujeto del que nadie jamás dio cuenta. Hablamos de Manuel Lazhuri, el famoso pescador.

Damián alzó las cejas. ¿Quién era ese tipo? Jamás había oído ese nombre.

—El capitán —remarcó Álvar.

Damián instintivamente comenzó a hojear su libreta en

busca de un apunte que lo llevase a ese nombre. Nada encontró y lo certificó en voz alta.

—Y no es extraño —reconoció el viejo—. Nadie parece haber conocido al capitán Lazhuri. Pero aquí en San Sálfiro era un diablo célebre por sus andanzas. Y yo le aseguro, joven amigo, que él tuvo mucha incidencia en la vida de Julio Roizzino y en su alejamiento del básquetbol.

—¿Cómo es eso?

—Bueno —dijo el viejo dubitativo—, quiero decir que el accidente de motocicleta de Roizzino tuvo una causa específica y esa causa apunta al viejo pescador. ¡Eso es innegable! Nunca nadie dio cuenta de esto y yo lo señalé reiteradas veces. Qué curioso, ¿verdad?

Damián ladeó la cabeza.

—No veo la conexión, señor Álvar. ¿Podría ser más específico?

—Antes que Roizzino se retirara se dieron una serie de acontecimientos raros, muy raros en San Sálfiro. En esa época él estaba de licencia —precisó.

—Se refiere usted al tiempo en que se accidentó, ¿cierto? ¿Año 1963, luego de salir campeón con Atlético Lidonia?

—En efecto. Y hablo de rarezas sin siquiera apuntar a las tonterías que hacía Roizzino al montar esa bendita motocicleta; me refiero específicamente a sucesos desconocidos que derivarían en el nombre del pescador. Entonces Julio Roizzino venía todos los días al cafetín. ¿Se lo imagina usted? Yo siempre estuve al corriente de lo sucedido antes de su retiro.

El viejo llevó la mirada hacia los recortes de periódico que colgaban en la pared. Damián hizo lo mismo, sin saber qué relación podían tener con el asunto que le incumbía. Fotografías de periódico había visto suficientes. Le preguntó si podía explayarse.

El viejo Álvar mencionó el accidente y dijo que todo había sido culpa de los amigotes de Roizzino.

—Por una absurda ocurrencia —aclaró—. ¿Quiere escuchar la verdad del caso? Yo puedo contarle cómo Roizzino se rompió una pierna y por qué se fue a vivir a Río Muyet. ¿Quiere usted saberlo?

Damián esbozó una sonrisa.

—Eso suena prometedor —dijo contento.

—El pescador Manuel Lazhuri había muerto por aquellos días del accidente de Roizzino, tal vez unos meses antes. Todo el mundo estaba conmovido, sin embargo, porque de esa muerte se tenían pocos datos. El pescador estaba *desaparecido* y una nube de misterio había en torno al hecho; nadie daba respuestas ni aclaraba el episodio. No fue la policía ni fueron las autoridades de San Sálfiro los que se propusieron averiguar qué había ocurrido con Lazhuri; fueron los amigos de Julio Roizzino, con él incluido o a la cabeza.

—No lo sigo, señor Álvar. ¿Esta gente se hallaba tras la pista del pescador? ¿Eso dice? ¿Acaso buscaban su cadáver?

—Ellos quisieron saber qué había pasado con el pescador. El tipo no tenía familiares y había que hacerle honores. Es como cuando desaparece un vagabundo, jovencito. A nadie le interesa.

—Una iniciativa noble.

—Sí, claro; según se vea. El capitán Lazhuri había desaparecido y eso no podía ser cierto. Hablamos de un hombre poco común, jovencito; develar el misterio de su desaparición hubiese redundado en notoriedad. Era cuestión significativa. En San Sálfiro Manuel Lazhuri era altamente conocido; se lo sabía especial entre los pescadores. Un tipo como él difícilmente iría a desaparecer sin dejar rastros. ¿Me sigue ahora? Lo que quiero decir es que los muchachos amigos de Roizzino se intrigaron más que ninguna otra persona en la ciudad y quisieron echar luz sobre el suceso. Se internaron en la noche, en los lugares que el viejo visitaba, lugares todos del puerto, y pretendieron hallar datos concretos que los llevasen a la verdad, pues la información conocida era parca y dudosa. «Está muerto», aseguraban todos, pero sin dar detalles que respondiesen a la cuestión esencial: ¿qué había pasado?

Damián Pecat se sentía en extremo desorientado.

—Todo esto me parece confuso —dijo arrugando la frente—. Sigo sin entender, señor Álvar. ¿Qué relación tiene esto con Julio Roizzino, el deportista?

—¡Toda la relación del mundo, joven amigo! Intento explicarle cómo sucedió aquel accidente de motocicleta. La muerte o desaparición de Manuel Lazhuri provocó que Roizzino y sus amigos quisieran sacarse las dudas y por eso se pusieron a investigar. ¡Tal como oye! Si el capitán estaba muerto, ellos irían a descubrir qué había ocurrido y responderían lo que nadie más podía. Y eso que al principio parecía un juego, pronto se volvió una obsesión y el accidente desafortunado de Roizzino fue la frutilla del postre.

—Pero ¿cómo ocurrió tal cosa? ¿Está usted seguro?

—Tan seguro como podría estar, joven. No tengo los detalles del accidente, pero sospecho que el mismo ocurrió luego de una extensa jornada de alcohol y excesos. Julio Roizzino terminó viendo las estrellas como otros tantos que no pueden sortear los efectos de la irresponsabilidad. La imprudencia le costó cara.

—Cuénteme más, por favor —dijo Damián con algo de culpa. Lo que oía sonaba a chisme, pero quería ahondar—. ¿Usted dice que Julio Roizzino se accidentó por manejar borracho? ¿Eso es lo que está diciendo?

—Le voy a contar todo lo que sé, joven, para que entienda mejor.

Damián asintió. Tenía deseos de ponerse a escribir, pero se contuvo.

—Efraín Atinelo, el hombre que usted buscaba ayer, integraba el grupo de amigos que le estoy mencionando. Él andaba con Julio Roizzino y con un par de tipos que entonces venían al Español Colorado. Pasaban las tardes y noches aquí; eran clientes. La muerte del capitán Lazhuri, que a la sazón resonó en toda la ciudad, sorprendió a estos muchachos y los hizo reaccionar. «No puede estar muerto», se decían. «Hay algo raro».

—¿Estaban en lo cierto?

—Ellos pensaron que sí, y una tarde de esas se pusieron manos a la obra. Darían con el paradero de Lazhuri. Eso se prometieron. Tal vez estaba escondido o huía de la policía; no podía simplemente estar muerto. Y si estaba muerto, pues alguien lo había matado. Y fue así como arrancaron con su pesquisa de la verdad. Visitaron en el transcurso los lugares más indignos y peligrosos del puerto con objeto de seguirle la pista al pescador. Y no sería cosa fácil, déjeme decirle. Necesitarían horas de entrega. Creo yo que pasaron demasiado tiempo infiltrados en esos ambientes tan sombríos.

—Una especie de aventura —dijo Damián dejando escapar una leve mueca—. Me gustan las aventuras.

—Imagínese que le hablo de lugares horribles, jovencito, lugares en donde los pescadores atienden sus necesidades más básicas. No era sitio para alguien como Julio Roizzino, un deportista. Figúrese el estado en que estaría al manejar su motocicleta... Dicen que se rompió la pierna en dos partes y la mentalidad en mil; pero no gritó. O eso decían. Tal vez estaba muy ebrio. ¡No se le ocurrirá decir esto, joven amigo! Es una confidencia que me permito hacer.

—Descuide —dijo Damián comprendiendo que no podría escribir semejantes cosas—. ¿Acaso la compostura con que se guardó silencio en la época pudo deberse a que estaba ebrio? No parece tan terrible; estaba de licencia.

—Fue un episodio tonto y él fue irresponsable. Pero tiene usted razón. Sin embargo, nada de eso trascendió y creo yo que San Sálfiro terminó agradeciéndolo. Hubiésemos tenido que dar explicaciones. Todos. No se supo nada del hospital en que Julio fue atendido, por ejemplo. Jamás oí palabra alguna de los médicos o enfermeras. Alguien puso dinero para comprar voluntades.

Damián escuchaba el relato con extrañeza. Parecía estar oyendo nuevas e inéditas habladurías. ¿Era su sensación o había en estas sorpresivas declaraciones algo de cierto?

—¿Qué sucede cuando un intruso juega en un escenario que no le pertenece, jovencito? ¿Qué pasaría si yo agarro una pluma e intento escribir? ¡No adivine! Yo se lo voy a decir. Pasaría algo pésimo para su profesión de periodista. Las cosas me saldrían como el diablo y alguien, más tarde, podría echarme responsabilidades. ¡Y eso ocurrió con Julio Roizzino! ¿Qué hacía un hombre del deporte visitando lugares tan deprimentes y de mala muerte? Andaba por las noches bebiendo, disfrutando y encima arriba de la moto. No lo culpo, pero la irresponsabilidad tiene precio. Se accidentó del otro lado de la ciudad. Quizá tuviese allí alguna mujer o algún vínculo. ¡Quién sabe! La gente de dinero tiene costumbres extrañas, y a Julio Roizzino no le faltaba ni el dinero ni las mujeres.

—Pero... espere, espere, señor Álvar. —Damián abrió su libreta para chequear un apunte—. Entiendo que se casó con su novia María poco tiempo después. ¿Dice usted que el amor que adujo sentir Roizzino al cabo de su retiro fue exagerado? Leí alguna crónica al respecto. Juraba estar enamorado.

Pecat se sintió periodista de espectáculos al preguntar esto. No le gustaba la sensación, pero esta confesión merecía ser oída.

El anciano negó con la cabeza.

—Sería para mí bochornoso inferir detalles de esa índole, joven amigo. Me permito dudar, simplemente. Raro es que anduviese por esos lados. Aunque tal vez estuviese paseando con su motocicleta.

—Cabe inferirlo.

—Estaría enamorado de su novia; podemos creerle; no tenemos por qué ser injustos. Después de todo, con ella formó familia y vivió hasta sus últimos días. Yo me refería a los sucesos nunca esclarecidos. No se lleve una imagen equivocada.

Álvar Velarque ya no estaba tan cómodo hablando. ¿El joven periodista tomaba cada una de sus palabras al pie?

—Tal vez hubiese sido irrelevante y hasta vergonzoso explicar el accidente —dijo Damián, especulando—. Puede que hayan guardado silencio por tal razón.

—Ni tan cierto como cree, joven amigo. Julio Roizzino aprovechó el accidente para alejarse del deporte porque no le convenía que indagasen. Y además estaría cansado de la fama y el dinero. Según decía, no se la pasa bien estando tan abocado a una disciplina deportiva. Exige mucho esfuerzo y dedicación. Quizás el accidente le sirvió como excusa o pequeña artimaña. Nadie por eso debería juzgarlo. Pero hubiese sido lindo mencionar a Manuel Lazhuri, ¿no cree usted?

—Estoy de acuerdo —dijo Damián—. La búsqueda de la verdad en cualquier caso es motivación noble. Puede uno jactarse de ello y dejar la vida en el intento.

—Eso, jovencito, suena demasiado idealista —dijo Álvar más relajado—. No es casual que haya llegado a la edad que tengo. No se sobrepasan los ochenta años siendo idealista.

Damián avaló la sutileza con una sonrisa.

Álvar frotó las manos acusando frío e hizo un ademán en dirección al mozo, para que volviera a acercarse. Pidió otro café. Joaquín lo miró indeciso, pero el patrón insistió. Le ordenó que trajera otro también para su invitado. Tenían charla para rato.

Damián intentaba atar cabos, pero una brecha inesperada se había abierto. Álvar parecía conocer a Julio Roizzino, pero por momentos echaba mano a contemplaciones infundadas y no temía que sonasen a chisme.

—Si hablamos de Julio Roizzino —advirtió el viejo—, es preciso hablar también de Manuel Lazhuri. Ambas conclusiones de vida estuvieron ligadas, joven amigo. Apuesto a que usted, por sí solo, se convencerá de ello.

Joaquín se acercó con las nuevas infusiones. Dejó las tazas sobre la mesa y de inmediato fue a atender a otros clientes.

—Trabaja conmigo hace muchos años —dijo Álvar mostrándose orgulloso—. Es un hombre leal y afable.

Echó dos terrones de azúcar a su café, mirando de reojo a su mozo y luego dijo:

—Manuel Lazhuri, joven amigo... ¡Es muy importante que le haga esta introducción! No se impaciente.

—No tenemos apuro, señor Álvar. Cuénteme lo que usted desee.

También Damián echó al café dos terrones de azúcar.

—Muy bien, jovencito. El capitán Lazhuri era un pescador famoso y se decía que estaba loco. Enseguida la gente dice de uno que está loco... Se llega a esa conclusión sin mucho preámbulo. Pero en este caso parecía cosa cierta. El viejo estaba loco y había pruebas. Todo San Sálfiro lo conocía y, déjeme subrayar esto, su fama y renombre estaban a la par que la fama de Roizzino. Entienda usted de qué estoy hablando. El pescador era famoso, ¡muy famoso!

Pecat seguía intrigado, pero confundido. Jamás había escuchado hablar de un pescador que se relacionara con Roizzino; y eso que el padre del deportista había sido pescador. Se sentía enredado. ¿Acaso este tal Lazhuri estaba vinculado con el básquetbol? ¿Debía husmear sin reparo?

Agustín Ponce Arregui le hubiera ordenado ir a fondo.

—¿Estas historias involucran también al deportista? —preguntó tratando de reflejar su concreto interés para encaminar la conversación.

El viejo Álvar sonrió de modo simpático. Dijo que intentaría explicar la razón por la cual Julio Roizzino había pagado su retiro por la influencia indirecta del pescador. Conocer a Manuel Lazhuri le permitiría entender por qué despertaba admiración en la gente. Esa era la razón por la cual Roizzino se había jugado la carrera.

—Si usted nunca oyó hablar de Lazhuri —agregó—, es porque los periodistas no indagaron lo suficiente. Se cansaron de viajar a Río Muyet para buscar una verdad que el propio Roizzino les negaba, pero siguieron intentándolo como cabezas duras. A San Sálfiro nunca vino nadie con intenciones serias, con algo mas que deseos de olfatear. Por eso se crearon tantas conjeturas y habladurías; por eso y porque nunca quisieron narrar algo que no se vendiera como folletín.

La pequeña argumentación había generado buen pálpito en Damián. Gustaba de saber que por pura casualidad estaba compartiendo un café con alguien cercano al deportista. Era algo conveniente.

—Si usted oficia de periodista, amén de ser escritor —el viejo acompañó la salvedad con una mirada cómplice—, de seguro querrá saber cómo se sucedieron los acontecimientos antes de lanzarse a escribir. ¿No estoy en lo correcto?

—Absolutamente.

—Entonces, jovencito, le pido que me conceda un par de horas. Le aseguro que al cabo tendrá para esbozar algo muy curioso y atractivo. Del pobre Manuel Lazhuri nunca habló nadie y sería bueno que al menos lo citasen en un texto. ¿Quiere una historia que hable de Roizzino y también diga de su persona aquello que se desconoce? Pues yo se la estoy ofreciendo.

Damián preparó su lápiz y asumió que su trabajo por fin arrancaba. Se quedó contemplando a su interlocutor. No quería importunarlo con comentarios que pudieran leerse como pretensiones. Comprobaría antes hacia dónde iba la conversación.

Álvar sorbió su café e hizo una mueca agria. La infusión estaba quemada. Los dos sonrieron distendidos y miraron a Joaquín, que estaba atendiendo una mesa.

El viejo tenía cada una de las piezas dentales y eso a Damián le provocó sorpresa. Una muy saludable sonrisa.

Álvar dijo que sus memorias databan de cuando era muy joven. Ochenta y siete años tenía en la actualidad. Tantos amigos habían partido... Efraín era el último en pie de la época que estaba narrando, y encima estaba enfermo. El inminente desenlace le provocaba melancolía.

Damián acható con la palma las hojas de la libreta y buscó en las anteriores páginas el nombre de Efraín Atinelo. Poco más y lo tacha. Lo relativo a su persona seguía vacío y sin desarrollo, lo cual era frustrante si consideraba que había llegado a San Sálfiro con la intención de encontrarlo. Pero al menos se había topado con este hombre divertido que mucho se parecía a su abuelo. El detalle de la dentadura marcaba una diferencia.

—Si se pregunta quién era Manuel Lazhuri —prosiguió Álvar—, o intenta conectarlo intrínsecamente con Julio Roizzino, debo decirle que fracasará. En absoluto el capitán Lazhuri tenía relación con el deporte o el ambiente en que se movía nuestro amigo Roizzino. Eso para empezar. Hago esta aclaración para no alimentar su confusión o generarle falsas expectativas. ¿Me comprende?

—Se lo agradezco.

—Yo tendría unos dieciocho años cuando escuché los primeros cuentos que citaban su nombre. «El capitán, el capitán... ¡Lo vimos en el puerto! ¡No saben lo que hizo esta vez!». El tipo era una auténtica leyenda por un suceso puntual que luego detallaré. La gente, sobre todo la joven, se largaba a contar sus aventuras o anécdotas y sin más, como por arte de magia, pasaban de boca en boca y se regaban por la ciudad. Al fin las suyas terminaban siendo... hazañas. Pescaba enormes monstruos, arreglaba su bote solamente con alquitrán, daba de comer a delfines su propia pesca. ¡Absolutamente genial! Cuanto hacía era loable. Eso, joven amigo, ocurría en tiempos lejanos. No había a la sazón medios para desacreditar los dichos de la gente. Ahora todo es menos fantasioso.

—He oído relatos magníficos de pescadores. ¿Así eran los de Manuel Lazhuri?

—Las andanzas del capitán eran referidas de ese modo y mucho divertían a la gente, pues su peculiar reputación le hacía sombra y siempre había cerca de su persona un hombre dadivoso que se ocupaba de pasar el cuento y hacerlo trascender. Resulta que el pescador tenía *amigos* en cada punta de San Sálfiro, tipos que podían certificar sus aventuras y hablaban de él como si hablasen de un hermano. Cosa curiosa, joven amigo, porque en realidad no se le conocía a Lazhuri más que un solo amigo y ese sujeto no se jactaba de ser su compañero.

—Tiene sentido.

—Bastaba que uno fuese valiente o rudo para que en la ciudad se lo respetara y generase habladurías. Considere de nuevo que refiero tiempos muy distantes. La gente normal era más ingenua y todo resultaba más divertido. Manuel Lazhuri era un veterano cuando yo era mozo de este cafetín. Era entonces muy jovencito y apenas si había contraído matrimonio con Estela.

—Comprendo —dijo Damián y escribió una frase en su libreta.

Suponía que cualquier dato de la época podría serle de utilidad para reseñar la ciudad. Apuntó algunas referencias al tiempo que miraba las mesas del Español Colorado y trataba de imaginar a Julio Roizzino ocupando una de ellas. Era su costumbre escribir frases sueltas, le explicó a Álvar. Este se sintió interesado.

—Qué gran capacidad ha de tener un periodista —dijo contemplativo—. Me gustaría tener memoria tan lúcida como para hilvanar sucesos, por ejemplo, en orden cronológico. Pero con suerte recuerdo en dónde guardo las llaves... y siempre las tengo en el bolsillo derecho del saco.

Ambos rieron al unísono. Álvar mencionó a continuación que, por insistencia de su padre, se había salvado del destino inevitable de los hombres de San Sálfiro. Refirió que su padre había pasado la vida en el puerto y que no deseaba lo mismo para él. No quería que se viera tentado por la vida del pescador; mucho menos quería que se viera seducido por los peligros implícitos en las labores del puerto.

—Terminé resignándome ante su postura —acotó—, pero me costó esfuerzo entenderlo porque me gustaba andar por el puerto, metido entre los pescadores, tonteando como otros de mi edad. Un día comencé a trabajar de ayudante en el cafetín, por esas cosas del azar, y ya nunca abandoné la tarea. Me calcé el delantal blanco sin sospechar que estaba haciéndome mozo de por vida. Hará de esto setenta años o más.

—Leí en la biblioteca que San Sálfiro creció mucho en los últimos treinta años.

—Es una realidad que cuesta asimilar. En mi juventud saludaba a todas las personas que caminaban las calles; ahora cada sujeto me parece un perfecto desconocido. No sé si es por culpa del turismo o de los extranjeros. No lo sé. Mi mujer dice que simplemente estoy viejo.

Damián acotó una nimiedad e intentó volver sobre sus intereses.

—¡Se imagina una crónica en la que figure Julio Roizzino y este cafetín! —dijo Álvar—. Eso sí que me gustaría. Me haría feliz. Podría usted señalar que Roizzino era cliente, al igual que sus amigos. Eso nunca lo dijo ningún periodista.

—Cuénteme del grupo de amigos de Julio Roizzino, señor Álvar. Tengo pensado escribir acerca de ese aspecto. Hablaré de su juventud y de su vida aquí.

—La barra de muchachos, ¡claro que sí! Alfredo Taclero, Juan Ambrosín, Efraín Atinelo y Julio Roizzino. Aunque a Efraín podríamos nombrarlo en una oración aislada, pues vino a ser parte de este grupo luego de unos años. Primero conocí a los otros tres.

Damián inició una nueva página, respetando los tiempos del anciano. Anotó los nombres.

—Alfredo Taclero era un tipo bastante especial, de esos que no se preocupan por el dinero. Lo que a él le interesaba era ser libre. «No trabajo porque soy libre», argüía a menudo. Y cuando le hacía falta dinero se desenvolvía como vendedor ambulante. Andaba el puerto y allí vendía toda clase de chucherías: redes, canastas, comida; lo que pudiese vender. Era un tipo excéntrico, si me permite decirlo. Le gustaba beber, pero no trabajaba porque era libre... ¿Me entiende usted? No era tan libre como él decía.

—Ya veo.

—Por Taclero conocí la taberna de Lozada, una especie de *cabaret* que era frecuentado por Manuel Lazhuri, el pescador.

—¿Allí todos se conocieron?

—No, no. El capitán era conocido en todo San Sálfiro; de la taberna solamente era cliente.

—¿Su amigo Taclero lo conoció allí? —Pecat intentaba elaborar una historia y relacionarla con Roizzino.

—Supongo que sí. Taclero ya murió. Pobre. Si habrá pasado tiempo de su vida en esa taberna... Era asquerosa, una auténtica porquería. Bebidas... Prostitución. ¿Soy claro al describir ese lugar? Era un ambiente denso en el que se movían los pescadores y todo aquel que tuviera coraje. Alfredo Taclero decía que la taberna, a la par de otros sitios, era el mejorcito y el menos peligroso. No era una sentencia fiable. Usted me entiende.

Damián asintió con gesto simpático, pero no quiso ahondar.

Estaba claro que Álvar tendía a distraerse. Sin querer miró la hora. Eran casi las once de la mañana.

—Y... ¿los demás amigos? Hábleme brevemente de ellos, así me hago una idea.

—Bueno, sí —dijo el viejo, sin advertir que Damián esperaba oír datos más relevantes—. Juan Ambrosín también era especial, pero de otra forma. Era bondadoso, pero remilgado para mi gusto. Entiendo que murió hace unos diez años. Su padre era dueño de La Orilla, un restaurante tradicional que está frente al puerto. Actualmente el lugar es administrado por uno de los hermanos de Juan Ambrosín. Él se marchó de San Sálfiro no bien contrajo matrimonio con una chica japonesa. Su nombre exótico se me fue de la cabeza, jovencito. Los padres de la chica tenían una tintorería del otro lado de la ciudad.

El viejo escrutaba su taza de café y de a ratos movía el cuello en evidente señal de cansancio. Cada tanto buscaba con la mano el bastón de madera que descansaba a la par de una silla. Pero no le perdía pisada a Joaquín. Dos veces estuvo a punto de llamarlo para recordarle algo o marcarle un error. Eso percibió Damián.

—Y de Julio Roizzino, ¿qué puede usted contarme, señor Álvar? Cualquier reminiscencia podría servirme. Ya sabe usted que, si el diablo está en los detalles, en los detalles también están las historias.

Al viejo no le agradó la frase.

—¡Pensemos en la virgen, joven! No se juega con el diablo, salvo que uno esté dispuesto a pagar.

—Tiene usted razón, señor —dijo Damián con seriedad. Tal vez el viejo fuese religioso—. Mejor hábleme de Roizzino. ¿Qué cosa recuerda usted de aquella época?

—Lo deportivo y lo personal se unen en este caso, jovencito. ¿Podría Julio Roizzino haber volado más alto? Ciertamente.

Se imagina usted que por una tontería todo acabó. Cómo debió arrepentirse tiempo después.

—¿Lo supone o lo sabe?

—No me malinterprete —reculó Álvar—. Era un grandísimo jugador y seguramente ya no querría seguir viviendo en Orencia. Estaría cansado de la fama. Roizzino estaba distraído disfrutando de la vida. Aún era joven y esa motocicleta aparatosa que tenía lo hacía más feliz que el básquetbol. Una muy bonita motocicleta: importada, costosa, de colores muy vivos. Nadie en la ciudad tenía una moto igual.

—Muy bien —dijo Damián, y anotó en la libreta tales datos. Ninguna referencia había leído acerca de la motocicleta. Tal vez fuera importante en la vida del deportista—. Hablemos de su retiro profesional, señor. ¿Cómo resonó la noticia en San Sálfiro? ¿Alguien intentó convencer a Roizzino para que volviese a Orencia?

—Roizzino no se dejaría convencer. Era un cabeza dura. Dijo que se iba y se fue; dijo que tenía suficiente dinero y fama y seguramente no mentía. Enloqueció... Si usted me pregunta, yo pienso que enloqueció. La ciudad toda se compadeció por su lesión y aplaudió cuando se casó con María. Era un hombre nuevo, un muchacho que en actitud espiritual renegaba de la fama. Qué conveniente. Nadie quería verlo desprestigiado, así que cualquier falta moral quedó automáticamente absuelta. Mis compañeros de café me trataban de paranoico; decían que estaba inventándome historias para confabular. El accidente era un simple accidente y Roizzino no tenía más novia que María, la de Río Muyet. Siempre me quedaron dudas. Pero nunca en mi larga vida hablé con periodistas o gente de Orencia; no quería perjudicar a Roizzino y hacerme mala fama. Y no me arrepiento. Los periodistas siempre escriben lo que se les antoja. En la actualidad la historia es distinta: ya pasó tanto tiempo que a nadie le importa.

—No estaría tan seguro. Pero dígame una cosa, señor Álvar. ¿Usted pone en duda el accidente de motocicleta? Eso también se dijo en la época.

—No tiene caso dudar del accidente, joven amigo. Me consta que se rompió una pierna.

—Pero ¿podría haber jugado básquetbol luego de recuperarse?

—Eso tampoco lo dudo. Simplemente ya no quería jugar. Tal vez asumió que ya no podría rendir al máximo y por eso se alejó de las canchas. Es difícil decirlo. Él nunca quiso explicarlo públicamente. Se fue a Río Muyet y luego... todo lo que sabemos.

—Ya veo por qué hubo tanto recelo. Ahora mismo suena increíble. ¿A poco de salir campeón ya no deseaba jugar? ¡Extraño! ¿Quién abandona el deporte en tal circunstancia? Tal vez hubo algo anómalo.

—¿Anómalo? —repitió el viejo, súbitamente desconfiado—. ¡Espero que usted no vaya a escribir en esos términos tan especulativos!

—Ni en un millón de años, señor Álvar. Quédese tranquilo, muy tranquilo. Solo estoy pensando en voz alta, hablando con mi imaginación.

—Admito que todo fue raro —dijo Álvar meneando la cabeza—. Pensar que Roizzino estuvo por matarse con su motocicleta por andar tras la pista de Lazhuri es extraño.

—¿Podría usted hablarme de ese pescador? Le pregunto solamente por curiosidad.

—La relación entre la desaparición de Lazhuri y el retiro de Roizzino es cosa indiscutible, joven amigo. No se deje engañar por evasivas o silencios. Eso se lo prometo. No le miento ni me equivoco. Julio Roizzino entonces vacacionaba en San Sálfiro, tal como hacía cada año cuando terminaban las competencias en Orencia. ¡Pero esta vez venía de ser campeón! Un campeón. Tenerlo como cliente del Español sí que era propicio, sabrá entender. Pero ese año terminaría siendo atípico y recordado también por la desaparición física de Manuel Lazhuri. Se hablaba del asunto en cada rincón de la ciudad. «¿Qué habrá pasado con el capitán?», se escuchaba aquí o allá y ninguna voz daba certezas. Todos comentaban la noticia con incredulidad y desconocimiento. La presunta muerte del pescador era sorpresiva y las reacciones generales de quienes lo conocíamos avalaban esto que ahora afirmo. ¿Qué demonios había pasado con el viejo? Pura incertidumbre. Empezamos, pues, a especular. Me incluyo. ¿El capitán había abandonado San Sáltiro porque estaba harto de la pesca, las tormentas y la vida miserable? Improbable. ¿Su desaparición era signo inequívoco de muerte? ¿Se había ahogado? ¿Lo habían matado o secuestrado? Sobraban las hipótesis, joven amigo, pero la información indudable escaseaba. Apenas si habían encontrado su bote abandonado en el mar y de ahí los dichos. Los muchachos, los amigos de Roizzino, comenzaron a obsesionarse con el tema y, de ser una simple conversación de café, pronto se volvió asunto nocivo. «Tendríamos que averiguarlo», empezaron a decir. Y al principio parecía chiste. ¿Qué podrían ellos averiguar? Si la policía no tenía noticias de Lazhuri, menos aún podrían tenerla ellos. Pero querían saber... Yo los escuchaba. En las reuniones en el cafetín, en aquella mesa —dijo señalando una que estaba cercana a los baños—, conversaban e imaginaban lo que podría haber pasado con el capitán, y se animaban a esbozar las más insólitas dilucidaciones. No le voy a mentir. Unos depositaban al capitán en el fondo del mar, y otros en un crucero extranjero lleno de señoritas hermosas. Algo muy remoto y casi ridículo si usted me pregunta. Creo yo que Lazhuri jamás hubiese subido a un bote extranjero, uno que no fuese pesquero.

—Lo sigo. ¿Y entonces?

—Pero nadie tenía información concisa. Le preguntábamos a Juanito, su compañero de faena, su amigo de la pesca, y tampoco él sabía cosa alguna del capitán. «Creo que se murió», decía entre copas. «Tenemos que seguir esperando». La intriga era absoluta, bien comprenderá. Por eso Roizzino y sus amigos empezaron a visitar los bares y burdeles del puerto y quisieron indagar acerca de los pasos del capitán. Era obvio que alguien debía de tener información.

—¿Y usted no participaba? ¿No le importaba saber la verdad?

—Yo trabajaba en el cafetín y no podía acompañarlos. Lamentablemente. Pero recuerdo que ellos hablaban y hablaban y según pasaban los días parecían más obsesionados, pero también más cerca de obtener respuestas. Se metían en los burdeles y *cabarets* y con mucho coraje iban tras los pasos de Lazhuri. Era ciertamente una aventura, como usted lo sugería.

—¿Roizzino también visitaba esos lugares? No puedo creer que eso pasara antes de su accidente.

—Créalo, joven amigo. Visitaron los bares durante días y noches, y yo supongo que, ante la imposibilidad de dar con una verdad respecto de la desaparición del capitán, a la larga quisieron hacerle honores y... ya sabe. Los impulsos y la fama crean un cóctel evidentemente explosivo. Visitar esos lugares implica sentarse y beber, conversar con una y otra persona. No es como en las películas, que uno llega a un bar, se acerca a la barra y hace sus preguntas. En esos lugares sombríos hay que saber mezclarse para obtener resultados. Y la cruzada salió del todo mal y encima fue vana. Se dejaron arrastrar hacia la boca del lobo, y allí uno no puede hallar sino vilezas que infectan el espíritu y lo marcan para siempre. Un grave error.

—¿Julio Roizzino bebía en exceso? —dijo Damián como si fuera un periodista de los malos. Fue una pregunta mecánica.

—Una peligrosa especulación —observó Álvar—. Que

conste que esto se lo cuento por pura cortesía. Usted prometió que no registraría en su trabajo esta clase de datos.

La súbita moralina del viejo a Damián le provocaba gracia.

—Lo recuerdo, señor Álvar, y no le fallaré. Cumpliré mi palabra. Indago por curiosidad. Así trabajamos en el periódico —se excusó con una mentira.

El viejo se mostró reflexivo, pero no molesto.

—El consumo de alcohol en esa época no era rechazado socialmente, jovencito, al menos no para los hombres. ¿Cree usted que la policía andaba en las calles buscando conductores ebrios? Nada de eso. Pero ¡pobre Roizzino! Terminó perdiendo su camino por una auténtica estupidez. Lo del capitán sigue hoy siendo un misterio... Lo dieron por muerto, desde luego. Creyeron que se había ahogado en una tormenta y pronto se olvidaron de él; ni familiares tenía.

—Triste —dijo Damián, y posó el lápiz sobre la libreta—. Volvamos sobre Roizzino, señor Álvar. ¿Pudo usted verlo luego del accidente? ¿Recuerda en qué estado anímico se encontraba? Intento figurarme cómo atravesó aquellos días. Abandonar el básquetbol parece una decisión injustificada y sin desencadenante.

—Nadie lo supo —repuso Álvar—. A lo mejor andar en la noche, tras la dominante estela del pescador, hizo que Roizzino entendiera asuntos importantes de la vida. Pensar eso sería conveniente. Démosle esa chance. Pensemos que en verdad olvidó su tiempo de juerga y que quiso formar con su novia una familia. ¿Para qué hacerle la vida imposible? Ya está muerto. Ya sufrió bastante.

—Concuerdo con usted, señor. Pero me gustaría entender.

—Todo para Roizzino fue penoso, incluso su retiro deportivo. Una pena; la gente tiende a olvidar y el rastro de uno termina perdiéndose al poco tiempo. Lo mismo le pasó a Manuel Lazhuri. Fue importante para nosotros, pero ahora es un sujeto sin sombra y sin pasado. Ya nadie puede hablar de él. ¿Qué pasará en diez o veinte años?

Todo para Damián Pecat era novedoso e inédito; sin embargo, para el trabajo no tenía reunida más de tres hojas con apuntes. ¿Cómo iba a escribir una biografía o crónica sabiendo lo que sabía, topándose con alusiones que jamás podría considerar fuentes de información? ¿Y quién era ese pescador?... ¿Tenía relación con Julio Roizzino? No concebía aún la forma de escribir algo auténtico, distinto y a la vez valioso. Anotaba en su libreta palabras sueltas, más por ansiedad que por persuasión. Estaba obrando a ciegas.

Decidió entonces preguntar por el único hombre que le resultaba medianamente familiar.

—Hábleme de Efraín Atinelo, señor Álvar. No me ha dicho nada de él.

—Ah, sí. Efraín. Yo lo presenté ante los muchachos cuando era muy jovencito. Comenzó a venir al cafetín teniendo..., no sé, trece o catorce años.

—¿Efraín es joven?

—Si usted lo compara conmigo... —respondió el viejo con una sonrisa—. Entonces yo trabajaba de mozo, y él siempre acompañaba a su padre, que era cliente. Se quedaba en la mesa a su lado y miraba cómo los adultos jugaban cartas o dados. Al principio permanecía quietito y sentado, y solamente venía al cafetín en compañía de su padre; pero de a poco fue tomando confianza y se animó a venir solo. Se paseaba, pues, por las mesas espiando los juegos y, como todos lo conocían, nadie rechazaba su presencia. A veces incluso ganaba algún dinerillo haciendo de recadero. Lo mandaban a comprar cigarrillos y esas cosas. Y así se hizo grande y se volvió cliente de la casa. Tal como su padre, terminó siendo barbero de profesión. Supongo que heredó el negocio y también la clientela.

—¿Peluquero?

—Sí, al margen de que se la pasaba hablando de ajedrez y de bobadas de ingenio. Se creía muy inteligente. De mocoso era prácticamente insoportable: hablaba y hablaba todo el tiempo. Yo ni siquiera lo escuchaba; no entendía una palabra de lo que decía. Parloteaba como un delirante y era entrometido. Me seguía de un lado a otro queriendo llamar mi atención, esperando que le enseñara a preparar café, servir vino o destapar botellas. Y yo no podía quejarme porque su padre era cliente de años, de los que no conviene perder.

Joaquín se acercó a la mesa interrumpiendo la conversación. Un viejo que estaba parado en la barra preguntaba por Álvar.

—Luego hablaré con él —contestó echándole una mirada al hombre.

—Eso mismo le dije —repuso el mozo.

—Luego hablaré con él —repitió Álvar con hosquedad.

Joaquín no pareció disgustado por la respuesta, pero Damián sí que se extrañó. Álvar ni siquiera se percató de esto y solo comentó:

—Un asunto poco importante, joven amigo. Sigamos.

—Si necesita un momento...

—De ninguna manera. Le estaba por decir que Efraín conoció a los muchachos por mi cuenta. Cierta vez lo mandé a sentarse a la mesa con ellos para que me dejase en paz y allí fue recibido con cordialidad. A mí me alivió muchísimo; nunca volvió a molestarme. Taclero y Ambrosín lo adoptaron como a una mascota y, a cambio de favores, hasta le pagaban la merienda. Y luego Efraín conoció a Julio Roizzino. Cada vez que Julio tenía ocasión pasaba unos días en San Sálfiro. Se escapaba de Orencia.

—Bien —dijo Pecat, y anotó algunas palabras sueltas en la libreta—. ¿Es acertado suponer que Efraín participó en la búsqueda del pescador Lazhuri?

—Sí, todos andaban detrás de los pasos del loco Lazhuri. No sé si le dije, joven amigo, pero Lazhuri al parecer estaba loco.

—¿Literalmente loco?

—¿Se puede estar loco de manera literal? —dijo Álvar sonriendo—. Pongamos que sí... Pongamos que la pesca y la soledad lo habían vuelto loco. Había rebasado ya los tres cuartos de siglo y es difícil no volverse loco cuando uno vive su vida en soledad.

Damián anotó esos datos. No tenía en claro por qué, pero le causaba impresión imaginar a ese pescador viejo y solitario. ¿Cómo sería?

—Vale aclarar —dijo Álvar— que estoy bromeando acerca de la locura del viejo. Esa fama se la había ganado porque sí, porque se le tenía miedo y recelo. Se le atribuía carácter violento y un temple altamente inestable. Era un tipo peligroso, de la noche, de esos que en general no terminan contándole anécdotas a sus nietos. Para más decir, era un hombre hosco e inaccesible y encima era alcohólico. No había en el capitán rasgo alguno de sensiblería. Pero créame una cosa, joven amigo: nosotros sentíamos por Lazhuri una admiración inconfesable. Era todo un símbolo del puerto y de San Sálfiro. Él seguía pescando como antaño lo hacían los pescadores verdaderos. No toleraba a los extranjeros.

—Y ustedes, ¿cómo lo conocieron?

—Los muchachos deben haberlo conocido en el puerto o tal vez en el restaurante La Orilla, que pertenecía al padre de Juan Ambrosín. Todas las noches Manuel Lazhuri cenaba allí. Tenía esa extraña costumbre, como si fuera un ritual. Yo lo conocí en la taberna de Lozada. Allí lo vi algunas veces. Era cosa común asistir a esa clase de sitios, joven amigo. No me mire tan divertido... ¿Dónde más podía uno ver mujeres escasas de pudor? Lugares semejantes eran estación ineludible para algunos muchachos. Pero una cosa era la fama del capitán y otra distinta su figurada locura. En realidad, Lazhuri debía su fama a un suceso ocurrido tantísimos años atrás, quizá en la década del 50 o algo así. Aún hoy, si uno habla con personas mayores, ellos dan cuenta de la anécdota del...

Álvar detuvo su relato en seco y volteó la cabeza como alarmado por algo.

—¿Siente ese olor, jovencito? —dijo inquieto, y se puso a mirar hacia la calle.

Damián frunció el entrecejo.

—¿A qué se refiere, señor?

El anciano murmuró algo inentendible y aguzó la mirada en dirección al mar, tal como si estuviese esperando ver al fantasma de Lazhuri. Damián pensó esto más tarde.

—¿Se encuentra bien, señor Álvar?

El viejo no atinaba a responder y Pecat sintió una sugestión repentina. También comenzó a buscar algo extraño en la calle o en el mar, algo que no debiera estar allí y asustaba al viejo.

Álvar volvió su atención sobre la mesa, con disimulo y algo de vergüenza.

—Me siento algo cansado, jovencito. Creo que aprovecharé para ir a casa y almorzar.

—Por supuesto —articuló Damián sin poder abandonar la sensación de extrañeza—. Una pausa nos vendría bien, señor Álvar. No quiero abusar de su generosidad.

—Regrese más tarde y charlaremos.

—Claro. Vaya a descansar.

Álvar se levantó de la silla con premura y se acercó al mozo Joaquín. Le dijo algo entre dientes y enfiló hacia la calle, tan rápido como su bastón de apoyo le permitía.

Damián Pecat se quedó quieto en la mesa, pasmado por el reflejo abrupto del viejo. También estaba preocupado. ¿Cómo demonios haría su trabajo? Se lamentaba de no haber encontrado a Efraín Atinelo. ¡Qué perjudicial había sido eso! ¿Con quién más podría hablar de Julio Roizzino? Era muy divertido conversar con Álvar, pero poco útil para su propósito. Evidentemente no podía escribir acerca de lo que había oído. Aunque todo era muy divertido e inédito. Cualquier periodista podría sacarle provecho.

Pero él se negaba. No veía cómo sacarle provecho a semejante historia. Demasiadas dudas y especulaciones. No sería un trabajo de calidad. No podía permitírselo. No lo haría.

Le valía de consuelo haber hablado con alguien cercano a Julio Roizzino, lo cual justificaba el viaje. Tendría que esperar a la tarde para retomar la conversación interrumpida. Al menos oiría de ese pescador alguna otra consideración. Qué personaje fascinante. Si pudiese utilizarlo en un cuento...

No quedaba más que esperar. El día tenía muchas horas por delante; era mediodía. ¿Alguien más sabría algo de ese pescador? A lo mejor podía conversar con otra persona. Se sentía ahora intrigado. Pensó en la biblioteca y en el libro de la ciudad; recordó las fotografías de comerciantes y pescadores. Incluso podría buscar información acerca del restaurante La Orilla, para tener prueba alguna de los pasos dados por Julio Roizzino en San Sálfiro. Tendría en su trabajo que reseñar el bar Español Colorado. Tampoco le vendría de sobra mencionar un restaurante. Los datos concretos eran apreciados en las biografías o crónicas.

Se acercó a la barra para pagar la cuenta.

—¿Su patrón está enfermo? —le preguntó a Joaquín.

—No creo —fue la respuesta—. ¿Por qué lo dice?

—Estábamos conversando y de pronto se inquietó y quiso marcharse. ¿No lo vio usted? Se fue como asustado.

—No presté atención, muchacho. Álvar entra y sale tantas veces que me marea. Pero no se preocupe; no está enfermo. Ni siquiera le da un resfrío con estas heladas. Es fuerte. Hay viejo para rato.

Comenzó a repasar la barra con el mismo trapo mugriento del día anterior.

—Creo que iré a la biblioteca —dijo Damián.

—«¡No hay mejor salud!», decía mi padre. Hay que alimentar el cerebro.

Damián buscó dinero entre sus cosas y Joaquín lo interrumpió con un gesto.

—Deje nomás, muchacho. Álvar dijo que la cuenta está pagada.

—¿Está seguro?

—Perfectamente seguro. Vaya a la biblioteca y estudie; luego infórmeme de algún conocimiento adquirido. Siempre es bueno tener un as en la manga para sorprender a estos viejos. Me gusta hacerles chistes.

Damián aprovechó el dinero no gastado para comprar cuatro bizcochitos secos que estaban en la barra, exhibiéndose bajo una cúpula de vidrio.

Joaquín insistió. No pagaba nada.

—Llévese los bizcochos. ¡Están muy ricos!

—¡Le agradezco, señor Joaquín!

Y salió del bar Español de camino a la biblioteca, masticando esos bizcochitos que en efecto estaban ricos.

AMADOR TEJEA, BIBLIOTECA

Se sentía confundido por el desenlace de la charla. Había logrado menos de lo esperado y lo sabía. En cuanto a Julio Roizzino, tenía ahora más incertidumbre que antes. «Soy un pésimo periodista», se reprochó. Era evidente que no sabía preguntar y escarbar. Tendría que haber guiado a Álvar para que hablase de Roizzino y se limitara a lo relevante, en lugar de divagar o evocar recuerdos inconexos o carentes de precisión.

Pero al menos se había divertido.

Entró en la biblioteca y Juan Amador Tejea lo recibió con sorpresa. No esperaba volver a verlo.

—¿Ya entrevistó al hombre que vino a buscar?

—No lo pude encontrar —dijo Damián resignado, y apoyó los codos en el mostrador. Restregó las palmas y les echó un poco de aliento. Frío, mucho frío. El viento incluso le había entumecido la nariz.

—Mala noticia, me supongo.

—Estuve en el bar Español Colorado y allí, no obstante, conversé con un señor llamado Álvar que conoció a Julio Roizzino. Resulta que él conoció no solo al deportista, sino también a la persona que vine a entrevistar. Todos eran amigos.

—Una persona que pueda dar testimonio de lo que usted precisa es alentador —dijo el bibliotecario enarcando las tupidas cejas—. ¿Soy demasiado optimista?

—Estoy desorientado. Quiero hacerle una pregunta, señor Tejea, si me lo permite.

—Adelante.

—Escuché bastante de un pescador llamado Lazhuri. ¿Está usted familiarizado con ese nombre?

—¿Se refiere al capitán? —dijo Amador Tejea ajustando contra el rostro sus anteojos. Sonrió casi de manera automática.

—Manuel Lazhuri.

—Todo el que creció cerca del puerto, joven periodista, conoció al capitán o ha oído sus historias. Fue un reputado pescador y también un bribón, si es que el término cabe y la salvedad no embate contra la noble profesión.

—¿Un bribón? —dijo Pecat, como si desconociese el término.

—Un tipo peligroso y aventurero. Mi finado patrón Cercilo podría respaldar esta aseveración. Él lo conoció y me ha contado buenas cosas.

—¿Usted también lo conoció?

—Sé que me veo anciano —dijo Amador Tejea con una mueca solapada—, pero Lazhuri falleció hace muchísimos años. Entonces yo era un niño.

—Perdóneme... —dijo Damián Pecat sintiéndose tonto—. Volví a la biblioteca con intenciones de buscar más información en el libro de la ciudad. ¿Podrá ese pescador figurar entre los pescadores del pasado?

—¿En el libro de San Sálfiro?... De ninguna manera. Supongo que los encargados de diseñar el libro no quisieron jactarse de contar con un habitante tan singular como Lazhuri. Hay fotos de pescadores, pero creo yo que esas fotos fueron hechas al azar un día cualquiera.

—¿Y alguna referencia sobre el restaurante La Orilla? Entiendo que es un lugar ubicado cerca del puerto.

—Sí, el restaurante está brevemente referenciado. Pero el capitán... Me pregunto cómo llegó usted a oír de Lazhuri. Hace años que no escucho su nombre.

—Por lo visto estuvo relacionado de manera indirecta con Julio Roizzino, o más bien con el accidente de motocicleta que el deportista sufrió.

Amador Tejea frunció el entrecejo y avivó la atención. Pecat lo distinguió y dudó un segundo. ¿Se había equivocado al mencionar esto tan ligeramente?

—El dueño del bar Español Colorado, el señor con el cual hablé, dijo que la muerte o desaparición de Lazhuri habría desencadenado de algún modo rebuscado el accidente del ex-jugador. ¿Qué piensa usted ello? Esto no será parte del trabajo, señor; pregunto impulsado por la extrañeza.

El bibliotecario se sacó los anteojos y, en evidente gesto de reflexión, los acercó a la boca para empañar los vidrios y pasarles el trapito sedoso.

—Eso suena insólito —dijo con gravedad—. ¿Cómo se relaciona una cosa y la otra? Cuénteme, joven. Me siento ahora interesado. Jamás osaría vincular al pescador con Julio Roizzino.

Damián intentó matizar lo anteriormente dicho.

—El hombre del bar indicó esto mismo y conocía indudablemente a Roizzino. El accidente de motocicleta, por lo visto, habría sido producto de una aventura que tuvo como hilo central al pescador. ¿Me explico correctamente? Julio Roizzino, en el instante en que se accidentó, andaba tras la pista de Lazhuri, que entiendo había desaparecido misteriosamente.

Juan Amador Tejea oyó la explicación sin dar muestras de convencimiento.

—Es una ilación un tanto caprichosa —repuso—. ¿Existen pruebas?

—Me temo que no —dijo Damián sin saberlo fehacientemente—. Por la tarde indagaré. Pero le repito, señor Tejea, esta conversación surgió como sencillo pasatiempo. No escribiré acerca de esta narración y nadie debería preocuparse.

—No me siento preocupado —dijo el bibliotecario y volvió a colocarse los anteojos—. Simplemente me resulta extraño escuchar el nombre del pescador en este contexto. Es cierto que su muerte fue llamativa, pero nunca escuché nada semejante a lo que insinúa este señor del Español. Debería usted corroborar sus fuentes.

Damián Pecat se sintió incómodo con este comentario.

—Desde luego que lo haré.

—¿Y qué más le dijo este hombre? Hace años que no voy a ese cafetín.

—Mencionó varias cosas interesantes —dijo Damián algo esquivo—. Me habló de los bares y burdeles del puerto, supongo que para ser gráfico. Me dijo que él visitaba esos lugares cuando joven. Aparentemente el pescador era cliente de determinados lugares.

—Eso no parece muy preciso. Varios pescadores acuden a esa clase de lugares. En todos los puertos del mundo se da una lógica parecida.

—Lo supuse —reconoció Damián sintiéndose de nuevo tonto—. Por la tarde conversaré con Álvar otra vez. Intentaré ahondar y conseguir información más concreta. En verdad conoció a Julio Roizzino. Eso tendría que valer de algo.

Amador Tejea fue sentencioso.

—Si usted me pide opinión, creo que no puede relacionar un evento y otro. Desconozco los pormenores del relato de este señor, pero oír en una misma oración el nombre de Lazhuri y el de Roizzino me parece inaudito.

Damián desconfió de sus apuntes.

—¿El pescador fue al menos famoso? —atinó a preguntar. Se mostró vacilante y no pudo agregar una palabra.

—Fue un sujeto tan popular como desgraciado —respondió Amador Tejea retornando a su banqueta. Se había puesto de pie para expresarse en forma categórica—. Imposible saber qué ocurrió a su muerte. Desapareció enigmáticamente y jamás dieron con un cuerpo que avalase las teorías. Manuel Lazhuri era... no digamos famoso, sino más bien célebre entre los pescadores. Y además era admirado por sus proezas. Mucha gente lo conocía, en realidad. Era un tipo legendario; de él se contaban historias inverosímiles.

—¿Historias? ¿Qué clase de historias, señor?

—Historias de pescadores. El tipo era una suerte de leyenda entre los jóvenes y también entre los de su especie. Mi antiguo patrón, que en paz descanse, podría dar fe de la historia más extraordinaria que protagonizó Manuel Lazhuri. De allí su aura.

—Pero ¿qué tipo de historias? —insistió Pecat—. El anciano Álvar aludió a ellas. ¿Puede usted contarme?

—Cuentos increíbles —dijo Amador Tejea, y se distrajo con un estudiante que había salido del recinto sin saludar. Otro joven ocupaba una mesa pequeña; tenía enfrente tres libros y muchos papeles. Se veía concentrado.

Damián aprovechó para sacar su libreta de apuntes.

—Supongo que Julio Roizzino —dijo el bibliotecario reparando sin extrañeza en la libreta— pudo haberse preguntado lo que otros tantos. ¿Qué había pasado con el capitán? Podría ser... —dijo reflexivo.

—Teoricemos.

Amador Tejea entrecerró los ojos y acomodó sus gafas. No contestó.

—Concédame el gusto, señor. ¿Qué cree usted que ocurrió? ¿Suena posible aquello que me contaron?

Amador Tejea esperaba un argumento más convincente.

—No estoy recabando testimonios —agregó Damián Pecat—. Solo reúno información para empaparme del tema. Pero esto del pescador sí que me provoca curiosidad. Si no le molesta hablar conmigo...

—Es difícil describir a Manuel Lazhuri —dijo el bibliotecario—. Yo apenas era un niño. Lo que le han contado suena rebuscado, pero es remotamente factible.

—Y ¿qué hay de las historias?

—La historia más impresionante que conozco ocurrió en el restaurante La Orilla, precisamente. Mi patrón Andrés Cercilo fue testigo de... —Amador Tejea hizo una aclaración—.

Digamos que no solo estamos teorizando, joven, sino que me dispongo a rememorar hechos nebulosos que involucran al capitán y forman parte de la historia oral de San Sálfiro. ¿Entiende el objeto de esta apostilla?

—Lo tengo claro.

El bibliotecario se advertía ahora más distendido.

—¿Quién era Manuel Lazhuri? Daremos crédito a las memorias que lo recuerdan como a un veterano con mil batallas en el mar y otras mil en tierra. Era un pescador artesanal en aquella época difícil. Se decía que era un tipo renegado, antisocial y montaraz. Frecuentaba por las noches lugares de mala reputación, donde hombres de esa calaña se dedicaban a satisfacer necesidades elementales y se despojaban de sus tensiones.

—¿Andaba en los *cabarets*? —preguntó Damián sin ninguna mesura, y buscó en su libreta—. Álvar mencionó un sitio llamado... la taberna de Lozada.

Amador Tejea asintió.

—Los pescadores de entonces trabajaban para comer o vender su pesca en el puerto, en subastas que se improvisaban a pocos metros de la costa o en tienditas que se montaban para tal fin. Ni un pelo de comerciantes ordinarios. Sobrevivían a diario moneda a moneda; todo entonces era más espontáneo y sencillo. Yo de niño pasaba mucho tiempo en el puerto y me placía ver ese movimiento. Era una vida de aficionado.

—¿Recuerda haberse cruzado con Lazhuri alguna vez?

—Todos los pescadores a mi juicio eran viejos y tenían fama de lunáticos. Los pelos parados, siempre sucios y muy flacos. La verdad no distinguía un sujeto de otro. Tal vez lo vi alguna vez y no lo sé.

—¿Y qué hay de su reputación?

—Manuel Lazhuri debía su renombre a un suceso particular acaecido en La Orilla. Si usted me permite la expresión, podría decir que el pescador frustró un hecho delictivo mediante un comportamiento heroico. Mi patrón Cercilo fue testigo presencial. Un hecho en extremo conmovedor. Fue el resultado de aquella historia lo que catapultó al viejo hacia la notoriedad en San Sálfiro.

—¡Vaya! ¿Qué sucedió?

—La historia ocurrió hace más de medio siglo. No estoy ni de lejos seguro... Creo que sucedió mucho antes de que el viejo falleciera.

Damián asintió ansioso. Afiló su lápiz y se percató de que estaba por tomar notas de un sujeto que ninguna relación comprobable tenía con Julio Roizzino.

El bibliotecario se metió de lleno en la historia.

—Era de noche y Lazhuri estaba en La Orilla. Había llegado al establecimiento para ocupar una mesa junto a un ventanal desde donde se podía observar el muelle y el mar. —Reflexionó un instante—. Los detalles que ahora menciono son los mismos que mencionaba mi patrón.

—¿Seguimos teorizando?

—En absoluto, joven. Esto que le cuento es real. En todo caso podríamos dudar de los detalles que refería Cercilo o de los pormenores que yo ahora mismo recuerdo. Pero la historia es auténtica. Hubo muchos testigos.

—Perfecto —dijo Damián y en su libreta anotó algo que subrayó dos veces—. Entiendo que el pescador cenaba en ese lugar noche a noche.

—Sí, al parecer se sentaba cerca de un ventanal para observar entre bocados el reflejo del mar. Mi patrón gustaba decir que el viejo perdía la vista en el horizonte, más allá de las olas y del movimiento pendular, y a veces miraba hacia el muelle solo para identificar su bote.

—Como un soñador —dijo Pecat con naturalidad.

—Es posible —replicó Amador Tejea—. Esa noche Lazhuri

estaba por cenar. Mientras esperaba la comida, de repente dejó de observar el horizonte y sus ojos se desviaron hacia dos figuras que, entre la penumbra, se movían suspicazmente acercándose a la puerta del restaurante. ¡Ladrones! ¡Sí! Uno de los tipos portaba un arma. Parecía joven y decidido. Lazhuri comprendió lo que iba a suceder: serían asaltados por dos vándalos.

»¡Se preparó para actuar. Le sobraba coraje y no se dejaría robar sin ofrecer resistencia. Apartó de la mesa una de las manos y sobre la silla, debajo del muslo, ocultó un desafilado cuchillo que le habían traído para cortar pan o acaso los mariscos que cenaría. Los tipos dieron una patada en la puerta, y entraron a cara descubierta gritando para alertar a los comensales que al segundo largaron los cubiertos y sus comidas. Mi patrón enmudeció y todos lo hicieron. La Orilla quedó inmóvil, como en suspenso. Dejó de oírse la bulla propia de un sitio así y el contexto se hizo apabullante. El tipo armado comenzó a insultar a todo el que se atrevía a mirarlo. Revoleaba irresponsablemente su arma y amenazaba a los presentes sin hacer ninguna distinción. «¡Vamos, vamos! ¡Entreguen todo!», decía. El capitán permanecía quieto, agazapado, planeando su movimiento. El ladrón gritó de nuevo y dijo que debían entregar el dinero y las pertenencias si no querían ser juzgados por una bala de plomo.

—¡Por Dios!

—El otro tipo cumplía su parte y recorría las mesas arrebatándole a cada persona los efectos de valor material. En una bolsa de tela iba metiendo el dinero, las pocas joyas que llevaban las damas, los relojes de los caballeros y cualquier baratija que se adivinara importante. El sujeto armado mientras tanto hacía su show. Caminaba alrededor de las víctimas y las señalaba con el hierro insatisfecho; y a todo el que se veía desafiante le decía que ese día podía ser el último de su vida... ¿Se imagina usted la situación?

—¡Se me hiela la sangre!

—Cercilo comentaba que se sentía horrorizado y que, por el contrario, los dos muchachos se veían excitados y reían con insolencia. Nadie se atrevía a mover un dedo; todos estaban congelados. Dos jóvenes ladrones los estaban sometiendo. Pero Manuel Lazhuri no era uno de esos que se paralizaba por el miedo. Él permanecía concentrado y estaba preparado desde el instante en que adivinó lo que ocurriría. Así, cuando el sujeto que recogía el dinero pasó por su mesa, el viejo empuñó el cuchillo sin filo que había ocultado y se lanzó sobre aquel que pretendía robarle. Le hundió violentamente su arma blanca a la altura de las clavículas, tal vez intentando atinarle a la yugular, y el criminal, atrapado en su desatención, se desvaneció redondo y comenzó a gemir como ahogado por su propio terror. Un charco transparente surgió de su entrepierna y lo mojó vergonzosamente poco después de quedar tendido.

Damián abrió los ojos, estupefacto.

—¿Mató al ladrón? ¿Y el otro tipo?

—No alcanzó a matarlo, pero ese bandido quedó fuera de combate y chapaleando en sus asquerosas aguas. Y el otro tipo quedó helado. Figúrese lo que le digo. Nadie esperaba la reacción repentina del viejo. Saltó como un león rabioso para defenderse no solamente de los roñosos ladrones, sino por la infamia que significaba ser molestado por dos muchachitos que no tenían lo necesario ni para hacerle sombra. De manera que el tipo del arma quedó atónito, embargado. No podía más que mirar con espanto a su compañero de fechorías, que intentaba cubrir su herida para frenar el flujo de sangre que amenazaba con dejarlo vacío. La gente entró a desesperarse y las pocas damas presentes comenzaron a comportarse como damas y a chillar. El sujeto armado volvió en sí y reaccionó bruscamente. En un impulso iracundo tomó de rehén a una mujer y le puso el arma en la sien, mientras presionaba su cuello y aseguraba que iría a matarla allí mismo.

»Los ojos se le llenaron de pavor y odio al muchacho, y empezó a retroceder hacia la puerta de salida llevando consigo a la mujer que no atinaba más que a respirar y sollozar en silencio. Procuraba ella no morir juzgada por una bala de plomo. El ladrón, sin reparar en el dinero que su compañero había recabado, acaso pensando únicamente en escapar, vociferaba que iba a matarla si alguien más se movía y se atrevía a desafiarlo. Estaba crispado de nervios. Pero el capitán permanecía de pie, inconmovible, junto al tipo que rezumaba sus fluidos y no articulaba palabra entendible. El muchachito lloraba desesperado, pero el capitán ni siquiera lo miraba. De repente, entre los gritos amenazantes que pegaba el ladrón armado, Lazhuri reaccionó y abrió la boca para dejar a todos los presentes todavía más aturdidos. Por fin La Orilla oía el sonido de la voz áspera del pescador, que con autoridad exhortaba al sujeto para que se rindiera si no quería correr la misma suerte que su compañero. Nadie podía creer lo que estaba pasando. Andrés Cercilo, que ocupaba una de las mesas asaltadas, jamás había oído la voz de Lazhuri. Me decía que la situación era surrealista. El muchacho acuchillado tenía los ojos empapados en terror y hacía repugnantes arcadas. ¡Moriría frente a todos!

»El capitán con audacia comenzó a provocar al tipo con dichos pendencieros para escarbar en su espíritu y en sus temores, o tal vez para que se viera reflejado en su colega apuñalado y decidiera entregarse. Pero el ladrón, culpa de las indicaciones fanfarronas del viejo, perdió la poca compostura que le quedaba y dejó de apuntar su arma contra la mujer indefensa, que ya tenía la cara empapada de lágrimas y mocos, para apuntarle ahora al pescador y amenazarlo entre insultos temblorosos que a él mismo le jugaban en contra; tanto zamarreaba a la rehén que esta ya estaba por desmayarse. Y luego sucedió lo impensado.

—¡¿Qué pasó?! ¿Lo mató? No... ¿Disparó contra la mujer?

—No. Pero el sujeto estaba tan perturbado por observar a su compañero herido, y también por oír el discurso de persuasión mediante el cual lo estaban desafiando, que de tanto trepidar se le escapó un tiro en dirección a Lazhuri y por poco lo mata. ¡Casi mata al capitán! La bala rozó el brazo del pescador y lo hizo trastabillar y retroceder hasta apoyarse en la mesa que tenía a su espalda. Al oír el disparo la gente sí que enloqueció y el pánico se apoderó de todos, incluso del ladrón... El griterío y la conmoción fue tal que el tipo no atinó más que a liberar a la mujer rehén, tirar el arma en el suelo y caer de rodillas para entregarse manso. Puso los ojos en su compañero de andanzas; el muchacho seguía empapado en sus líquidos y no atinaba a incorporarse.

—¿Se rindió? —dijo Damián pasmado.

—Se sintió tan amedrentado y disminuido que se dejó atrapar por los demás clientes y no por el capitán. Paradójico, ¿no cree? Varios se le tiraron encima y comenzaron a golpearlo no tanto para reducirlo, dado que ya se había rendido, sino para sacarse la bronca acumulada y hacerlo pagar por el miedo que habían pasado. Cuando se hartaron de patearlo, decidieron llamar a la policía y pocos minutos después se lo llevaron detenido junto al joven acuchillado. Creo que este no falleció.

—Increíble, señor Tejea. ¡Qué acto heroico!

—Así el capitán ganó fama de bravo y de irrefrenable hombre del puerto y la noche. No midió las consecuencias y actuó con enorme valentía. Era un tipo duro.

—¿Qué pasó con los ladrones? ¿Y con Lazhuri? ¿Él quedó herido?

—Los ladrones fueron arrestados. Llegó la policía y la ambulancia y todo empezó a apaciguarse. Andrés Cercilo decía que en la ciudad no era común un hecho delictivo de tales características. El incidente atrajo la atención no solo de la policía y de los doctores, sino también de las personas que fisgoneaban para ver qué había ocurrido. En cuanto a Lazhuri, quedó levemente herido. La bala rozó su brazo y le rasgó la carne. Nada de importancia. Las autoridades hablaron con él, le tomaron testimonio o lo que sea que se estilaba hacer por entonces (algo que no puedo corroborar), le hicieron firmar una declaración en donde se determinaba que había actuado en defensa propia y de las demás personas, y luego lo dejaron marchar libre de cargos. Los testigos refrendaron la declaración y celebraron su accionar heroico.

—Qué repercusión habrá tenido ese suceso. No muchos arriesgan así su vida.

Juan Amador Tejea negó con la cabeza.

—Todos se hicieron eco de la noticia, pero la misma no se propagó como pasaría en la actualidad. No trascendió la identidad de los implicados, ni siquiera la del hombre que había oficiado de salvador, y entonces el rumor de un episodio asombroso se disipó al paso de los meses. La policía trataba sus asuntos con reserva; no dejó que el episodio se hiciera público. No era beneficioso para el pueblo ni tampoco para La Orilla. La resonancia de aquel hecho forma parte de la historia de San Sálfiro gracias a los testigos. Así es como nosotros y usted viene a saber lo que ocurrió.

—Perdone mi tosquedad, señor Tejea, pero el pescador se salvó de que le dieran un balazo y lo mataran. En la actualidad cualquiera se convierte en héroe. Un bombero rescata un gato y ya es suficiente para que aparezca en televisión. ¿Y a Lazhuri siquiera lo reconocieron?

—Andrés Cercilo decía que el capitán se marchó enseguida; ni siquiera quiso recibir los agradecimientos. Se fue solo, caminando, sin probar la cena. Y fue obviamente muy injusto. Pero sucede que de hombres como Lazhuri no convenía hablar. No era un personaje ejemplar y solo se contaba de él lo negativo. La realidad era ingrata para todos los pescadores, en realidad. Si obraban o no con buena intención, era indistinto para la gente común. La sociedad los repelía, y aquellos hombres que pretendían hacerse con el dominio del puerto tendían a despreciarlos por salvajes. Eran obreros, subnormales, eran los que escandalizaban a Dios con comportamientos inciviles, los que jamás se adecuarían a una sociedad evolucionada.

—¿Se refiere usted a los extranjeros?

—Naturalmente. Los pescadores eran viejos del demonio que trabajaban y vivían como cavernícolas; ellos, en cambio, proponían un estilo de vida cultivado que bien funcionaba en otras partes del mundo. Los patrones intentaban adiestrar a los pescadores nativos prometiéndoles dinero y bienestar y hablándoles de nuevos valores, pero solo conseguían volverse invasores o enemigos. Ningún pescador iría a ser dominado por una sarta de tipos que no entendían de pesca y apenas si hablaban el idioma. La relación entre partes fue tensa durante mucho tiempo. Pero a la larga pasó en San Sálfiro lo que en otras ciudades aspirantes a la globalización. No hay forma de escapar.

—Supongo que Manuel Lazhuri no sería contratado jamás por una empresa extranjera.

—Puede usted apostarlo, joven periodista. El capitán vivía a su modo y así querría morir. Supongamos que lo logró.

—¿Ninguna familia que lo reclamase?

—No lo recuerdo, sinceramente. Creo que perdió a los suyos en un accidente de tránsito. Andrés Cercilo mencionó el asunto alguna vez. Una esposa y un hijo, según recuerdo. Pero no es una evocación precisa —aclaró dubitativo—, y conviene no teorizar cuando hablamos de una tragedia.

—Coincido, señor Tejea. ¡Qué hombre especial ese pescador! Yo hubiese querido saber cómo murió. Su desaparición me hubiese provocado gran intriga.

—Cuesta ahora encontrar personajes admirables. Todo parece más efímero y no tiene caso negarlo. Ahora la fama llega y desaparece. No hay sombras, y al no haberlas tampoco hay vestigios.

—¿Puede prestarme de nuevo el libro de la ciudad? Me gustaría corroborar algunos datos.

—¡Claro! Enseguida se lo traigo.

Damián Pecat se sentó en una de las mesas con la intención de tomar algunos apuntes y ordenar ciertas ideas. Ocupó la mesa blanca del centro y encendió el velador para ponerse a trabajar.

Discurría sobre diversos aspectos, al tiempo que escribía en su libreta y tachaba y volvía a escribir. No tomaba apuntes sobre Roizzino, comprobó luego de abandonar su breve abstracción. Intentó imaginar al viejo pescador cerca de Julio Roizzino, y entonces pensó en el sujeto llamado Efraín. «Qué conveniente sería encontrarlo», se dijo. No tenía material suficiente para hacer su trabajo. Eso estaba claro.

Hojeó el libro de la ciudad y miró fotografías que en nada se le hacían familiares. Estudió aquellas imágenes en las que se destacaban pescadores y comerciantes. ¿Alguno de ellos sería Álvar? Nadie se le parecía ni vagamente. Había imágenes que mostraban tipos de facciones hoscas, con mucha seriedad, y otras que mostraban sujetos vergonzosos que reían ante el disparo de la cámara. Se tomó la molestia de buscar el restaurante La Orilla. Lo que halló le pareció escueto; una sucinta referencia y una fotografía de mala calidad de la fachada del negocio. En efecto tenía grandes ventanales.

Alguien ingresó en la biblioteca y el ruido de la puerta, que rechinó al arrastrar contra el suelo, llamó la atención de Pecat. Echó una mirada hacia atrás y vio unos chicos jovencitos acercándose al mostrador. Amador Tejea los atendía sin soltar el libro que tenía en la mano. Damián lo miró pensativo.

«¿Qué cosa voy a descubrir en archivos escritos hace tantos años? Tengo que resolver este asunto con inteligencia y astucia, desde otra perspectiva».

Fue abordado por una idea.

La búsqueda de veracidades periodísticas no conducía sino hacia caminos estrechos y acotados. Él no quería reescribir lo que otros, ni tampoco quería hacer una recolección de datos irrelevantes. «Analicemos el asunto como si fuera ficción», osó decirse. Entonces pensó en Álvar y en lo que este le había narrado. Una gran fuente de inspiración... ¿Era viable reflejar una vida a partir de una voz desconocida? ¿Podía hacerse eco del pasado y sin embargo narrar de Julio Roizzino algo novedoso y único, algo que jamás se había narrado?

La vacación en la cual se accidentó.

La chance no le pareció insensata. ¡Podía hacerlo! Sería incluso perfecto. No referiría de Julio Roizzino sino un momento tan particular como relevante. Una crónica que abarcase pocos meses, tal vez cuatro. Hablaría de la obtención del campeonato con Atlético Lidonia, de lo que eso había significado para la ciudad y el básquetbol, y luego se enfocaría en las vacaciones de 1963 en San Sálfiro. Llegaría así a narrar el accidente y el posterior retiro. ¿Quién no querría leer algo tan generoso y a la vez inédito? ¿En verdad Roizzino se había accidentado en la tentativa de resolver un misterio? ¿Podría publicarse la aventura del deportista?

Lo cierto es que, en la actualidad, luego de tantísimos años, ya no podían rescatarse pruebas de la verdad. Si tan solo pudiera corroborar la información dada por Álvar... ¿Cabía escribir un trabajo con tintes biográficos, pero sin fuentes oficiales? ¿Podría hacerlo sin que el resultado luciera como una absoluta farsa? Incluso el bibliotecario había dicho que la relación entre Roizzino y el pescador sonaba extravagante, pero era remotamente factible.

Debía conversar con la gente del periódico. Si esperaban de su mano un trabajo distinto, pues él cumpliría con las expectativas y contaría una historia nunca antes contada. Debía abrazar esta nueva concepción, profundizar en ella, o pegarse la vuelta a Orencia y no gastar dinero de gusto en la estadía. Las entrevistas y los testimonios recogidos podrían servirle de base inspiradora. Claro que sí. Manuel Lazhuri sería la veta que marcase un antes y un después en la vida de Julio Roizzino. Podía hacerlo. Le urgía corroborar la historia que Álvar relataba, al menos corroborar la estructura. Tenía que establecer el vínculo real entre Lazhuri y Roizzino, entre la muerte de uno y el accidente del otro. Tenía material fructífero siempre que lograse refrendar estos datos.

Quería comunicarse con su jefe de redacción para informarlo de la ocurrencia y legitimar la idea. Las causas que expondría para respaldar su antojadiza visión eran simples. Si bien no disponía de nueva información con la cual trabajar (entendiendo *información* por hechos que pudieran confirmarse), tampoco quería escribir algo plano que pareciera una columna deportiva o material para un suplemento ordinario. Proyectaba un trabajo de mayor vuelo. ¿Tenía libertad para proceder?

Cerró el libraco de la ciudad, se acercó al mostrador para devolverlo y saludó al bibliotecario con un simple gesto. No quería hablar; sostenía el hálito precioso de la imaginación para que en su mente se elevara como un hecho y no como una posibilidad. Se dirigió a la salida y se marchó sin más, haciendo crujir la puerta sin percatarse siquiera de ello. Juan Amador Tejea no emitió palabra; percibió que Damián Pecat tenía un plan.

Buscó en su portafolio el teléfono celular y recordó que la batería estaba descargada y no traía cargador. Recurrió entonces a la agenda de papel. Pensó en volver a la biblioteca para hacer el llamado desde allí, pero desistió y buscó un teléfono público de calle. También pensó en Anabel; a ella debía llamarla por la noche, cuando estuviese fuera de la universidad.

La recepcionista del periódico lo atendió y pasó el llamado a la oficina de Samuel Esvelón. Damián enseguida manifestó su intención y le pidió opinión sincera. Al contemplar Esvelón los argumentos, habló de un relato testimonial y se mostró abiertamente entusiasmado. ¡Claro que encajaba con la idea del tributo! Siempre que el logro de Atlético Lidonia fuese reseñado, lo que pudiera decirse luego de cada hombre y jugador sería bienvenido, siempre que lo dicho no tuviese corte escandaloso. Demasiada sombra había tenido ya Roizzino. Pero todos celebrarían una explicación alternativa del accidente y de su retiro. Qué cosa más curiosa. ¿En verdad había relación entre ambos episodios? «Debo corroborar algunos datos», dijo Damián sin entrar en detalles, pensando a lo lejos en los presuntos comportamientos desbordados de aquel Julio Roizzino. Eso por supuesto no lo mencionaría, ni en el trabajo ni a Ponce Arregui ni tampoco a Esvelón. En vano era indisponerlos. «La calle, la calle», murmuró Samuel Esvelón al otro lado del teléfono. El decir de la calle tenía a veces una veracidad todavía más poética y realista que aquella expuesta por fuentes de información. «Haz lo posible para corroborar esos datos, Damián. No queremos un trabajo amarillista ni lleno de especulación. Habla ahora con Ponce Arregui. Tiene que avalar tu idea».

El jefe de redacción se puso al teléfono y Damián intentó justificarse. O hacía un trabajo de recolección de datos, simple y llano, o investigaba y trataba de dar con los sucesos que habían derivado en el accidente. Parecía perentorio su planteo y en efecto lo era. Pero habló con calma y evitando la soberbia. Había podido recabar poca información y el sujeto de la carta era una apuesta perdida. Sí, claro. Había visitado el bar Español

Colorado y también el club Municipal y la biblioteca. En cada lugar había conversado con personas que tenían sus opiniones acerca del deportista. «Y algunos ni quieren opinar», dijo con descaro. Debía investigar; no le quedaba alternativa. Existían valoraciones muy desiguales. Por fortuna había conversado con Álvar, un señor que conocía a Roizzino. Sí, en el bar Español. Ese lugar era visitado por Julio Roizzino. Sí, claro. Tenía en su libreta numerosos apuntes. Un bar... no demasiado especial. «Como los de Orencia», indicó. Pero allí Roizzino pasaba su tiempo, incluso en su adolescencia. Y aquí lo bueno: el dueño del bar había ofrecido una explicación inédita acerca del accidente. «No se tratará de una difamación, ¿verdad?», preguntó Ponce Arregui. Damián lo negó categóricamente. Qué podía ser más oportuno que conversar con un amigo de Julio Roizzino. ¿Quién había tenido esa posibilidad? «Es cierto», razonó Ponce Arregui del otro lado del teléfono. Y Damián fue por más. «Tal vez no podamos explicar su retiro, señor, pero sí lo que antecedió a esa decisión. Su última vacación en San Sálfiro siendo deportista... Creo que sería interesante».

Aunque no quiso ahondar en el asunto del pescador, dijo que su misteriosa desaparición había intrigado a Julio Roizzino y eso lo había impulsado a protagonizar una búsqueda casi aventurera. Todo en las vacaciones del año 1963, luego de salir campeón con Lidonia. Relató esto muy por encima porque no sabía cómo expresarlo con elocuencia. Habló sin embargo del valor testimonial de lo conseguido, de la oralidad del pueblo de San Sálfiro —pensó en Amador Tejea al decirlo—, y confesó cuánto le gustaría abordar el trabajo describiendo a Julio Roizzino en esos últimos meses como deportista. «Desde la obtención del campeonato hasta el mismísimo accidente, señor Arregui. Si no profundizo en la historia, creo que no tiene sentido que permanezca en San Sálfiro gastando dinero». El jefe de redacción hizo un breve silencio y masculló como pensativo: «Me gusta. Sí, ¡me gusta! ¡Suena atractivo, Pecat! Investigue y puntualice hechos, pero filtre datos que puedan herir sensibilidades. ¿Me comprende? Prepare un esqueleto, un bosquejo del trabajo. Lo revisaremos a su vuelta y podrá luego iniciar el borrador». Contento por el permiso, Damián solamente agregó que debía corroborar algunos datos; por eso no regresaba a Orencia. Dijo que indagaría sobre la cuestión a conciencia, con meticulosidad, para no recaer en antiguos rumores. Solo necesitaba unos días para organizar las ideas y terminar con las entrevistas. Habló en plural, como si eso tuviese sentido.

Ponce Arregui no iría a decirlo, pero confiaba en la capacidad de Damián Pecat y fantaseaba con la idea de echar luz sobre aquella vida tan opacada. Julio Roizzino era ídolo del director de *Las Voces*. Sería para el viejo un agasajo.

Ya con el aval de su jefe, Damián pensó nuevas posibilidades para utilizar sus desordenados apuntes y se emocionó al suponer que podría trabajar, con obvias diferencias, tal y como lo hacía cuando escribía sus cuentos. En definitiva, los escenarios que concebía en sus escritos eran semejantes a estos otros que contenían un pasado auténtico —y en parte teórico—. Nunca en sus cuentos faltaba una persona real levemente disfrazada y a salvo del odioso mundo. En este caso la biografía (ahora pensaba en una crónica) estaría abocada a un único episodio o una sucesión de episodios en un lapso de pocos meses. Tendría que ser prudente y no avivar broncas en la familia del exjugador, que siempre había obrado en forma tan retraída respecto de su privacidad. Ciertamente sería una publicación con enfoque distinto. *Las Voces* contaba en su plantilla con periodistas, pero también con escritores.

De camino al Español Colorado se percató de que tenía hambre. Se detuvo en un negocio y compró un sándwich para engullirlo de unos pocos mordiscos. No quería beber otro café sin probar antes bocado salado. Proyectó la nueva conversación con Álvar Velarque y se sintió entusiasmado. Debía sacarle provecho. Insistiría también con Efraín. ¿Había alguna manera de conseguir su dirección?

Saludó a Joaquín y tristemente advirtió que Álvar aún no estaba. Fue hacia el perchero a colgar su saco y luego se dirigió a la mesa que habían ocupado con el anciano dueño. Sacó la libreta de apuntes y el lápiz y dejó el portafolio en el suelo, reposando contra una de las patas de la silla. Ya no iría a tocar los archivos impresos.

Joaquín se acercó y tomó su pedido. Un café, simplemente.

—He avanzado mucho con mi trabajo —le dijo.

El mozo pareció alegrarse.

—¡Todos esperamos algo bueno por la memoria de Julio Roizzino! Usted hará gran trabajo.

—Me gustaría hacerle una pregunta, señor Joaquín. Estoy recabando datos de todas las fuentes posibles.

—¡Qué profesional, muchacho! Pregúnteme lo que quiera. Ya sabe usted que la verdad no le pertenece a nadie.

—¿Le resulta familiar el nombre de un pescador llamado Manuel Lazhuri?

Joaquín sonrió y tiró su trapo gris sobre el hombro.

—¡A quién no, muchacho! Habla usted de un pescador muy famoso de San Sálfiro. Murió hace muchos años.

—¿Murió o simplemente desapareció?

—Primero desapareció, claro, y luego lo dieron por muerto. Nunca lo encontraron. ¿A qué viene su interés?

Joaquín se sintió curioso.

—¿Ha oído decir que Julio Roizzino protagonizó con sus amigos una aventura antes del accidente? ¿Una aventura que se relaciona con el pescador?

—¡La búsqueda, sí, sí! —repitió Joaquín sonriendo—.

Álvar me habló cientos de veces sobre esa búsqueda. No se me había ocurrido mencionarla. Pero ¿por qué razón pregunta? ¿Piensa escribir acerca de ese asunto?

—Es mi idea relatar lo ocurrido poco antes del accidente de motocicleta de Roizzino, y creo que reseñar la búsqueda sería más que acertado. Nunca había oído el nombre de Manuel Lazhuri.

—Pero ¡qué orgullo para la gente del puerto, muchacho! ¿También mencionará al capitán?

—Me da gusto pensar que eso puede agradar a la gente de San Sálfiro. Pero dígame, señor, ¿qué sabe usted respecto de esa búsqueda? Álvar me habló de ella y de los amigos de Julio Roizzino.

—De esa historia —dijo Joaquín bajando el volumen de su voz— he oído hablar durante años. Pero nadie tiene tanta información como mi patrón Álvar, muchacho. El pescador fue un sujeto especial y por eso los amigos de Roizzino intentaron honrarlo.

Joaquín miró hacia atrás y notó que desde una mesa lo solicitaban.

—No le robo más tiempo —dijo Damián—. Esperaré a Álvar.

—En un segundo le traigo su café, muchacho.

Era la primera vez que Damián veía el Español Colorado con muchas mesas ocupadas. Gente veterana, en su mayoría, compartiendo charlas y risas y distintos juegos de mesa: cartas, dados o dominó. Hombres y amigos reunidos tomando vino con soda o café, por lo que podía apreciarse, al tiempo que fumaban sus pipas o cigarrillos sin filtro y descansaban sus boinas en las propias mesas de juego. El techo del bar era tan alto que el humo de los fumadores apenas si molestaba. La ley contra el tabaco en lugares públicos por lo visto no había llegado a San Sálfiro. Algunos viejos miraban a Pecat con extrañeza, percibiendo su presencia foránea, pero no perdían el espíritu y seguían conversando, riendo y pasando el rato.

Joaquín trajo la taza de café y volvió a alejarse.

Dado que ahora tenía en claro cómo proceder, Damián debía ordenar los apuntes y figurarse un relato lineal, lleno de detalles, que se iniciara con un logro deportivo y terminara en un accidente y una posterior decisión. No haría interpretaciones; simplemente describiría sucesos. Quizá el desafío se presentase al abordar el final de la historia, pues allí recaerían las dudas y los ojos. Pero ya encontraría la manera de escribir algo que no pareciese literatura barata ni tuviera por objeto remozar antiguos rumores. Una franca aventura, eso es lo que visualizaba.

Quería escribir algo que tuviese cuerpo, no solo porque en el periódico le habían confiado esta singular tarea, sino porque la propia historia de Roizzino parecía ameritarlo. ¿Una búsqueda tal como la que había oído? Qué bonita anécdota. Necesitaba entender el contexto y obtener datos más precisos para entrelazar al jugador y el pescador. ¿Alguna otra persona estaría al corriente de esto? ¡Efraín, el sujeto de la carta!

Debía intentarlo, rastrear a ese hombre. Sus ideas inconclusas, su libreta colmada de tachones, acariciaban la chance. ¿Cuán difícil podía ser averiguar la dirección de una persona?

Damián sabía de enredos de vida. Había esperado algo inesperable y había jugado a luchar contra ladrones, animales o rocas, solamente para nutrir la atmósfera irreal que proponía padres que no eran padres —lo eran aquellos que vendrían a golpear su puerta— y hermanos que eran amigos y no simbólicos consanguíneos. La fantasía de ser alguien que no era lo había marcado de buena o mala manera. Aquellos cercanos sabían esto y lo aceptaban sin más; nunca él había sido desagradecido y unas pocas observaciones cabían hacer de su personalidad.

Acaso su progenitor fuese un utópico viajero que había resignado su vida para cumplir sueños notables y volverse un sujeto sobresaliente. Tal vez había intentado ser superior y no ordinario, ser esclavo de su ansia. Damián había pretendido entenderlo o jugó con la tentativa durante años. No podía juzgar a su padre si había caído preso de un destino vibrante y existencial, o de una inquietud encarnada, si a él le pasaba igual cosa. También perseguía con sus escritos el grito inequívoco de una proeza, el llamado de una princesa en peligro, la esperanza de una metamorfosis bendita, el gemido de un niño hambriento con su estómago adolorido, las uñas de un pestilente...

Las fantasías tenían múltiples capas, pero la vida también era eso que uno rechazaba ver.

Si existía una justificación que salvara a sus padres, se fundaba en la necesidad resuelta y anhelante que él también experimentaba. No podía preferir un pensamiento menos maravilloso. Si había sido abandonado, se debía a que ambos progenitores habían ido detrás de alguna naturaleza virtuosa imposible de ser desechada. Esa era la razón que explicaba su origen, aquello que sabía en su alma inventora y en el seno de su ilusión. Por eso guardaba de su madre la imagen recreada de un ser apacible que vivía en sus ojos y piel, en su cuerpo flaco y ligero, en su energía inquebrantable, en su talante reposado, pero también en su afán inextinguible. Anabel sopesaba cada cualidad y registro que había ido descubriendo. Más allá de las ausencias, de las obsesiones padecidas en rayos de cuentos de nunca acabar, su novio había crecido sobre la fantástica mirada de lo imposible y esa caricia de infancia y adolescencia, de no haber existido, podría haber hecho que el universo fuese insufrible. Si aquel padre había salido a buscar sueños penosos y aquella madre se había quedado sin voto al escoltarlo o renunciar, los presentes en vida, sus padres y hermanos segundos —los verdaderos—, habían estado atentos para prevenir llantos atascados y pies rebeldes. Podría Damián haberse hundido como niño de plomo, pero los infortunios no fueron suficientemente poderosos.

«Ya llegará la calma», decía su madre auténtica en la lejanía, cuando encendía aquel velador que llenaba las paredes con sombras de animales, o cuando él debía luchar contra una puerta entornada o una ventana que vibraba por el viento y amenazaba con cobrar vida. Pero conocía a la perfección su origen. Si se liaba discurriendo las contingencias más insólitas, lo hacía únicamente por un mero ejercicio imaginario que ninguna incomodidad le provocaba. Sabía quiénes eran sus padres.

Sus apuntes estaban allí, en el blanco papel, en el interior de una libreta interminable que guardaba posibles cuentos y albergaba datos que él había recabado quizá como reportero y no como escritor. Nombres inciertos, llenos de misterio, descansaban a la espera de una ilación. Aunque los repasaba una y otra vez, estos seguían siendo distantes, apenas historias posibles que desconocía. Debía investigar más antes de escribir.

ÁLVAR, SEGUNDO ENCUENTRO

Serían las tres de la tarde. Un estruendo resonó en la calle del Español Colorado y sacó a Pecat de su estado de pensamiento. Unos cuantos niños reían y correteaban luego de haber arrojado un elemento de pirotecnia. Faltaban meses para las fiestas, pero incluso en San Sálfiro podía conseguirse pirotecnia fuera de temporada.

«Estos mocosos...», se oyó gruñir a Álvar cuando ingresaba en el bar. A Pecat la reacción le causó gracia. Pensó de nuevo en su abuelo, en los añosos tímpanos que eran maltratados en épocas de fiesta.

Mientras el viejo se sacaba la boina y dejaba su abrigo en uno de los tantos percheros, saludó a Joaquín e hizo lo propio con un par de tipos que ocupaban una mesa cercana a la puerta. Damián abrió su libreta en una hoja nueva, en blanco, y depositó el lápiz en el centro. Segundos más tarde, Álvar estaba parado frente a él.

—¡Petardos! —dijo echando la bronca—. Esos ruidos tan molestos le inflan a uno los nervios.

Damián sonrió y lo invitó a tomar asiento.

—Ya está tomando café, joven amigo. No me esperó.

Acomodó su bastón de madera sobre una de las sillas y por fin se sentó.

—¡Joaquín! —dijo alzando una mano. Quería un café, como los de siempre.

Damián indagó sobre la inesperada reacción (la huida) de hacía algunas horas. Se había asustado. Prefirió no revelar que también se había sorprendido.

—Son los achaques de la edad —explicó el anciano mirando hacia la puerta del cafetín. La misma permanecía entreabierta por el pie de un sujeto que no se decidía a entrar o salir. El viento se estaba colando—. Nada de qué preocuparse, jovencito. ¿Trabaja ahora en sus apuntes?

—Al mediodía fui a la biblioteca y recabé datos sobre la ciudad. El hombre que está a cargo del lugar me habló de Manuel Lazhuri. Fue interesante. Me gustaría discutir con usted algunos puntos.

El viejo enarcó las cejas.

—Le advierto que no soy bueno para los enfrentamientos verbales, joven. Perdí mi capacidad dialéctica hace años.

—Descuide —dijo Damián con una sonrisa—. Hablé hace minutos a la redacción de *Las Voces* y, luego de unas breves consideraciones, decidimos reformular la manera de contar la historia de Julio Roizzino. Le daré nuevo enfoque. En vez de hacer una biografía general, con diversos aspectos de su vida, haré una crónica o más bien un relato que describa puntualmente aquello que sucedió en los meses previos a su retiro del básquetbol.

—¿Qué se supone que eso significa?

Joaquín se acercó con las tazas de café y ambos le agradecieron. Pecat apenas había terminado la anterior.

—No entiendo —agregó Álvar—. ¿No es lo mismo que iba a hacer antes?

—Voy a enfocarme en los episodios acaecidos antes del accidente de motocicleta de Julio Roizzino. Hablaré del campeonato de Atlético Lidonia, obviamente, y luego me abocaré a recrear lo sucedido en su última vacación como deportista, la que disfrutó aquí en San Sálfiro. —Álvar lo escuchaba con atención—. El homenaje quedará dotado de un tono más coloquial y menos solemne o informativo. Intentaré escribir basándome en lo que he escuchado y leído; me centraré en los personajes que conocieron al deportista y lo acompañaron en la búsqueda que usted describió hoy por la mañana. Será una biografía incompleta, ciertamente, pero tocará los hitos de su vida: el campeonato de Lidonia, el accidente de motocicleta y el posterior retiro.

Al viejo Álvar se le transformó la cara.

—¿Me está diciendo que va a contar todo lo que yo le revelé esta mañana? —Parecía ofendido.

—Claro que no —reaccionó Pecat sin mucha convicción, cuestionándose cuán pésimamente había explicado sus intenciones. Luego apeló a la sensibilidad del viejo—. Tal vez no fui claro, señor Álvar, pero el relato que imagino hablaría de sus amigos, de usted, del cafetín, del capitán Lazhuri, de San Sálfiro. Quedará evidenciado el respeto y la admiración que se le tenía a Julio Roizzino. La desaparición del pescador quedará ligada con el accidente de motocicleta, como debe ser, pero de manera sobria e inofensiva. De ningún modo mencionaré que tal vez estaba ebrio cuando manejaba. ¡Qué caso tendría! Pero ¡piénselo un momento, señor! ¿Julio Roizzino sufrió una fatalidad al intentar develar un misterio o una posible injusticia?

Álvar seguía con la frente apretada.

—¿Qué quiere decir con eso?

—¿Podría el exjugador haberse accidentado por una noble causa? ¿No se accidentó en el intento de averiguar cómo había desaparecido el pescador ícono del pueblo?

—No se equivoca —dijo el viejo preocupado—. Pero usted no puede divulgar cuanto le dije. Publicar historias de borracheras, mujeres y *cabarets* no sería ético. Piénselo usted. Sería una imprudencia, y la gente del cafetín no se sentiría feliz.

El viejo visualizó el trabajo de Pecat y sintió el peso de la culpa por haber ensuciado a Julio Roizzino luego de tantos años. Tomó repentina noción del tenor de los comentarios hechos durante la mañana.

—No voy a pedirle que ignore los acontecimientos —agregó en tono sobrio, con cariz de advertencia—, pero ahora que se plantea un cambio de enfoque le pido que afine su delicadeza y no revele aquellas partes ignominiosas. Sin duda debería usted ignorar ciertas pinceladas...

—El suceso que usted me contó esta mañana —dijo Damián inundado por la confianza— bien podría prescindir de los detalles escabrosos. No importa si la búsqueda tuvo o no éxito. El relato daría cuenta de un hecho desconocido que lanzó a Julio Roizzino (sí, al gran deportista) detrás de una verdad, de una búsqueda desinteresada que ansiaba poner fin a un episodio nebuloso (la desaparición del capitán). Hablaría de Lazhuri y al hacerlo citaría la evidente importancia del sujeto en la comunidad; daría detalles de su reputación y de su ambigua muerte o desaparición. Por otro lado, hablaria de Roizzino llegando a San Sálfiro luego de ser campeón con Atlético Lidonia. Pues bien, suponga ahora que describo los hechos que en verdad pasaron, los que usted me contó esta mañana. ¿Quién dice entonces que Roizzino no pudo haberse accidentado por un mero contratiempo, justo cuando estaba abocado a la noble tarea que se había propuesto? ¿No quería él honrar la memoria del viejo pescador? No veo necesario echar mano a detalles infamantes, señor. El accidente quedaría emparentado a un infortunio derivado de un acto de desprendimiento o, si lo prefiere, de una aventura.

—¡Pero usted ya lo pensó todo! —profirió el viejo con aire contrariado—. Me estaba engañando y por eso me hizo hablar.

Un súbito calor se depositó en el rostro de Damián.

—¡Le juro que no lo estaba engañando, señor! Hace momentos hablé con mi jefe vía telefónica y hubo un cambio de planes. ¡No lo estaba engañando!

Una repentina carcajada sobresaltó a Pecat. El viejo mostraba sus dientes blancos.

—¡Estoy embromando, jovencito! Perdóneme, por favor. ¡A veces me gusta bromear! Yo no sería capaz de objetar sus métodos de trabajo. ¡Claro que no! Haga lo que crea necesario... —Y seguía riendo.

A Damián se le arrebolaron las mejillas. Un cliente que estaba cerca volteó para ver qué ocurría. «Joven, no provoque así al viejo. Mire usted si le da un ataque y nos quedamos sin bar». Álvar recobró la compostura. «El Español es un cafetín, Víctor. ¡No moleste y siga en lo suyo!».

Álvar volvió a Damián.

—Usted no se preocupe, joven. Si refiere a la ciudad y a su gente con respeto, le aseguro que nadie impugnará el contenido del libro. Todos guardan resquemores a propósito de aquel pasado. No creo que importe demasiado. Pasó tanto tiempo.

A pesar de la broma, Damián ahora sentía verdadera presión sobre sus hombros. No ansiaba condensar rumores, pero narraría la vacación de Roizzino en 1963 y para hacerlo tal vez tuviese que llenar agujeros con un poco de imaginación. Todo en favor de la historia, obviamente.

—Entiendo ahora el magnetismo que Lazhuri pudo haber emanado por aquellos años. Que alguien haya querido dar con el porqué de su desaparición, después de todo, no es tan extraño.

Álvar lo miró intrigado.

—Sé perfectamente que la historia es importante, muy trascendente.

Damián Pecat no quería andar con vueltas.

—El bibliotecario me habló de Manuel Lazhuri. La anécdota que me contó podría justificar la admiración que muchos sentían. —Y precisó—: Aquello de los ladrones en el restaurante La Orilla.

—Pero ¡qué condenado bibliotecario! —espetó el viejo golpeando la mesa con el puño. Las tazas y cucharitas tintinearon—. ¡Me arruinó el cuento! Yo quería hablarle de eso. Qué condenado...

—No se preocupe, señor. Pero qué historia, ¿verdad?

—Esa historia dio vueltas por San Sálfiro durante años e hizo de Manuel Lazhuri alguien muy célebre. El acto en sí mismo fue tan notable que al cabo empezaron a tejerse otras historias sorprendentes, tanto ciertas como inciertas. Claro que se lo admiraba; no es para menos.

Pecat volvió una hoja de su libreta.

—¿Y qué hay del accidente en el cual perdió a su familia?

—Ah, sí. El accidente. También se decía que estaba loco por causa de ese accidente. Se lo creía borracho e imprudente al volante, y un día chocó con su vehículo y mató a su familia. ¡Una tragedia! Pobre capitán. Estaba en efecto un poco trastornado.

—¿Recuerda algo de su familia? Simple curiosidad.

—Ni la mujer era su esposa ni el pequeño era su hijo. La chica era prostituta.

—¿Prostituta? —dijo Damián desencajado. Por alguna razón esto le causó mayor impresión que lo anterior.

—Oh, sí. Su nombre era... Irina, Alina, o algo igualmente extranjero, y esto de la chica es cosa bien certificada. Dicen que era muy bonita y mucho más joven que Lazhuri; tanto que podría haber sido su hija. Prostituta —corroboró—. Entiendo que trabajaba en el *cabaret* de Lozada. Ese lugar tan deprimente... Podrá usted darse una idea. Para qué entrar en detalles.

—Hágame el favor... —dijo Damián.

Su imaginación había volado ya hasta un sitio pestilente, como esos que aparecían en las películas de marineros. Allí no había forma de escapar a la perdición.

—De la taberna no hay mucho para decir —comentó Álvar restándole importancia—; no tiene caso hablar de tipos que hedían a violencia e impudicia. Eran todos borrachos y desgraciados, como en general pasa con los pescadores. Es un oficio digno, pero también duro. La taberna de Lozada, al igual que sitios semejantes, reunía a los pescadores y les daba alimento para el cuerpo y el alma. ¿No sé si me explico? Era un sitio indecente y obsceno que explotaba las penurias de marineros de paso y pescadores perennes. ¡Un lupanar estrafalario, joven amigo! Un burdel que como parásito se había alimentado de la ciudad desde su misma fundación. La penumbra, la decoración, la bruma que flotaba en el aire... No había allí mujer copera, vendedora de amor o bailarina que fuera más relevante que el ambiente espeso de tabaco, humedad y mugre que se adivinaba en los rincones o debajo de las mesas altas, que seguramente habían sobrevivido a mejores tiempos. Dejó de hablarse de la taberna hace ya muchos años —concluyó Álvar—. ¡Ese bandido de Lozada de seguro murió con los bolsillos llenos de dinero!

—Un sitio deplorable.

—Lo era. Y penosamente la novia del capitán trabajaba allí. Recuerdo que los muchachos amigos de Roizzino hablaban de ella. Se preguntaban cómo Lazhuri la habría conquistado. Pero la vida es muy taimada, joven amigo, y cuando el capitán quiso tener a la chica solamente para él, pues ella se murió. Tuvo que ser muy triste.

—Ya lo creo. ¿Y también murió un niño, su hijo? Hubiese quedado huérfano.

—El chico también murió —confirmó el viejo—. Imagínese la culpa que cargaría Lazhuri. Por lo que recuerdo, el accidente fue su culpa. O eso se decía. Pero hay cierta complejidad que cuesta explicar. El capitán tendría que haber sido tomado por lo que era: un hombre entregado a su labor, un pescador. Me figuro que él no quiso ser ejemplo para nadie, y mucho menos héroe, a pesar de que actuó de modo heroico en el asalto a La Orilla. Un pescador —repitió, como si fuera un dato de interés—. Anote eso, joven amigo. Incluso el padre de Julio Roizzino fue pescador. Son detalles que más tarde podrían servirle.

—Lo anotaré —dijo Damián, y eso hizo.

El viejo Álvar insinuó que sabía otro cuento del capitán. Preguntó si le apetecía oírlo, al margen de que ninguna relación guardase con Julio Roizzino.

Pecat aceptó gustoso. Se estaba tomando un recreo. No necesitaba oír más acerca del pescador, pero le gustaban las historias y Álvar lo entretenía.

—Es un asunto menor, joven amigo, pero pienso que podría explicar de qué modo un viejo como Lazhuri pudo ganarse el favor de una muchacha como... Alina o Irina. Creo que se llamaba Irina.

Damián lo invitó a hablar. Ya había escrito una frase en su hoja, además de los dos nombres.

—El gordo Juanito, uno de los tipos que trabajaba con el capitán, venía asiduamente por el Español y gustaba de compartir conmigo anécdotas de pescadores y de la mar. El gordo Juanito.... Creo que ya se lo mencioné.

—En efecto.

—Pues cierta vez me contó una historia que podríamos titular: «El día en que Manuel Lazhuri fue aporreado por una tormenta y dio de sí aquello que lo confirmaría como un ser muy valiente».

Ambos rieron y miraron de reojo a unos clientes que estaban próximos a la mesa. Los tipos oteaban extrañados.

—Aunque el título es algo extenso —admitió Damián—, tiende a ser explicativo y eso se agradece.

—Todavía recuerdo la expresión burlona de Juanito al relatar la historia —dijo Álvar sonriendo, mientras enrollaba una servilleta de papel. Se lo veía contento—. Ocurrió durante un atardecer tormentoso. Imagínelo, joven amigo. San Sálfiro con tormenta... Un verdadero horror. Ese día los pescadores ya habían regresado; las inclemencias del tiempo habían picado el mar y no se le podía sacar provecho. «El pescador debe respetar a la naturaleza», decía Juanito. Y tenía razón, pues las normas son dictadas por el clima y en el mar todo puede ponerse oscuro en minutos. No se bromea con el mar.

—Lo sé, señor Álvar... Le juro que lo sé.

—El caso es que el capitán Lazhuri no era como los demás pescadores y sus compañeros de faena lo sabían. Estoy hablando en plural, según habrá notado. El viejo era dueño de la embarcación y ese preciso día, justo cuando las olas picaban y exigían ser dominadas, andaba en compañía de Juanito pero también en compañía del chiquilín hijo de su novia. Un pibito de unos diez años, tal vez. Entiendo que Lazhuri lo sacaba a pescar cada tanto, cuando el chiquilín estaba aburrido o cuando quería aprender el oficio. Quién sabe. Lo cierto es que aquel día tormentoso el pequeño estaba en el bote de Lazhuri y cuando el mar se puso bravo le entró miedo. Imagínelo... Un chiquilín. «Volvamos a tierra», decía asustado. El bote estaba siendo azotado por la tormenta y Lazhuri y Juanito le decían que era preciso esperar. Franquear las olas era más peligroso que permanecer en la tormenta. «¡Volvamos a tierra!», repetía el chiquilín lleno de nervios. Todos ya habrían vuelto a tierra firme menos ellos. ¿Qué demonios ocurría?

—No puedo imaginarme en medio del mar —dijo Damián con ojos de espanto.

—No hay persona en San Sálfiro que no guste del mar, joven amigo. Pero el chiquilín estaba muerto de miedo y el capitán y Juanito no querían regresar a tierra por una buena razón. «Espera en la cabina, niño», le aconsejaron al cabo de un rato. «Aquí tenemos trabajo».

—¿Trabajo?

—El niño se preguntaría lo mismo. «Nos vamos a hundir», pensaría aterrado. La lluvia lo había mojado entero y estaría muerto de frío. «A tierra, a tierra», comenzó a repetir como un loro. Hasta que percibió que Lazhuri, con ayuda del gordo Juanito, intentaba levantar una red vieja que colgaba de su bote y se había desprendido por causa de las agitadas aguas. ¿Qué pasaba? El pibito contemplaba el accionar de los hombres, y como la curiosidad pudo más que su temor se aproximó con timidez. «¡Les ayudo!», gritó. Había atado a su cintura una soga que a su vez estaba enrollada al palo mayor. Haciendo equilibrio para no caer de bruces en la cubierta, se aproximó un poco más y gritó de nuevo: «¡Les ayudo!». Ahí fue cuando Juanito informó el problema. «¡Un tiburón!», gritó el pibito asustadísimo y, arrastrándose por la cubierta, entró en la cabina y se colocó un salvavidas que el capitán traía de adorno.

—¡Un tiburón! —dijo Damián incrédulo.

—Venía siendo arrastrado por el bote y las redes, y el capitán no dejaría que muriese de forma tan poco digna. Este estaba inclinado cerca del animal, con el estómago sobre el borde del bote (si usted lo prefiere, podríamos decir a estribor), y buscaba desengancharlo, pero no lo conseguía. De repente el pescador se incorporó, soltó el pedazo de red y se lanzó de panza al agua con el cuchillo en la mano para ayudar a ese escualo y librarlo de su mala suerte.

—¿Me está diciendo que saltó al agua, con la tormenta y todo, para salvar a un tiburón?

—Eso hizo, pero creo que en realidad la tormenta había ya mermado. No recuerdo bien.

—Pero ¿qué más pasó? —dijo Damián con la incómoda sensación que le producía imaginarse en lugar de ese chiquillo. Igualmente oía el cuento con una sonrisa en el rostro.

—El capitán luchó endiabladamente para liberar al animal, mientras Juanito hacía fuerza para levantar la red y recuperarla, pero el escualo se movía tan enfurecido y asustado que el capitán tuvo que cortar un pedazo de red y dejarla ir. Habían enganchado un pez que no se correspondía con las especies que ellos pescaban y eso no traía ninguna satisfacción. ¿Entiende el punto, joven amigo? Ciertamente fue un gesto noble. ¡Quién podría negarlo! «Arriesgarse así por un pez», dirá usted. Pero eso es lo que hubiera hecho cualquier pescador responsable. O eso decía Juanito. Según el gordo, no pasó nada que no hubiese pasado otras veces. Pero el chiquilín por fin pisó tierra y salió a cantar a los cuatro vientos que el capitán había luchado contra un tiburón para salvarle la vida... ¿¡Se lo imagina!? «¡El hombre más valiente! ¡El único!», diría. Indiscutible, ¿cierto? ¿Qué piensa ahora del capitán, joven amigo?

Y miró a Joaquín. Quería que el mozo viniese a retirar las tazas y limpiar la mesa. Se había volcado un poco de café por el golpe de hacía minutos.

—¡Me cuesta explicar, señor Álvar, cuánto me trastornaría estar cerca de un tiburón! Los veo en televisión y me dan escalofríos. ¡Jamás me acercaría al mar!

—Se desconocía del mar gran parte de lo que hoy se asevera, jovencito. Algunos pasaban horas apostando a que un cachalote gigante alguna vez daría vuelta una embarcación y se comería a los tripulantes... Jamás se vio ninguno por estas aguas, pero en el pasado parecía una posibilidad. El mar guardaba todo tipo de quimeras. Estaban los que miraban el cielo en busca de lo inexplicable, y aquellos que miraban el mar a la espera de bestias no reconocidas. A todos nos gustaban esas historias. ¡Pretenda usted que alguien como Lazhuri no hubiera llamado su atención! Pero ahí tiene usted el resultado de una vida cubierta de polvo y olvido. La gente es injusta y recuerda lo menos relevante de su paso por la vida. Fíjese en las basuras que también se dijeron de Roizzino. ¿Se lo merecía? Yo no soy quién para decirlo... Ningún hombre es tan incontestable como para superar los juicios de valor a los cuales el mundo podría someterlo. Julio Roizzino tenía detractores e intentaron hacerlo pagar sin siquiera apiadarse o reparar en su derecho a silencio. Por eso desconfío de los periodistas, jovencito, porque ponen en boca de uno aquello que apenas se amagó a decir. Espero que usted no me defraude.

—No traicionaré su confianza, señor Álvar. Fue muy placentero oír sus historias. Le agradezco.

Ambos sonrieron distendidos y al instante Estela, la esposa de Álvar, llegó al bar. El viejo miró con cara de compungido y dijo que lo habían descubierto. Saludó a su esposa alzando la mano. Ella se sentó en una banqueta e intercambió con Joaquín unas palabras y sonrisas. Le entregó un papelito. Joaquín lo metió en su bolsillo.

—Se acabó la charla —dijo Álvar y echó mano a su bastón de madera.

Damián de un sorbo acabó su café.

—Espero que no se marche a Orencia sin compartir conmigo un último café.

—No me atrevería, señor. Volveré antes para saludarlo.

—Me marcho con mi mujer —dijo el viejo.

Dejó su silla y fue al encuentro de Estela. Le dijo a Joaquín, de nuevo, que Damián Pecat no pagaba nada. Se lo dijo en tono imperativo; no podían quedar dudas.

Lo que en este punto parecía innegable es que el viejo Álvar sentía fascinación por las historias y por el ejercicio de exagerar, aunque más no fuera de modo inocuo. Ahondar en el recuerdo de ese pescador valiente y acuchillador, por ejemplo, se le hacía irresistible y eso se notaba. Había hablado más de Lazhuri que de Julio Roizzino.

Damián tendría que trabajar sus notas para darles carácter y ubicar cada pieza imaginada de modo tal que el resultado reflejase aquella vacación última de Julio Roizzino. El comienzo de la crónica no implicaría ninguna dificultad: sería el logro deportivo de Atlético Lidonia, descriptivo y referencial. Pero no tenía la misma certeza respecto de cómo iría a relatar lo ocurrido en San Sálfiro. Tantas posibilidades.

De un lado un pescador rabioso y heroico; del otro un deportista profesional y consagrado. El primero loco; el segundo cuerdo y con la vida por delante. El viejo conquistando una prostituta; el joven resignando dinero por amor. Uno preso de una tristeza; el otro, de un accidente. Un desaparecido; una búsqueda.

Dos caras de una misma moneda nunca se veían.

Aunque lo real pudiera mezclarse con lo ficticio, lo primero debía ser irrefutable y lo segundo apenas admisible.

¿Podría Damián hacerlo? El encargo era demasiado importante y quería salir ileso y con la frente en alto. Tendría que ceñirse a determinados hechos y escribir algo que no pareciese mera fantasía. No pensar en fatalidades, frustraciones y ocasos; sí hablar de lo que en verdad sabía.

El mozo Joaquín se acercó con disimulo a Damián e interrumpió sus pensamientos.

—Dígame que sabe en dónde vive Efraín... —le dijo enigmáticamente.

Damián lo miró extrañado, sin articular palabra.

—¿Álvar se lo dijo, muchacho?

—No me dijo nada —reaccionó Pecat—. ¿A qué se refiere?

—Tengo en mi poder un dato que usted valorará muchísimo. —Y sacó de su bolsillo el papelito que Estela le había dado—. ¡La dirección de Efraín, muchacho! Estela me encargó la entrega y es lo que hago.

Damián agarró el papelito y lo leyó.

—¡Qué fortuna, señor Joaquín! Debería agradecerle a la esposa de Álvar. ¡Qué linda noticia!

Joaquín se encogió de hombros.

—Guarde prudencia, por las dudas. No sé cómo la consiguió.

—Sí, claro —dijo Damián mientras leía otra vez la dirección. No conocía esa calle.

—Queda cerquita... —le indicó Joaquín.

Damián le agradeció y dijo que volvería antes de viajar a Orencia. Salió del Español apurado, mientras la tarde lo corría. Habían pasado ya las cinco.

Marchó hacia la calle Figorsi Loras con entusiasmo. ¡Qué

verdadera fortuna! Mentalmente le agradecía a Estela y se preguntaba si Álvar no hubiese podido darle este mismo dato. Quién sabe por qué no lo había hecho. Igualmente le restó importancia a la duda. Estaba demasiado entusiasmado como para desconfiar del viejo.

Figorsi Loras. Debía buscar una altura aproximada: el trescientos; luego identificar una peluquería que quedaba a mitad de cuadra. La casa siguiente era la de Efraín Atinelo. Eso decía el papel, una servilleta.

Iba al encuentro del hombre de la carta y consideró que una verdad desconocida podría ser desenterrada. ¿Desecharía aquello que Álvar había narrado? ¿Efraín podría refrendar los datos apuntados en la libreta? ¿Qué propósito tendría la carta? La llevaba consigo, en su portafolio. Recordó la conversación con Ponce Arregui y se dijo que iba a anotar cuanto dato y detalle pudiese anotar; no abandonaría la tarea antes de tiempo. Una trama literaria y tal vez histórica lo hacía caminar presuroso hacia la casa de este sujeto. Ya se había olvidado de él. La suerte era extraña.

Encontró la calle Figorsi Loras y se detuvo a mirar la numeración. El camino se le había hecho largo; estaba a dos cuadras del objetivo.

EFRAÍN ATINELO

Encontró una peluquería. Debía de ser el negocio indicado. ¿Allí trabajaría Efraín? Ahora lo recordaba, sí. Efraín era barbero. Se aproximó y comprobó que el lugar estaba cerrado. Caminó, pues, hacia la siguiente casa y se detuvo frente a la puerta.

Tocó el timbre a la espera de ser atendido por un hombre no tan anciano como Álvar, pero sí enfermo. No sucedió lo previsto. En la puerta apareció una mujer vestida de blanco. Evidentemente no esperaba visitas.

—¿Qué desea? —preguntó en tono seco.

—Hola, señora. ¿Aquí vive Efraín Atinelo? —Y miró la numeración, inseguro, como si fuera un turista perdido.

Ella lo trató con rudeza.

—Es la casa del señor Efraín. ¿Quién es usted y qué desea?

Damián Pecat se presentó con la pura verdad.

—¡Eso es imposible! —dijo ella cortando el aire con la mano—. Yo me encargo de los mandados y recados de mi señor y nunca envié una carta a ningún lado, mucho menos a un periódico de Orencia. ¡Lo recordaría!

—La carta no es reciente —explicó Damián con delicadeza. La mujer lo había puesto nervioso—. Llegó a la redacción hace ya algún tiempo. A la sazón no pudieron enviar a nadie para que conversara con el señor Efraín, pero ahora...

—¿Quién le dio esta dirección? —lo interrumpió sin mostrar un gesto amable.

—Conseguí la dirección en el bar Español Colorado. Allí conocí al señor Álvar, un amigo de Efraín.

—Ya veo —refunfuñó la mujer. Por lo visto, oficiaba de enfermera—. El señor está enfermo, muy enfermo. No sé si podrá recibirlo. Ni siquiera tendría que haber tocado el timbre, ya que eso lo altera.

—Oh, lo lamento. Pero ¿podría avisarle de mi presencia? Viajé desde Orencia para entrevistarlo. Es muy importante que pueda verlo.

La mujer volvió a mirarlo rudamente, pero tal vez por el tono suplicante con que le hablaban dijo a regañadientes que hablaría con Efraín y luego cerró la puerta. La esperanza primera de Damián se había renovado. Estaba en la casa de Efraín y eso debía tener un porqué. Tenía buen pálpito.

La puerta se entreabrió al cabo de un minuto y la mujer, afortunadamente, lo invitó a pasar. Pecat abandonó el pórtico e ingresó entusiasmado, pidiendo permiso y sacudiendo los pies en un felpudo que tenía un sol bordado. Ella lo frenó en seco con una advertencia.

—Cuando yo crea conveniente finalizar la visita, lo anunciaré y usted se marchará sin protestar. ¿Me entiende? Los términos no son negociables.

—De acuerdo —dijo Damián expeditivo—. Me iré tan pronto usted lo decida.

La enfermera le indicó que dejara el saco en el perchero e informó que sería recibido en la habitación.

Damián avanzó por el pasillo angosto que conducía hasta el living y se paró frente a un perchero para colgar su saco. Explicó que necesitaba entrar con su portafolio para mostrarle algunos impresos al señor Efraín. Aunque la mujer lo miró con suspicacia, él ya se sentía más tranquilo y aprovechó el segundo de dubitación para echar un vistazo al living.

Atravesaron un pequeño comedor, tan pequeño como el living, y llegaron a la puerta de la habitación de Efraín Atinelo. El olor que de allí manaba semejaba al olor de un hospital. Claramente había alguien enfermo. Damián ingresó detrás de la mujer y permaneció en completo silencio mientras era presentado.

—Esta es la persona que pregunta por Julio Roizzino —dijo ella, y se ubicó del otro lado de la cama.

Se acomodó en una silla mecedora que estaba delante de un ropero antiguo (una gran sombra negra que por poco rozaba el techo) y tomó una revista, que seguramente antes leía porque estaba abierta. Pareció desentenderse del propósito de la visita.

Algo apocado, Damián saludó al señor flaco, calvo, bastante demacrado, que estaba recostado en la cama. No le causó buena impresión.

—No se alarme, joven —dijo Efraín en tono apacible—. Acérquese, acérquese. —Hizo un gesto parsimonioso y estiró la mano para que se la estrechase—. Mi muerte no será contagiosa; tampoco lo es mi destino.

Damián avanzó y dejó el portafolio en el suelo, cerca de la cama. Se presentó sin omitir detalles.

—¡Ha venido por la carta! —dijo Efraín entusiasmado—. No, ya no puedo ir por el Español, según verá, y es cosa que lamento. ¿Cómo lo atendieron allí?

—Perfectamente. Conversé con el mozo Joaquín y con el señor Álvar, su amigo.

—«Mi amigo Álvar...» —canturreó Efraín y se largó a reír, lo cual sorprendió a Damián—. ¡Ese viejo embustero! A veces se extraña.

Señaló una silla de visitante que estaba a un costado. Pecat se sentó. Se hallaba ahora a un lado de la cama, dando la espalda a la puerta por la cual habían entrado. La enfermera seguía en lo suyo, del otro lado.

—Dos años atrás me hubiese hallado sentado en alguna mesa. Hoy sería dificultoso.

Pecat miró de reojo a la mujer. Se le antojó conveniente evitar referencias o preguntas acerca de la enfermedad. Llevó la conversación hacia mejor terreno.

—Me dio gracia escuchar al dueño del Español Colorado —precisó—. Fue divertido y me dio grandes ideas para escribir.

Efraín asintió.

—Es de imaginación muy vívida ese Álvar... ¿Qué cosas le ha contado? No, no; no me cuente aún. Hábleme un poco de su trabajo. ¿Cuál es el propósito de su viaje? Qué increíble que le hayan dado mi carta. Resulta muy inesperado.

Damián mencionó aquello que había motivado al periódico a publicar un libro homenaje, que en realidad sería una excusa para confeccionar unas cuantas crónicas, notas y biografías. Todas apuntando a aquel año 1963.

—¿Usted cubre las noticias del club?

—Este es un encargo excepcional, señor Efraín. Parte del homenaje retratará a los jugadores más emblemáticos de Atlético Lidonia. Yo debo escribir sobre Julio Roizzino. La iniciativa responde al interés personal del director del periódico; él tiene un pasado en el club como dirigente.

—Lo sé. Envié la carta al periódico considerando eso. Pensé que se mostrarían tentados por la información que insinuaba conocer; presumí que responderían con la mayor brevedad.

—Sí, lo siento. Hace días me enteré de la existencia de su carta.

El hombre se quedó estudiando a Damián. Tan joven y con una misión tan singular.

—Debe usted ser un profesional bien considerado —dijo a modo de deducción—. Le han encomendado una labor muy especial. Tal vez no la imagine.

Damián entrevió en esa frase algo oculto y fascinante. ¿Qué estaba tratando de decirle Efraín? Se sintió inundado por un sentimiento muy positivo y dijo que había estado en la biblioteca y en el club Municipal. Y por supuesto, también en el bar Español hablando con Álvar Velarque.

—¿Qué le ha dicho mi amigo Álvar? Y cuénteme, por favor, cómo tiene pensado hacer su trabajo. ¿Qué cosas relatará en la crónica de Roizzino?

Pareció esta pregunta guardar doble intención.

Pecat miró su portafolio y estuvo a punto de extraer varios papeles. También la libreta de apuntes.

—El trabajo tiene por objeto referenciar de Julio Roizzino algo más que sus logros deportivos. Esa es la premisa. Supuse que sería interesante relatar una serie de sucesos puntuales de su vida. Hablaría del campeonato de Atlético Lidonia, por supuesto, pero enfocaría mis esfuerzos en explicar aquello que sucedió antes del accidente y del posterior retiro profesional.

—Ya lo creo —dijo Efraín interrumpiendo—. Imagino que ha escuchado bastante, joven Pecat, pero yo le aseguro que no conoce ni un cuarto de lo que realmente pasó. Perdone usted que se lo diga en forma tan contundente.

—Faltaba más, señor. Agradezco la sinceridad.

—Si usted habló con Álvar, sin esfuerzo me figuro qué clase de historias le habrá narrado.

—¿Dice usted que Álvar me engañó?

—Nada de eso. Digo que le ha contado una cuarta parte de lo que verdaderamente ocurrió. El resto Álvar lo ignora.

Damián se sintió un poco decepcionado.

—¿El asunto relacionado con el pescador llamado Lazhuri no fue cierto? Oí que el accidente de Julio Roizzino estuvo relacionado con la desaparición de ese pescador.

Efraín esbozó una gran sonrisa.

—Es en parte cosa cierta.

—Mucho escuché de Lazhuri —acotó Damián—. Incluso el bibliotecario me habló del pescador.

Efraín pareció interesado.

—¿El bibliotecario? ¿Qué le dijo ese hombre? No lo conozco.

—Me habló de Manuel Lazhuri y narró un suceso muy impresionante. Un asalto que ocurrió en un restaurante.

—Historia grande si las hay.

—Sí..., concuerdo. ¿Podría preguntarle algo concreto, señor?

—Claro.

Damián extrajo del portafolio la libreta de apuntes.

—¿La carta que usted envió al periódico, señor Efraín, tiene relación con el retiro de Julio Roizzino y las cuestiones que mencionó Álvar? Necesito saber si estoy bien encaminado. ¿Lo que oí se ajusta a la realidad? ¡Espero que todavía quiera hablar con el periódico! —agregó como en un paréntesis, en una tardía muestra de educación.

—No lo dude, joven Pecat. No solo me mueve una cuestión de honor, sino de justicia. Presumo que Álvar lo habrá puesto en contexto. ¿Le habló de mis amigos? Sí, sospecho que sí. Y para aquietar su agitación puedo darle una buena noticia. Está usted bien encaminado. Cierto es que Álvar no podría iluminar aquel lejano pasado, pero hay efectiva relación entre la desaparición de Manuel Lazhuri y el accidente de Julio Roizzino. La búsqueda... Habrá escuchado de la búsqueda —Damián asentía con la cabeza—. Pues también existió. Lo que ocurrió con Julio Roizzino a su retiro deportivo, de hecho, acaeció luego de aquello narrado por Álvar.

—Gracias... —dijo Damián con alivio—. Por un momento pensé que había perdido el tiempo. Mis apuntes son ciertos.

—Considérese en conocimiento de una pequeña parte de la historia, acaso la introducción. Álvar ignora el resto. Se preguntará por qué le digo esto... Pues eventualmente lo entenderá. Nuestro amigo Álvar siempre fue suelto de lengua y lo que hicimos en aquella época nos obligó a ser discretos.

—Sospecho de qué habla —dijo Damián sin en verdad sospecharlo. ¿Sería Álvar un sujeto indiscreto? Sin duda le gustaba hablar, y a veces en forma categórica.

—Póngase contento porque está encaminado —repitió Efraín—. No necesito entrar en detalles si ya sabe quién era Manuel Lazhuri. Podemos ahorrar algo de tiempo. Creo que mi amiga aquí presente —dijo señalando a la enfermera— lo agradecerá.

Olga alzó la ceja alertada por la alusión. No contestó, pero sonrió sutilmente. Estaba leyendo una revista que reseñaba la vida de las celebridades. No estaba interesada en Damián Pecat. No podía ser periodista siendo tan jovencito. Seguro que trabajaba para el periódico de una escuela y ni siquiera vivía en Orencia.

—Tengo algunos apuntes —dijo Damián abriendo su libreta—. Solo restaría corroborarlos. Había imaginado un relato que referenciara a Roizzino saliendo campeón con Atlético Lidonia, para luego centrarme en aquella vacación de 1963 que antecedió su retiro de las canchas. Me complace saber que estoy orientado, señor.

Y lo dijo explícitamente porque, por un instante, había dudado. ¿Lo narrado por Álvar era auténtico o una pantomima? De obtener una respuesta positiva dependían sus apuntes y el nervio de su trabajo, aquello que había prometido darle a Ponce Arregui como bosquejo. Qué terrible vergüenza hubiese pasado si toda la historia —y, por ende, su idea— quedaba deslegitimada.

—Verá que su fortuna es real —dijo Efraín mientras alisaba la manta de la cama—. Se pondrá contento al saber que Manuel Lazhuri es personaje central en la historia que le voy a narrar. Me lo había propuesto entonces, hace dos años o más, cuando envié la carta a su periódico. No detectará patrañas en los dichos de Álvar, pero sí numerosas inconsistencias y también datos erróneos. Pero no desconfíe de gusto de ese viejo embustero. Aunque tiene lengua ligera y hábil, no lo ha dirigido hacia un laberinto sin salida.

—¡Qué está sugiriendo! —dijo Damián con algo de vergüenza—. ¿Álvar pudo engañarme?

Efraín meneó la cabeza en postura reflexiva.

—No en este puntual aspecto, joven Pecat.

—Dijo que ustedes se habían dado a la tarea de averiguar

qué había pasado con el pescador. Habló de una búsqueda con mucha seguridad. El pescador tuvo una desaparición misteriosa y ustedes...

—Ya lo decía por entonces —lo interrumpió Efraín—. Julio Roizzino casi se mata por culpa de esa tonta búsqueda, ¿verdad?

—¿No es correcto?

—No es exacto. Pero no escatime detalles, joven. Dígame cuanto le dijeron. Comprobaremos así los datos de su libreta.

Damián se valió de las anotaciones y mencionó punto por punto lo que le habían narrado. Citó las descripciones o referencias que Álvar había hecho de sus amigos y mencionó cuanto sabía de las reuniones en el Español Colorado. Luego habló de la admiración que en todos despertaba Lazhuri y de la incertidumbre que su desaparición había provocado. De allí la búsqueda: una especie de peripecia con desenlace desafortunado.

—¿Le habló de un asesinato o de un suicidio?

Damián alzó las cejas.

—¿El pescador fue asesinado, señor? Álvar no dijo nada.

—Se hicieron toda clase de elucubraciones, pero ninguna fue confirmada nunca. Se contemplaban para el capitán diversos destinos o paraderos. Algunos aseguraban que Lazhuri había abandonado San Sálfiro, y otros apostaban a un final más oscuro: un suicidio o un asesinato.

—¿Qué cree usted que pasó?

—El viejo estaba ciertamente triste. Pero eso ya sería entrar en materia de nuestro relato, joven. No nos apresuremos. Por el momento debo pedirle que olvide cuanto cree conocer del asunto. Es solo una recomendación, aunque muy enfática. Pues la verdadera historia, la que nunca se hizo pública, ni siquiera podría imaginarla un sujeto tan avispado como Álvar. Se trata efectivamente de una peripecia, y es especial porque incluye a Julio Roizzino pero también al capitán Lazhuri. Agradecerá conocer tantos datos.

Esto provocó en Damián Pecat enorme expectación. ¿Qué había detrás de esta advertencia? ¿Algo sensacional o trágico había ocurrido en 1963 y nunca se había hecho público? ¿Podría basar su trabajo en dicha narración?

—Con gusto lo escucharé, señor —dijo sin más.

—Lo que narró Álvar Velarque no se corresponde con la entera verdad, joven Pecat; es más bien un resumen de algo que fue mucho más complejo y él ignora. Si usted pretende honrar a Julio Roizzino con una crónica, pues precisará detalles y yo con gusto se los facilitaré. ¿No es su meta llegar a la verdad?

—Absolutamente, señor.

—Pues bien, la desaparición del capitán y el accidente de Roizzino están en efecto vinculados, pero es conveniente aclarar que ni el consumo de alcohol ni los excesos tuvieron protagonismo en esta historia. Imagino qué le habrá contado Álvar. Por años intentamos convencerlo de que nada había ocurrido como él lo creía. Nuestros esfuerzos fueron inútiles, según habrá comprobado. Pero él quedó al margen de los sucesos porque, como ya mencioné, el asunto requería discreción y no podríamos obtenerla de su persona.

De pronto Efraín se largó a toser, tal como si estuviera ahogado. La enfermera Olga abandonó su trance, que pasaba revista al igual que sus ojos, y le echó una mirada contemplativa. Damián se paralizó; con dificultad permaneció tranquilo.

—Estoy bien, estoy bien —dijo Efraín, y los ojos se le pusieron brillosos—. A veces me ocurre, joven. Pero no haga caso. Nosotros ya estamos acostumbrados.

Damián procuró disimular su impresión. Para dejar ese incómodo estado dijo:

—Me siento algo estafado, a decir verdad. Álvar fue astuto y me hizo creer que sabía de Julio Roizzino lo que todos ignoraban.

—Lo ha engañado ligeramente —observó Efraín—. Conozco a Álvar desde mi niñez. Siempre fue charlatán y un poco farolero. Es muy divertido; eso no podemos negarlo. Y su generosidad no está en discusión. Jamás me negó un café.

—Y ¿qué hay de la carta que usted envió al periódico? —dijo Damián recuperando el ánimo—. Se habrá sentido defraudado, ¿no es cierto?

Efraín se puso serio.

—Sí, la carta —dijo pensativo—. Es difícil justificar su existencia. Quería, por el honor de Julio Roizzino, contar una historia desconocida o echar luz sobre una verdad oculta. Le prometo, joven Pecat, que la carta cobrará absoluto sentido luego de que me oiga.

—Sí, claro, señor. Nos sobra tiempo.

La enfermera Olga aclaró la garganta y marcó límites.

—Le sugiero, jovencito, que renuncie a esa idea tan descontracturada que tiene del tiempo. En esta casa soy yo la que maneja el reloj. Efraín tiene que descansar y usted en unos minutos se marchará. Es un hecho.

Damián oyó con pasmo la recia advertencia. Efraín pidió algunos minutos más y dijo que trataban un asunto importante. Olga concedió el permiso sin dejar escapar una mísera sonrisa.

—¿Sabe usted que nuestro amigo Roizzino vivía en Río Muyet e incluso allí murió?

—Me consta. Algunos periodistas viajaron a Río Muyet para entrevistarlo. Nunca consiguieron algo de relevancia, ni siquiera cuando hablaron con sus hijos o su mujer.

—Está en lo cierto —dijo Efraín—. Y déjeme señalar que su familia jamás disfrutó de aquellos rumores esbozados por la prensa. Cada vez que surgía el nombre de Julio se lo asociaba con algún disparate. El trato que recibió nunca fue justo.

—Pero ¿explicar la decisión no hubiese ayudado a disipar tales rumores? Lo pregunto sin ánimo de ofender, señor. Entiendo que los rumores surgieron precisamente a partir del silencio, de la extrema reserva que se tuvo del caso.

—No lo culpo por pensar eso, joven Pecat. Pero la voluntad de un hombre no debe por qué someterse a dictamen. La prensa le sacó rédito a la desinformación y no quiso conformarse con aquello que decía Roizzino. Y ¿por qué debía explicarse, a fin de cuentas? Era su decisión. Pero los mismos periodistas que lo ilustraban en secciones deportivas no lo creyeron así y, posteriormente, contribuyeron con las habladurías. La gente en Orencia creyó lo que quiso creer. Y mal hicieron en molestar a su familia, sobre todo a su esposa. Si él no hablaba, menos lo haría ella.

Damián asintió frente a lo expuesto.

—Tal vez ahora, señor Efraín, las cosas puedan hacerse del modo correcto. El homenaje que imagino podría ser hermoso; podría además elevar el nombre de Julio Roizzino. La ocasión es fabulosa.

—Son grandes adjetivos, joven. Si bien existen atenuantes, la verdad es lo único que importa. Mi idea con la carta era precisamente esa. Tal vez todo se trate de hacer justicia y de aclarar algunos misterios antes de que sea tarde. Verá que el pasado en sí mismo es valioso.

Damián afiló su lápiz con una certeza incómoda: pronto la enfermera obraría de jueza y decretaría el fin de la charla. El sol había descendido. En la calle haría un frío de locos. El vidrio de la ventana que daba al exterior estaba transpirado.

—Dos años atrás —dijo Efraín tanteando el recuerdo—, a la muerte de Alfredo Taclero, uno de mis grandes amigos de la vida, tomé la determinación de revelar algo que supuestamente nunca sería revelado. La carta que usted leyó es la consecuencia. La muerte de Alfredo me hizo replantear el pasado y por eso resolví divulgar el secreto que en cambio debía morir con el grupo de muchachos.

—Me llena de intriga, señor. ¿Qué sucedió?

—¿Me asegura que va a volver mañana? Hoy no podremos ahondar.

—Se lo confirmo, señor. Vendré a primera hora si así lo desea. Me interesan los detalles; todo lo que usted pueda contarme.

—A primera hora estaría bien —replicó Efraín mirando a la enfermera Olga—. Esto es para mí significativo, muy significativo, joven. Y ahora puedo confesarle que hace ya algún tiempo redacté un texto mediante el cual iría a exponer esto mismo que voy a narrarle. —Damián escuchó esto con interés y extrañeza—. ¿El motivo? Cuando noté que la gente del periódico no se había interesado en mi carta, resolví preparar una confesión que se haría pública una vez que el silencio llegase a mi vida, no antes. Mi hermana se encargaría de la gestión; sería ella quien remitiese dicho escrito a Orencia, a la propia redacción de *Las Voces*. Nada de eso pasará ahora. Gracias a su llegada no será preciso. Hubiese sido penoso dada mi escasa habilidad.

—¿Ya escribió la historia? —dijo Damián razonando—. Me provoca curiosidad...

—Le voy a negar el placer —contestó Efraín con una sonrisa—. El escrito es indigno y expone lo mismo que puedo narrar en una conversación. Me daría vergüenza que lo lea. Me valí de un último recurso, de una voluntad desesperada. Ahora usted cargará con la responsabilidad y sé que lo hará decorosamente, honrando a la verdad y exponiendo los hechos de manera bonita, como le gusta a usted decir.

—Señor, gracias por el voto de confianza —dijo Damián presagiando un grandísimo secreto.

Estaba emocionado, pero se mantenía cauto. La enfermera cada tanto miraba a su paciente y evaluaba su estado. También a él lo miraba de reojo.

—Esperé en vano que alguien más revelara lo sucedido —dijo Efraín a manera de explicación o disculpa. Tal vez se justificaba—. Antes de la carta, quiero decir, ninguno de los muchachos quiso hablar y ahora la decisión es mía, pues ellos murieron. Le hablo por supuesto de Alfredo Taclero, de Juan Ambrosín y del propio Julio Roizzino. Ya escuchó de Álvar cosa de ellos.

Damián abrió la libreta y apuntó tres palabras. Luego alzó la mirada y estudió el comportamiento de Efraín. Se veía nuevamente pensativo.

—Déjeme contarle un detalle relevante, joven Pecat. Cuando fui al funeral de Roizzino en Río Muyet, hablé con María, su esposa, y declaró estar al corriente de nuestros asuntos. Se refería desde luego a la aventura. Según ella, el hecho no ameritaba tanto secretismo, pero siempre respetó la decisión de su marido. Nunca había mencionado palabra porque sentía temor y desconfianza. Es lo que Julio le había transmitido.

—¿Temor? —dijo Damián sacudiendo la cabeza.

Efraín prefirió no contestar.

—Según María, hablar o no de aquello que había sucedido en 1963 era un dilema puro de nuestra amistad. Ni ella ni sus hijos lo contarían; no les correspondía. ¿Entiende esto? —Damián no entendía, pero asintió—. A la muerte de Julio debíamos manejar el secreto como nosotros dispusiéramos. Y *nosotros* éramos Taclero y yo, porque Ambrosín en ese tiempo también había muerto.

—¿Esto fue hace ocho años? —preguntó sacando cuentas—. ¿Qué secreto, señor Efraín?

—Tuve discusiones con Taclero luego de aquello. Yo quería revelar lo ocurrido y él se negaba en rotundo diciendo que no tenía sentido hablar luego de tantos años. Pero esa argumentación no me cerraba y nunca lo había hecho. En honor a Julio, de hecho, debíamos hablar y dejarnos de payasadas.

No había motivos para temer y ya todos éramos viejos. Pero Alfredo no escuchó razones hasta su muerte, hace poco más de dos años. Entonces fue cuando surgió la idea de la carta que envié a su periódico.

—Tantos años de silencio... —caviló Pecat sin tener en claro el propósito de la recapitulación—. Imagino ahora la expectación que debió de generar en usted esa carta que nunca respondimos.

—¿La trajo?

—La tengo en el portafolio. —La buscó y se la entregó.

Efraín agarró los anteojos que tenía sobre un mueblecito que estaba pegado a la cama. Abrió el sobre y extrajo el papel. Leyó en voz alta:

—«La verdad acerca de Julio Roizzino debe conocerse antes de que todos seamos cubiertos con tierra». Esa primera línea es bastante llamativa... —dijo un poco avergonzado.

Incluso Olga lo había escuchado. Se quitó los anteojos y no quiso leer más.

—Es casi un milagro que el nombre del pescador siquiera haya llegado a Orencia, más considerando que el mozo Álvar tiene la historia de Roizzino en la punta de la lengua desde hace años. Podríamos reconocerle eso.

—Asegura que nunca se entrevistó con un periodista.

—Supongamos que no miente —reflexionó Efraín—. Pero ya en aquel tiempo hablaba de la fatal relación entre la desaparición del pescador y el alejamiento de Roizzino. Nos endilgaba culpas por haber llevado a Roizzino hacia la perdición. «Ustedes causaron esto... ¡Ustedes!», nos decía con malicia. Por supuesto, nadie atendía sus argumentos falaces y eso mismo afectó su porfía. Presumo que con los años fue olvidando el asunto o simplemente se resignó. Pero ¡qué suerte que usted haya llegado a mi casa! —dijo y le entregó a Damián la carta—. ¿Imagina usted lo que hubiese ocurrido si volvía a Orencia con una historia incompleta? Mi carta hubiese aparecido eventualmente y tal vez su trabajo habría quedado desacreditado a manos de un sencillo escrito como el mío, que por mérito tendría un solo ítem: la verdad y la coherencia. Qué paradoja, ¿no cree? Dos historias publicadas con un mismo punto.

—No lo había pensado así... —dijo Damián meditabundo—. ¡Qué inconveniente desastroso!

Se sintió ridículo al imaginar que el texto póstumo de un sujeto desconocido podría desdecir lo escrito por él, lo publicado en un libro.

La enfermera Olga dejó de lado su revista de celebridades, oteó el reloj y anunció que iría a poner la olla para hacer la cena. Debían ir despidiéndose.

—Claro, señora —dijo Damián.

Ya había caído el sol. La única ventana de la habitación, que estaba a medio abrir, había ocultado los pocos rayos de luz que antes se filtraban. El frío afuera se adivinaba terrible.

Olga fue a la cocina y dejó a los hombres solos.

—No es tan mala como parece —dijo Efraín en voz baja, sonriendo.

—Eso imagino —replicó Damián. Se extrañó al notar que estaba susurrando.

—Como puede ver, joven Pecat, la edad se me acaba por esta maldita enfermedad. Pero nada me traerá más sosiego que librarme del maldito juramento de silencio que hice hace cincuenta años. Esto se acaba ahora.

Damián se quedó petrificado. ¿Qué juramento? Se le llenó el espíritu de inquietud por la presunta importancia de tal cosa. Ahora sí que esperaba oír algo trascendente.

Efraín ni se percató de ello y siguió hablando.

—Si bien prometí junto con los muchachos no develar aquello que ocurrió luego de la muerte del capitán Lazhuri, voy a romper con mi palabra y hacer valer mi voluntad para que los días del juramento acaben. Mis amigos ya murieron; retener el conocimiento sería tan en vano como lo fue hasta hoy. Me ha costado esfuerzo no develar esta historia antes, joven Pecat, y como le dije también implicó muchas discusiones con Alfredo Taclero. Los primeros años estuvimos apretados por un miedo inaudito que nos hacía callar. Al principio no hablamos por eso. Y cuando por fin pudimos hacerlo, varios años después, creímos que el asunto carecía de sentido y por eso sostuvimos la promesa; más por una ligazón fraternal que por un motivo fundado. Sin embargo, el solo devenir del tiempo y la partida de mis amigos han hecho de este silencio un peso redundante y quiero deshacerme de él. La decisión será comprendida por todos. Hace un tiempo me comuniqué con la familia de Julio para informarles del texto que estaba escribiendo. Expuse mis razones para hacer pública la historia y ellos comprendieron. San Sálfiro debía anoticiarse del remoto pasado y entender por fin qué había ocurrido no solo con el retiro de Julio, sino también con la locura del capitán Lazhuri. Esto se trata de uno y también del otro.

El breve preludio había provocado en Damián Pecat la mayor de las atenciones posibles. ¿Qué había pasado en aquel 1963? ¿Qué cosa merecía un juramento de silencio? Efraín hablaba de *miedo* y su corazón apretaba una confesión. ¿Algún rumor terrible había sido auténtico?

—Mañana develaré detalles que le parecerán insólitos —acotó Efraín, como respondiendo al desconcierto de Pecat—. La historia llegará hasta el retiro mismo de nuestro amigo deportista, que supongo es lo que más le interesa.

—Estoy ansioso por oírlo —dijo Damián y miró hacia atrás.

Olga volvía a la habitación. Efraín hizo un intento vano.

—Solo necesito un minuto más...

La enfermera se negó de manera hosca: ni otro minuto.

Damián se puso de pie honrando su palabra. Además, era ya muy tarde, dijo.

—Mañana pueden continuar —sentenció ella sin dejar escapar una mueca de simpatía.

«Qué carácter», pensó Damián.

—¿Cuánto tiempo planea quedarse en San Sálfiro? —preguntó Efraín.

—Tanto como sea necesario —replicó Damián, mientras pensaba en realidad que no tenía dinero para quedarse más de dos días.

—Hasta mañana, joven Pecat.

Olga acompañó a Damián hasta el perchero en donde tenía colgado el saco y luego hasta la puerta de salida. La situación transcurrió en completo silencio.

—El encuentro de mañana —dijo ella mientras abría la puerta— será en los mismos términos. Seré yo quien juzgue cuánto puede extenderse la conversación. ¿Me comprende?

—Por supuesto, señora.

Ella lo despidió secamente. Ni siquiera reparó en el agradecimiento.

El viento de la noche hizo estremecer a Damián Pecat; estaba parado en el pórtico, solo. El frío era tremendo.

Se sentía conforme. Haber dado con Efraín Atinelo había resignificado el posible destino y alcance de su trabajo. Esta primera charla había sido provechosa en varios sentidos. Si pensaba en una historia difícil de corroborar, en un relato testimonial, qué cosa resultaba más conveniente que conversar con un primer sujeto que había conocido a Roizzino y un segundo que explicaría lo que nadie más había podido. ¡Qué trabajo auguraba!

El relato en su mente empezaba a llenarse de matices. Imaginaba la posible forma, la estructura. Estaba frente a la probabilidad de explicar los tantos silencios y los rumores descompaginados que incumbían al deportista. El pasado tenía un capítulo abierto, aún no escrito, y eso estaba por cambiar.

Encaró hacia el hotel Sales Santas con la idea de trabajar sus notas. Recordó que aún no se había alimentado y consideró cenar en algún sitio. Pronto desistió de la idea. Sacó su billetera y contó el dinero. Cada billete que poseía valía ahora, literalmente, lo que decía su denominación. Decidió por ende comer algún embutido barato comprado en el negocio cercano a su hotel. Repasó momentos de la charla con Efraín y se dijo de nuevo cuán conveniente era haberlo encontrado. Por un instante temió por el día venidero. Tuvo el peor de los pensamientos a propósito de la salud del hombre enfermo y rezó para que la conversación no quedase trunca por causa de un imprevisto. No quiso pensar en la muerte.

De inmediato apretó el tranco y se distrajo con el viento que golpeaba su rostro. Estaba helando.

Ingresó en el hotel y dispuso todo en la pequeña mesa de su cuarto para cenar a la vez que releer lo que había escrito. Estuvo una hora concibiendo la historia que podría hacer. Trazó una línea cronológica y en una hoja nueva reunió los datos sueltos que tenía sobre los amigos de Roizzino. Aun con numerosas dudas, había reforzado su confianza y visualizaba un resultado valioso. Tenía bosquejos de la estructura que sostendría su relato. Una simple frase podría valer de introducción para recapitular aquellas vacaciones del deportista. «Respecto de aquello que pasó con Julio Roizzino en 1963, se refiere en San Sálfiro que el ídolo no celebraba su hazaña deportiva, sino que intentaba honrar a un pescador que había desaparecido en circunstancias misteriosas. ¿Pudo alguien imaginarlo?». ¿Quién no querría saber cómo continuaba? ¿Roizzino había vivido algo todavía más intenso e inaudito que el campeonato de Lidonia, o que el accidente? Si la familia de Roizzino estaba de acuerdo con que Efraín publicara la carta, consentiría también su respetuosa versión de los hechos. Tenía en mente un sólido esqueleto para dar vida a aquello que le habían encomendado. Lo haría en forma esmerada.

Un silencio juramentado, lejanos amigos y un pescador desconocido —postulado como leyenda pueblerina—; todo sonaba magníficamente. La verdad enterrada saldría a la luz gracias a Efraín Atinelo, y el resultado sería un verdadero homenaje.

¿Alguien lo imaginaba?

Sobre la medianoche, Damián cerró su libreta y soltó el lápiz que utilizaba para atrapar ideas y reescribir vidas. Decidió que era momento de dormir. Apagó la luz y se dejó adormecer con el recuerdo de su novia Anabel. Una vez más había olvidado llamarla. Mañana lo haría.

EFRAÍN. LA HISTORIA

Miércoles por la mañana. Pasada las ocho horas, luego de desayunar una buena cantidad de palabras en una libreta atestada de trazos incompletos, Damián Pecat dejó su hotel y se encaminó hacia la estación de colectivos para tomar una medida preventiva: reservar un pasaje para el día jueves. El fin de semana asomaba y no quería quedarse varado. No sabía con cuánta frecuencia partían los coches hacia Orencia y tenía poco dinero para pasar más días en el hotel. Solicitar asistencia al periódico no estaba en sus planes.

Caminó hacia la casa de Efraín y llegó al cabo de treinta minutos. Se acercó a la puerta y, con bastante recato, dio unos golpecitos que supuso no alterarían a nadie. La puerta fue entornada por la mano de la enfermera Olga, que asomó el pálido y arrugado rostro y se hizo la sorprendida.

—¿Es usted otra vez?

—He regresado tal como lo anticipé, señora. Buen día.

La mujer ensayó un gesto de regodeo. Tenía una mala noticia.

—Mi señor todavía duerme. Fue una noche difícil.

—¿Se encuentra bien? —dijo Pecat enseguida.

—Está estable —contestó ella. Pero al segundo se mostró suspicaz—: ¿Qué me está preguntando, jovencito?

Damián estaba preocupado. ¿Efraín podría recibirlo?

La mujer, frunciendo el entrecejo, advirtiendo acaso lo que sucedía, dijo en tono hosco que Efraín tendría que despertar por sí solo. No iría ella a interrumpir su descanso. Era de mala educación, además, que él sugiriese lo contrario.

Pero Damián fue inteligente y dijo que podía esperar a que Efraín despertara. No tenía apuro.

Ella le hizo un gesto para que se metiera rápido en la casa. Luego dijo, con cierto desdén:

—Como usted prefiera. Siéntese allí. —Y señaló un sillón individual.

Efraín querría hablar con Damián Pecat y ella lo sabía. Tuvo por eso que acceder.

Pecat rápidamente atinó a quitarse el saco para dejar en claro que iría a hacer antesala. No se marcharía con las manos vacías.

Olga marchó a la cocina y cuando volvió parecía menos irritada. Le preguntó con inesperada cortesía si deseaba tomar una taza de café o té. Ella bebería café.

—Aceptaré un café. Gracias.

Damián volteó para estudiar el living con mayor detenimiento. Guardaba el típico aroma de casa vieja: un poco de humedad, un poco de encierro. Sonaba una música de fondo, a volumen muy leve, proveniente de un receptor antiguo que se mimetizaba con el único mueble de madera que había en el living. Era una especie de alacena o escritorio que sostenía libros y revistas (las que leía Olga).

El lugar era pequeño, pero cálido. Estaba repleto de recuerdos. Tenía forma rectangular y mucho mobiliario para su tamaño. Dos sillones individuales se enfrentaban a una mesita que tenía encima dos adornos: unas ranas blancas con pintas verdes en el lomo. A dos metros de esa mesita había una gran viga que, cuando menos, se veía fuera de sitio. Damián imaginó que el techo de la casa podría venirse abajo sin ella. ¿Sería ese su cometido? También había una repisa o anaquel con fotografías y adornos de diverso color y material; y algunos platos enlozados, símiles porcelana, colgaban de la pared con sus ganchitos de chapa. Sobre una chimenea de piedra, no de leña sino a gas, había dos piezas de ajedrez (una reina y un rey) de unos veinte centímetros de alto. Tampoco eran de porcelana. Reparó en las fotografías. Divisó una imagen en la cual posaba un Efraín más joven junto a una señora que tenía cara de mala y rizos enormes. Tal vez fuera su esposa. Lo tomaba del brazo como si fuera su esposa.

Olga regresó de la cocina con una bandeja y dos tazas de café. Cuando Damián iba a comentar cierta banalidad a propósito de los adornos, ella dijo que la entrevista debía terminar ese mismo día. Los golpes emocionales no eran buenos para Efraín. Su condición era delicada.

—Regreso a Orencia mañana mismo —dijo Pecat tratando de transmitir tranquilidad.

A Olga eso no pareció importarle.

—Mi trabajo es cuidar de Efraín y eso haré.

Damián estaba relajado. Mientras bebía el café, preguntó con curiosidad si estaba ella al corriente de la carta o de la historia de Julio Roizzino.

La enfermera negó con la cabeza, conservando en sus facciones el gesto adusto. No respondió. Estaban enfrentados, pero no se miraban.

Damián hizo otro intento.

—¿Hace mucho tiempo que atiende al señor Efraín? No quiero ni preguntar por su enfermedad.

Ella empezó a perder la paciencia.

—¡Entonces no pregunte, joven! Creí que estaba interesado en los amigos de mi señor.

Esta reacción exagerada fue graciosa. Damián se tranquilizó y dijo ser amante de los detalles.

—Soy escritor, señora. Sepa disculpar mi irreverencia. Pregunto y pregunto, pues el resultado de mis preguntas luego vale para agilizar mi trabajo.

La enfermera tomó algunos sorbos de café; parecía resuelta a negarle cualquier charla. Damián presupuso que no tenía sentido insistir.

—Llevo unos meses cuidando a Efraín —dijo ella, no obstante—. Comencé a atenderlo cuando su enfermedad empeoró y los tratamientos a los que se sometía lo dejaban demasiado débil. Ya no se somete a ellos, por supuesto. Ahora queda esperar.

Esta acotación fue para Damián como una cachetada. ¿Qué podía decir o preguntar? Prefería a la enfermera malhumorada y no a la que sugería enfermedades terminales. Se quedó en silencio.

—Los días de semana duermo en aquella habitación —continuó Olga señalando un cuarto contiguo al de Efraín—. Y cuando no estoy aquí para atenderlo, viene su hermana y ella se encarga de todo. Él necesita estar acompañado las veinticuatro horas.

Motivado por el tono franco que había adquirido la conversación, Damián quiso adentrarse en algún asunto que se relacionara más estrechamente con su trabajo. Indagó acerca de los amigos de Efraín.

La mujer se puso a la defensiva.

—¡Qué pretende saber! —espetó con súbito malestar—. Espere a Efraín y converse con él. Yo no quiero entrometerme. Usted es periodista y yo soy enfermera. Conservemos nuestra distancia.

—Discúlpeme, señora.

Desde la habitación se oyó una voz ronca que llamaba a Olga. Efraín había despertado.

La mujer abandonó la conversación y le ordenó que no se moviera. Se alejó al segundo. Damián terminó su café y sacó del portafolio la libreta de apuntes y el lápiz negro. Estaba listo.

Efraín se veía fatigado. No había descansado bien y su rostro o cariz lo reflejaba. Damián lo saludó y se sonrieron mutuamente.

—No se deje impresionar —dijo sin resignar la sonrisa—. No hay otro escalón para mí, joven. Siéntese, siéntese.

Pecat se acomodó en la silla de visitante. Se movió con

parsimonia, lo cual suponía conveniente en tal contexto. Algo semejante le había pasado el día anterior. Se había descubierto hablando lentamente y con suavidad, asumiendo que Efraín necesitaba percibir en su interlocutor la serenidad misma.

—Estuve conversando con la señora Olga —dijo para entrar en situación—. Fue muy amable, y hasta me ofreció café.

La mujer hizo una mueca de complacencia y anunció que iría a la cocina para preparar un desayuno frugal. De nuevo le ofreció café a Damián y este, fiel a su costumbre, aceptó. Efraín tomaría una taza de té y comería dos galletas secas. Lo decidió ella.

—No recuerdo en qué quedamos ayer —dijo Efraín mirando la libreta que Damián traía en la mano.

—A ver... —dijo Damián echándole un ojo a los apuntes—. Ayer quedamos en la introducción, por así decirlo. Me habló de la muerte de su amigo Alfredo Taclero y del origen de la carta que envió al periódico. Luego mencionó un juramento y también habló de silencios y miedos. Le confieso, señor Efraín, que esto asedió mi cabeza y entorpeció el sueño.

No era cierto, pero sonaba bien.

—Resulta lógico. Todo esto aconteció hace cincuenta años a partir de la muerte del pescador. Pero yo voy a poner la historia en contexto, joven, para que usted pueda elaborar un mejor trabajo. A fin de cuentas, San Sálfiro y el mundo eran lugares distintos. Hablamos del año 1963. Entonces yo era aprendiz de barbero; Álvar, mozo del Español Colorado; Juan Ambrosín ayudaba a su padre en el restaurante; Taclero se las rebuscaba en el puerto, y Roizzino... Bueno, Julio era un sujeto famoso y diestro en lo suyo. Nadie en la ciudad parecía habituarse a su presencia gloriosa. Era alguien distinguido: el único hombre de San Sálfiro que era mencionado en noticias radiales o en periódicos. Esto a la sazón no era cosa despreciable. A menudo Julio hablaba de las bondades y perjuicios de la fama. Decía que ser reconocido era acaso la cuestión menos perniciosa con la que uno debía lidiar.

Efraín detuvo su relato al ver que Olga entraba en la habitación cargando el desayuno. Alisó la frazada de su cama, dispuesto a recibir la taza de té, y se mostró más vivaz que en los primeros minutos.

Ella procedió a servir las infusiones y le dio una pastilla con un vaso de agua. Luego comentó una insignificancia acerca de un gato que había roto una bolsa de basura en el patio. Dijo que estaba harta porque la vecina no se hacía cargo de ese animal salvaje. Efraín no emitió opinión al respecto, pero agradeció el desayuno y trató de no mirar con desagrado las galletas secas que tenía que comer. Pecat también agradeció, sin mostrar interés por lo del gato. Ella tomó una revista y se dirigió a su silla de cuidadora. Se mantenía distante. El asunto que Efraín elucidaba parecía no importarle.

Una leve música llegaba desde el living y colmaba los silencios que se entremezclaban con los ruidos característicos de un desayuno. Era una buena mañana. Fría, pero agradable.

—El negocio que se encuentra aquí al lado —dijo Efraín luego de unos instantes— pertenecía a mi padre. Allí aprendí el oficio y trabajé hasta que ya no pude tenerme en pie. Crecí entre estas paredes al igual que lo hizo mi padre, joven Pecat. Me alegro de haber vivido en esta casa.

Sorbió su té, que estaba en extremo caliente, y luego miró las dos galletas secas que en absoluto se veían apetecibles. Sus piernas sostenían una bandeja rectangular.

—Cada mediodía y atardecer —prosiguió mirando a Damián—, cuando todavía era un muchachito y me desocupaba de las tareas que me encomendaba mi padre, tenía por hábito acudir al Español Colorado y allí tontear con la gente que conocía. Me gustaba observar los juegos de cartas y oír las discusiones de política que se desataban en las mesas. Se discutían asuntos en forma vehemente, pero con respeto. Incluso los más testarudos eran respetuosos. Era divertido. El Español siempre fue buen lugar. Conocí a todos mis amigos allí.

—Álvar lo mencionó.

—Ese viejo embustero... —dijo Efraín, y sin ganas le dio un primer mordisco a la galleta. Estaba crocante.

—Al ser grande tomé por manía jugar cartas como hacía mi padre. Pero jamás aposté; jugaba exclusivamente para divertirme y pasar el rato con mis compañeros. En el Español oíamos música, palpitábamos los deportes que transmitían por radio, debatíamos las noticias que afectaban de algún modo a San Sálfiro. El mundo era vasto y el único que podría llegar más allá de la ciudad era Julio Roizzino. Lo sabíamos. El resto estaba condenado a vivir y morir en San Sálfiro, lo cual es suficiente si uno es poco ambicioso. No quiero que me malinterprete, joven.

—A la ciudad llegaba gente del exterior y ustedes querían irse.

—Eso sueñan todos los jóvenes —dijo Efraín pensativo—. A San Sálfiro, es cierto, todos los años llegaban personas de otros países. Tal vez haya escuchado al respecto. Gentes de dinero, por así decir, y algunos empresarios de la pesca.

—He oído eso.

—Y nosotros, sin embargo, éramos humildes. Anhelábamos conocer otras ciudades, pero también poseer aquellas cosas que hoy se dan por esenciales. No todos en nuestras casas teníamos televisores, teléfonos u otros aparatos tecnológicos. Y la tecnología siempre ha tenido dos caras, joven: tal como acerca mundos también los distancia.

—Me apunto a esa idea.

Efraín frunció el ceño algo confundido.

—¿No es usted uno de esos jóvenes que hacen de la vida digital un culto?

—Se sorprendería... —dijo Pecat sonriendo—. Ni siquiera logro acostumbrarme a las computadoras con las que trabajo en la redacción. Y fíjese mi torpeza —sacó del portafolio el teléfono celular apagado—: viajé con el teléfono prácticamente descargado y olvidé traer el cargador correspondiente. Me cuesta entender que debo moverme de un lado a otro con este aparato encima.

—Puedo prestarle el cargador de mi teléfono... —dijo Olga de lo más servicial, y sin más abandonó su silla mecedora. Los dos hombres se miraron extrañados.

—¡Ja! —exclamó Efraín—. Hasta Olga tiene un teléfono moderno y usted se olvida del suyo.

—Lo necesito —explicó ella al volver a la habitación—. Tengo que comunicarme con los parientes.

Le alcanzó a Damián el cargador, pero la ficha no coincidía con la de su teléfono.

—Puede usar mi teléfono de línea —dijo Efraín, y señaló hacia el living—. Ahí mismo lo tiene; funciona sin batería.

Damián le agradeció sonriendo. No necesitaba comunicarse con nadie.

Efraín le dio otro mordisco a la galleta seca. Y un tercero y un cuarto, con valentía. Acompañó la hazaña con un sorbo de té. Le quedaba otro desafío en forma de masa crocante.

Impávida como siempre, Olga tiró el cargador de su celular al costado de un mueblecito, sobre unas ropas, y volvió a hojear su revista de celebridades. Se desentendió de la conversación muy pronto.

—Aquellos tiempos eran distintos —dijo Efraín retomando el recuerdo—. Mi padre nos enseñó muy bien, tanto a mí como a mi hermana. Siempre fuimos conscientes de la dificultad que acarreaba hacerse cargo de dos chicos. Perdimos a nuestra madre de pequeños. Pero mi padre se encargó de nosotros y lo hizo correctamente. Siempre lo respetamos y jamás objetamos sus costumbres, ni siquiera cuando empezamos a notar que tenía defectos. A veces apostaba y perdía la plata que ganaba en el día de trabajo, pero él decía que eso le hacía bien, que lo tranquilizaba y era buen modo de liberar tensiones. ¡Y qué íbamos a decirle nosotros! Otros tipos bebían alcohol y se dejaban la vida en un vaso; él jugaba cartas y tomaba litros de café.

La enfermera Olga alzó la mirada y le ordenó a Efraín que terminase el desayuno. El té estaría frío.

El hombre por fin agarró la segunda galleta y comió con disgusto. Le dio dos mordiscos y ya no pudo más. Dejó la mitad para un siguiente reto. Tragó con dificultad y sorbió la infusión.

Intentó enfocarse.

—Conocí a los muchachos en el Español; hablo también de Julio Roizzino. A Lazhuri, en cambio, no lo conocía más que de vista. En el puerto lo había cruzado numerosas veces.

—¿Nunca conversó con él? Me gustaría saber cómo era.

—Era un hombre inaccesible, según contaban. Juan Ambrosín decía que el capitán apenas si conversaba con su padre en La Orilla. Era un hombre hosco y de mala fama. Sospecho que escuchó ya algunas historias, joven Pecat. Álvar suele contarlas siempre que se da la ocasión.

—No se equivoca. ¿Y qué aspecto tenía Lazhuri, señor Efraín?

—Pues... ¿Qué aspecto tenía? —Se quedó pensando—. No parecía un abuelo común y corriente, a pesar de que era flaco y tenía pelo blanco. Guardaba facciones hoscas y su rostro era huesudo. Piel y huesos. Y no, no tenía barba; por si se lo pregunta.

Damián imaginó un sujeto en extremo delgado pero vigoroso. Un hombre de piel ajada y músculos tensos, como los hombres que veía en las películas de pescadores. La cara arrugada, el pelo blanco como la sal, y unos ojos celestes que escondían algo inquietante o enigmático. Ese rostro estaría definido por una mirada penetrante. Pensó en ojos celestes de manera instintiva.

—Algo puedo asegurarle —dijo Efraín, intuyendo que Pecat buscaba para su libreta algún dato concreto—. Su contextura física no parecía corresponderse con la de un sujeto de su edad. Cuando lo conocí era bastante mayor, pero lucía de cincuenta años.

—Me sirve el detalle, señor.

Efraín volvió sobre la observación.

—Todos le tenían miedo o recelo. Se decían de él cosas atroces, aunque no necesariamente verdaderas. Debido a eso, y a las historias reales, proyectaba una gran sombra a su paso y era respetado incluso por pescadores tan bravos como él, tipos que no respetaban a nadie más. ¿Comprende lo que le digo?

—Sí, un hombre admirable.

Efraín ladeó la cabeza sin ocultar su reparo.

—No estoy seguro de que Lazhuri califique como admirable, joven Pecat. Era un tipo fascinante, sobre todo a consideración de los jóvenes, pero en torno a su figura hay ciertas historias brumosas que pondrían en el tapete el decoro mismo o su decencia.

—¿Historias como las del restaurante y los ladrones?

—Hablo de asuntos delictivos o más bien criminales; cosas que a la sazón se comentaban y hoy suenan prácticamente injustificables.

A Damián Pecat en un santiamén se le tergiversó la imagen del pescador rebelde y temido. No tardó en figurarse cosas terribles y experimentó una ligera frustración por la ignorancia en la que estaba sumido. ¡Tan poco sabía! Vaciló ansioso y lleno de dudas, y aunque se sintió tentado a indagar finalmente se contuvo. Efraín no parecía deseoso de entrar en materia.

El hombre aprovechó para enfrentarse a su último bocado de galleta.

—Es imposible... —murmuró con desagrado, y terminó su infusión de un sorbo. Olga lo miró reflexivamente sin articular palabra.

Pecat lanzó una pregunta directa, más ligada a su trabajo que a la sugestión que sentía por el capitán.

—Entonces —dijo examinando su libreta—, ¿este hombre falleció y ustedes se pusieron manos a la obra para intentar averiguar qué había ocurrido? ¿Es eso correcto?

—Así es —dijo Efraín mientras dejaba la taza en la bandeja—. Todo comenzó el día en que Manuel Lazhuri falleció. Lo recuerdo claramente. Estábamos en el Español y alguien llegó con la mala noticia. El pescador había muerto... Lo que había nacido como un rumor parecía una realidad. ¡El capitán estaba muerto! O más bien había desaparecido. «No puede haber muerto», decíamos nosotros sin creer en la noticia. «Debe de estar dormido en algún rincón del puerto», especulábamos al margen de que Álvar y otros sujetos confirmaban la noticia. En el puerto se argüía algo más lógico. Aparentemente el capitán había salido al mar en su barco y no había regresado. Tal vez se había caído del bote en medio de una tormenta. No se sabía. Pero su muerte era prácticamente un hecho, pues otros pescadores habían encontrado el bote a la deriva. Y nunca Lazhuri hubiera descuidado así su bote.

—Qué horror morir así...

—La perturbadora noticia se esparció en San Sálfiro como un virus. Yo jamás había tratado con ese hombre, pero ante el suceso sentía que había muerto alguien conocido. «¡El capitán ha muerto!», no paraba de decirme. Era jovencito y su muerte me había impresionado.

—Y ¿qué decían las otras personas? ¿Cuándo entra Julio Roizzino en este asunto? ¿Y el cabaret de Lozada?

—¡Vaya! Tiene usted muchas preguntas. En su trabajo no mencionará a Lozada, ¿verdad?

Damián cerró su libreta.

—Me provoca curiosidad —dijo sonriendo y se rascó la cabeza—. Tengo una curiosidad poco respetuosa, señor Efraín. Perdóneme.

—Considere preguntar cuanto haga falta, joven. La curiosidad podría ser una debilidad ventajosa para su trabajo. No tiene por qué disculparse.

—Como no soy periodista de profesión —se excusó Damián—, lo mío es preguntar y luego trabajar sobre los apuntes. Debí advertirle.

En *Las Voces* nunca le habían dado pautas para realizar entrevistas o recabar testimonios, pero él básicamente se guiaba por instinto y eso parecía funcionar.

—¿Recuerda algunas fechas? —inquirió al tiempo que abría de nuevo la libreta—. Me sería de enorme utilidad establecer cuándo conoció a sus amigos y a qué distancia se sucedieron los acontecimientos que involucran a Julio Roizzino. Le pido fechas aproximadas, señor, para ubicar los hechos de manera cronológica y, por ejemplo, tener noción de las edades de cada uno.

—La única edad que le puedo garantizar es la mía —dijo Efraín sonriendo—. En el año 63 yo tenía dieciséis años. La edad de Roizzino no necesito decírsela. Pero en cuanto a los muchachos... no lo sé. Creo que tenían la edad de Julio, pienso ahora. Unos diez años más que yo.

Damián examinó sus notas. Julio Roizzino había anunciado su retiro a principios de 1964, teniendo veintisiete años. No había iniciado la temporada siquiera.

—El viejo Álvar —dijo Efraín anticipando un chiste— estuvo en el Español toda su vida como una estatua con bandeja de aluminio. ¡Creo que eso pudo fastidiarle la cabeza! ¡Eso creo!

Ambos rieron animados.

—Un gran embustero... ¡Eso era Álvar! Siempre le decíamos que ya dejara de burlarse de la gente porque nadie volvería a creerle una palabra. Pero él decía que nosotros no sabíamos nada de la vida y que por pura fortuna lo atrapábamos en sus bromas. Algún día nos la jugaría bien jugada... ¡Debíamos prepararnos! En fin, joven Pecat, ese 1963 vivimos con los muchachos el fin de año más emocionante y menos convencional de nuestras vidas. Lo que pasó con Julio Roizzino solamente fue un daño colateral.

—Cuénteme, por favor.

—La desaparición del pescador, en efecto, provocó en nosotros una intriga enorme. Fue entonces cuando nos propusimos averiguar aquello que nadie más sabía. Sé que ahora parece tonto e injustificado, pero nos pareció relevante descubrir si detrás de la desaparición de Lazhuri había algún elemento delictivo que no había trascendido.

—¿Creían ustedes que alguien había atentado contra su vida?

—Se decía que el viejo estaba muerto y nadie se ponía de acuerdo respecto de los pormenores del suceso. El motivo mismo y las formas de esa presunta muerte estaban en el aire, seguían sin explicación, y los días transcurrían. Lo que le dijo Álvar no es mentira. Algunas personas decían que el capitán se había ahogado, otras hablaban de un suicidio y algunas con cierta imprudencia contemplaban la idea de un asesinato. Y a nosotros nos hacían ruido dos preguntas. ¿Un asesinato?... ¿Quién se atrevería con el capitán? ¿Un suicidio?... ¿Por qué iría a suicidarse? No parecía un tipo flojo ni sentimental.

—Pero le decían loco...

—No por el motivo que usted supone, joven. Lazhuri perdió a su familia en un accidente, es cierto, y por eso se lo creía loco. Pero nosotros descubrimos que al viejo le pasaba algo más... ¡Algo inimaginable! Eso lo condujo probablemente a la verdadera locura. Hablamos también del año 1963, meses antes del accidente de Roizzino.

Damián hojeó la libreta hasta que llegó al apunte del accidente de Lazhuri.

—Álvar me habló de ese accidente. ¿Eran sus familiares?

—Su novia y el hijo de la chica. Supongo que podrían conmemorarse cincuenta años de diversos episodios —dijo Efraín alusivo.

—Es una curiosa coincidencia.

—Claramente.

—Álvar me habló de ese niño. ¡Me contó una anécdota espantosa que incluía un tiburón!

Efraín se largó a reír.

—Sí, aquello del tiburón. Álvar lo ha mencionado. Al viejo le gusta narrar historias de esa época. Pero el capitán Lazhuri, más allá de esas historias, también era reconocido por cuestiones infortunadas, como aquello que se decía de su presunta violencia. Todos los que alguna vez pisamos el antiguo Le Tiers escuchamos hablar de Alina, la bella novia del capitán. La chica que murió en el accidente.

—¿Antiguo Le Tiers?

—La taberna de Lozada —precisó Efraín—. Tenía ese nombre francés y Lozada nunca se lo borró de la pared.

—Sí, he oído de ese lugar.

—Era un sitio mal dispuesto, indefinido y burdo. Con el tiempo fue clausurado, pues allí pasaban cosas extrañas. Pero al cabo reabrió sus puertas y ya nunca se reconoció como *cabaret*. De pronto se volvió un sitio para la recreación de los pescadores agotados... Decía ser una taberna para beber y pasar el rato con amigos. Una absoluta mentira. El dueño seguía siendo el mismo y ocurría dentro lo mismo que antes.

—Álvar me dio jugosas referencias —precisó Damián.

—Se preguntará ahora si Julio Roizzino visitaba la taberna —dijo Efraín aguzando la vista—. La respuesta es ambigua, joven Pecat. Pero me voy en detalles porque prometí ser fiel a los recuerdos. Diríjame si no le parece bien.

—No se preocupe, señor. Creo que tenemos tiempo —dijo mirando instintivamente a Olga, que paró la oreja y espió por sobre el borde superior de la revista. Esta vez no dijo una palabra.

Cada tanto ella abandonaba su abstracción para ver si captaba de qué iba la charla. Efraín estaba animado y sonreía más que de costumbre. Eso llamaba su atención.

—Creo que Alina —dijo Efraín— era de descendencia polaca. Trabajaba para Lozada y se decía que en la taberna había conocido a Lazhuri. Imagínese esto que le digo. El capitán conoce a esta chica; la chica se enamora de él; el viejo ya no quiere que ella trabaje y se entregue a otros hombres. Parece lógico, o entonces lo parecía... En fin, la verdadera razón de la locura del pescador se relaciona con esta chica, ni más ni menos.

—¿Qué quiere usted decir? Pensé que Lazhuri estaba loco por el accidente.

Efraín se puso serio.

—El accidente fue terrible, sin duda. Una llana desgracia que se llevó la vida de Alina y más tarde la vida del niño. (No recuerdo su nombre; creo que se llamaba Denis). El capitán sobrevivió y, por supuesto, fue apuntado como responsable. La gente hizo cuentas y determinó que el pescador borracho se había hecho con dos vidas más. Nadie se compadeció ni entendió la contingencia. Hasta el día de su desaparición le indilgaron esas muertes. Olvidaron que existe una justicia divina e ininteligible.

—Qué triste.

Damián miró su libreta, pensativo. No existía manto de ecuanimidad y ciertos sucesos escapaban a la balanza. Día tras día ocurrían cosas inexplicables.

—Perdió en el accidente a su novia y a su joven compañero —dijo Efraín explícito—. Tal vez comenzó a descorazonarse en ese mismo instante. Poco más de tres meses y la muerte le llegó, según recuerdo. Aquellos que lo admiraban se agarraron la cabeza y empezaron a recapitular los mejores cuentos del héroe de La Orilla. Y varios se sumaron. De repente Lazhuri ya no era tan despreciable ni rudimentario en su labor. ¡Cómo lo echarían en falta! «Otro viejo que desaparece», se excusaron algunos, justificando su falaz pena.

»Cuando supimos que el capitán en ese accidente había perdido más que a su gente querida, ya no volvimos a dudarlo y nos abocamos a la verdadera búsqueda. En torno a eso se sucedieron los hechos que a usted le interesan.

Las últimas frases cargaron un énfasis innecesario. Damián no lo pasó por alto.

—¿La verdadera búsqueda? —dijo movilizado por la perspicacia—. ¿A qué se refiere?

Efraín asintió en silencio.

—Cuando en el Español se dio la noticia de la muerte del pescador, nadie podía creerlo. Bromeábamos incluso con Álvar y reíamos. Evidentemente era uno de sus chistes. Pero enseguida se comentó en una mesa y en la otra, y luego se comentó en la calle y en la barbería de mi padre, y finalmente llegó Juan Ambrosín diciendo que el capitán no aparecía por La Orilla, su restaurante, desde hacía días. Por lo visto era cierto. La desaparición del capitán, bien sospechará usted, fue tema de conversación durante días. Se refería como un hecho llamativo, aunque para algunos no de especial interés. Aquellos que decían que alguien lo había matado se amparaban en una verdad a medias: el viejo se manejaba de forma brusca pero retraída y muchos en la noche le tenían repulsión. «Alguien lo liquidó», vociferaban sin el menor atisbo de respeto. Pero... ¿había pasado algo más? ¿Y si se había marchado de San Sálfiro? ¿Y si se había ahogado o se había matado? Nosotros queríamos saber.

Damián se sentía algo mareado por tantos datos y no quería perder el eje. Se lo dijo.

—Julio Roizzino estuvo presente todo el tiempo, joven Pecat. 1963, luego de salir campeón con Lidonia. Roizzino en aquel momento estaba de licencia, de vacaciones aquí en San Sálfiro. No me pregunte fechas específicas porque no podría dárselas. Si quiere una aproximación, digamos que esto aconteció en noviembre o diciembre de 1963. Hasta ahí puedo arriesgar.

—Me sirve la estimación.

—¿Y si al viejo lo habían matado? —dijo Efraín retóricamente—. Alfredo Taclero insinuaba que eso era plausible. No descartaba la idea a pesar de que el barco de Lazhuri había sido encontrado a la deriva y estaba vacío, por completo vacío, como si alguien lo hubiera robado. «Tal vez lo soltaron para despistar», opinaba. Y hablaba medio en broma y medio en serio, pues así era Alfredo. Nos reíamos porque sonaba improbable, pero las preguntas seguían acumulándose. En algún encuentro posterior les pedí opinión sincera y aclaré que verdaderamente me interesaba saber porque nadie decía una verdad oficial. Los días transcurrían y todos empezaban a olvidar el suceso. No me parecía justo. Alfredo Taclero señalaba la misma cosa. El detalle del barco a la deriva le llamaba mucho la atención, pues los pescadores cuidaban de sus botes tanto o más que de sus mujeres. Roizzino, en cambio, reparaba en uno de los primeros rumores aparecidos. Decía que a lo mejor el capitán se había suicidado por causas relacionadas con la muerte de Alina y del niño. Estaría el viejo fatalmente triste. Juan Ambrosín, por su parte, intentando quitarle dramatismo al suceso, aludía que el viejo quizá se había ahogado luego de caer al agua durante algún atardecer tormentoso. Era probable, según su parecer. El capitán era temerario a la hora de trabajar y, además, era bastante anciano y tenía comportamientos impropios para su edad. Su padre en algún momento había insinuado esta teoría, al tiempo que se lamentaba por haber perdido al más destacado cliente de La Orilla.

—Pero ¿qué había pasado? —preguntó Pecat algo impaciente.

—Álvar señaló algo que reforzó una de las ideas y nos dio una buena pista. Dijo que el capitán Lazhuri estaba verdaderamente triste y ni siquiera su compañero Juanito había podido ayudarlo. El accidente lo estaba enfermando por dentro. Juanito, compañero del capitán y cliente del Español, adujo que Lazhuri ya no trabajaba desde la muerte de su novia y siquiera se prestaba a salir en su bote solo. El viejo estaba abandonándose a la pena, según su ver. Había vendido varias pertenencias e incluso estaba vaciando el bote. Lo último que lo había visto hacer era unas pequeñas redes mediomundo que ni siquiera vendía. Aunque sonase insólito, a su juicio el capitán podría haberse suicidado.

—Entonces... ¿Eso pasó?

—¡Que estuviese deprimido no parecía insólito al margen de su mítica insensibilidad! Una tragedia semejante a todo diablo podría perturbar. Juan Ambrosín recordaba haber visto al capitán en el restaurante más meditabundo que de costumbre. Lo refería bebiendo, garabateando algún papel o incluso servilletas de tela que luego pedía llevarse y ofrecía pagar, aunque el padre de Juan jamás se las cobraba. Si antes estaba medio loco, ahora se comportaba como un lunático. La chance de un suicidio era real. El hombre en su depresión estaba flaqueando. Había perdido lo necesario para que su corazón bombeara vida. Se le estaba acabando el tiempo.

—Qué triste —volvió a decir Damián y anotó en su libreta varios apuntes. Estaba ensimismado. No tenía conciencia siquiera de que había dicho ya dos veces que todo era triste.

—Nuestra búsqueda, joven Pecat, comenzó pues cuando descubrimos de manera fortuita que la locura de Lazhuri no se debía únicamente al desconsuelo que sentía por la muerte de su novia y su compañerito, el hijo de la chica. Había otra cuestión que lo tenía deprimido. En el propio suceso, en el accidente mismo, el viejo había perdido un objeto material que consideraba en extremo valioso: una fotografía en la que posaba junto a su amada Alina. Ese era el motivo que exprimía su corazón.

—¿Una fotografía? —dijo Pecat extrañado. No se decidía a escribir un apunte.

—Sí, un tesoro irrecuperable. Eso había hecho que la situación se agravase y la fatalidad misma se viese magnificada. Qué pequeñez, ¿verdad?

Efraín miró a Olga con intenciones de pedirle algo. La mujer, alertada por este comportamiento, dejó de lado su revista de celebridades y reaccionó.

—Si no se siente bien —dijo mientras lo estudiaba—, puede postergar la conversación para más tarde.

Pecat apretó los dientes y aguardó una respuesta negativa.

—Me siento perfectamente —dijo Efraín para su alivio—; pero me gustaría un vasito de agua, pues tengo esas galletas secas atravesadas en alguna parte. —Y señaló una incomodidad en su cuello—. ¿Sería usted tan amable...?

La enfermera Olga abandonó su silla al segundo.

—Como le decía —continuó Efraín—, descubrir el origen de la tristeza de Lazhuri dio inicio a la aventura.

—Aguarde, aguarde —interrumpió Damián—. ¿Cómo supieron de la fotografía perdida?

—¡Ah! Prácticamente una casualidad, joven Pecat. Julio Roizzino pensó que una consulta al oráculo de la ciudad podría orientarnos y sacarnos del desconcierto. Cercilo...

Damián frunció el entrecejo.

—¿Un oráculo?

—¿Sabe quién era Andrés Cercilo? Imagino que no. Era bibliotecario.

—Creo que oí su nombre —dijo Damián y empezó a revisar la libreta—. Sí, sí, aquí lo tengo anotado. El tal Cercilo presenció aquel incidente de los ladrones en La Orilla.

—Desconocía esa información. ¡Qué dato notable! Pues bien, joven Pecat, Andrés Cercilo era la persona más informada de San Sálfiro. Era exprofesor de historia y geografía. Los muchachos bromeando decían que era una especie de oráculo. Todo se le podía consultar. Cercilo era un libro abierto y varios periódicos superpuestos. Sabía tanto de historia como de actualidad. ¡Un oráculo! Si alguien podía aportar datos sobre la muerte del capitán, ese alguien tenía que ser el profesor Cercilo.

—¿Y el hombre los ayudaría?

La enfermera Olga trajo el vaso de agua y se lo alcanzó a Efraín. En un parpadeo retomó su asiento y guardó un silencio de lo más oportuno.

—En efecto nos ayudaría —prosiguió Efraín luego de beber—. O eso conjeturamos. Recuerdo que Juan Ambrosín y Alfredo Taclero se negaban a ir a la biblioteca. El primero argüía que estábamos obsesionándonos con el asunto y era ridículo. Una cosa era conversar en una mesa de café, y otra muy distinta era ponerse a rebuscar como si fuésemos detectives. Y Taclero... Bueno, vinimos a saber que Alfredo se negaba a ir a la biblioteca por una razón por completo distinta. Cierta reminiscencia de sus días de estudiante lo frenaba. ¡No quería enfrentar a Cercilo! En el pasado había tenido un encontronazo con el profesor. Algo feo, muy feo. Decía Ambrosín que Alfredo había insultado a Cercilo. Un día en la escuela lo mandó al demonio.

—¿Lo insultó? —dijo Damián riendo.

—Algo relacionado con la madre de Taclero. ¿Desea que le cuente eso?

—Aunque sea brevemente...

—Hablaban del día de la madre o del origen de dicha celebración, creo recordar. Lo cierto es que Alfredo Taclero no estaba disfrutando de la conversación que el profesor había procurado y reaccionó de forma insensata diciendo que todos con sus madres eran unos estúpidos y canallas. Podían irse bien al cuerno a festejar ese día asqueroso. Abandonó su silla y se fue de la clase.

—¡Está exagerando! —dijo Damián incrédulo, todavía sonriendo—. No pudo reaccionar así.

—Tal vez lanzó un epíteto todavía más vulgar —especuló Efraín también divertido—. Taclero no fue expulsado del colegio porque, sospecho ahora, el profesor Cercilo debió de compadecerse de la suerte de su alumno. Alfredo había sido criado por sus abuelos y de sus padres ni siquiera hablaba. En otra circunstancia, ante una falta de respeto semejante, cualquier otro alumno hubiese sido marcado a reglazos por el maestro. Pero Alfredo fue perdonado y sin embargo guardaba por Cercilo antipatía. No quería tenerlo enfrente.

—¿De manera que suspendieron la visita a la biblioteca?

—Nada de eso. Julio Roizzino insistió y logró imponerse. Le aseguró a Taclero que no corría ningún riesgo; ya habían pasado demasiados años de su paso por la escuela. ¿Qué podría recordar el profesor Cercilo? Así que fuimos a la biblioteca (la misma a la que usted ya fue) y apenas ingresamos notamos cómo el rostro del viejo profesor se transfiguraba. Clavó la mirada en Taclero y fue evidente que recordaba perfectamente aquella falta de respeto. Pero cuando ya estábamos próximos a saludarlo, de repente el profesor cambió su talante al ver que Julio Roizzino nos acompañaba. Sí, ¡el gran Roizzino estaba con nosotros! Sus ojos cambiaron de forma, su frente se relajó y sus cejas bajaron. Se dirigió a nuestro amigo felicitándolo por el logro obtenido con Atlético Lidonia y por su brillante participación. ¡Qué extraordinario! Los últimos partidos habían sido sensacionales. Él había seguido toda la campaña de Lidonia por radio y estaba aún maravillado. No sé cuántas cosas más le dijo. Incluso aprovechó la ocasión para hacerle a Julio algunas recomendaciones.

—¿Recomendaciones?

—Sí, todos en la ciudad tenían un consejo para darle. «Debes entrenar a conciencia, Julio», le decían en el Español. «Ya tendrás tiempo para beber alcohol», sugerían otros. Andrés Cercilo no quiso ser menos y creo que le dijo que no solo vestía la camiseta de Atlético Lidonia, sino que representaba a todo San Sálfiro.

—El hombre quedó bien predispuesto...

—Es acertada su conjetura. Cercilo preguntó qué estábamos buscando e intuyó al segundo que no habíamos llegado a la biblioteca para examinar un libro o instruirnos. El profesor parecía astuto y adivinó nuestras intenciones. Taclero no emitía palabra; Ambrosín se comía las uñas y miraba de reojo la hora, pues tenía que volver al restaurante; y yo, por supuesto, tampoco hablaba porque ni siquiera lo conocía. El indicado para exponer lo que estábamos buscando era el propio Julio. Así que se largó a hablar y reveló que estábamos buscando información relacionada con la misteriosa desaparición de Manuel Lazhuri. «Usted, profesor, siempre tiene datos precisos. Aquí nadie dice la verdad. ¿Se sabe algo?».

»El profesor Cercilo levantó una ceja. Preguntó qué teníamos que ver nosotros con el pescador y comenzó a estudiarnos con desconfianza. No entendía la inquietud que nos había conducido hacia la biblioteca. Pero Roizzino aclaró de inmediato que solo estábamos curioseando para matar el tiempo. Sonó espontáneo en su argumento. Dijo, básicamente, que nos sentíamos intrigados porque de Lazhuri se había dicho tanto con el correr de los años que ahora teníamos dudas acerca de su muerte.

—Un argumento sólido.

—En efecto. Estábamos buscando la verdad a tientas y no teníamos nada mejor que hacer. Así que le preguntó al profesor qué opinaba de la muerte del pescador. ¿Podría el capitán haberse matado, como se decía?

»El profesor Cercilo comentó más o menos lo que sabíamos. Si bien no agregó palabra de interés, manifestó que Lazhuri estaba loco desde hacía tiempo y eso podía decirlo con seguridad. Ninguno de nosotros negó la presunción, pero fue extraño oír ese comentario tendencioso en boca de un hombre que parecía moderado y prudente. Hizo algunas consideraciones a propósito del accidente de tránsito que a Lazhuri se le indilgaba y dijo que había sido un suceso desafortunado solamente para dos personas.

—No pudieron sacar nada en limpio.

—Tres personas entraron en la biblioteca y al instante reconocieron a Julio. Se acercaron para saludarlo y felicitarlo por el logro de Lidonia. El profesor Cercilo se apresuró a darle la mano y lo invitó a volver cuando quisiera. Por último, a manera de despedida, dijo que debíamos acudir a La Orilla o preguntar en el puerto si queríamos averiguar algo de Lazhuri. ¿En dónde más hallaríamos esa clase de información?

»Nos despedimos de Cercilo y, ya en la vereda de la biblioteca, concluimos que sus últimas palabras habían sido casualmente las más provechosas. Razonamos un momento y vimos la lógica: había que indagar en esos lugares. Ambrosín enseguida dijo que no íbamos a poder averiguar gran cosa en el restaurante, pues allí Lazhuri se movía como un fantasma y apenas si hablaba con su padre. Y el padre de Juan no sonaba como posibilidad; era reservado hasta el punto de ser flemático. Alfredo Taclero recuperó el habla y dijo que en la taberna de Lozada podía saberse el prontuario de cada cliente si uno se la ingeniaba para preguntar sin recibir una golpiza por indiscreto. Señaló también que el profesor Cercilo se veía menos intimidante que en sus recuerdos.

—¿En la taberna supieron de la fotografía?

—Parece que lo llevé hacia una hipótesis incorrecta —repuso Efraín—. En el *cabaret* obtuvimos una razonable cantidad de datos, pero de la fotografía ni una pista. El capitán ya no acudía a ese sitio por ese tiempo, de manera que la primera opción fue La Orilla. Alfredo persuadió a Juan Ambrosín para que hablase con su padre y consiguiera cuanta información pudiese de Lazhuri. Y Juan así lo hizo. Resulta que el capitán penaba unos objetos de valor que había perdido en la escena del accidente; unos objetos que pertenecían a Alina. Se lo confió al padre de Ambrosín. Lo único que en el hospital le habían devuelto de la mujer fallecida era un anillo de oro y un par de chucherías que llevaba consigo. Pero según Lazhuri entre las posesiones faltaban elementos y había uno en particular que era muy importante para él, tanto que sobrellevaba con angustia su pérdida. Una fotografía que su novia llevaba a todas partes, en la cual posaban ambos como jóvenes enamorados, había desaparecido. Esa era la razón de su tristeza.

»Fue curioso enterarnos de esto y, en algún punto, absurdo. Nos apenó saber que se sentía melancólico a raíz de esta tontera. Pero el detalle corroboraba la angustia tremenda que lo aquejaba y estaba reprimiendo. Había tocado fondo. Como cuando uno revienta en llanto por una pavada, pero en realidad está llorando porque la vida es cruel e injusta, ¿entiende? Basta una gota para derramar un vaso lleno. Eso le pasaba al viejo. Tal vez sí se había suicidado.

—Vaya...

—Ese mismo día, al considerar esto, nos propusimos un pequeño y particular propósito: habríamos de descubrir qué había sido de la fotografía perdida. Al menos lo intentaríamos. Daríamos todo por descubrir ese objeto especial que el capitán penaba. ¿Dónde podía estar? Se dará ahora cuenta, iniciábamos la búsqueda.

»Julio Roizzino decía que aquellas vacaciones eran las más extrañas y entretenidas que había tenido. Sobre el comienzo del año tenía que volver a Orencia para retomar sus entrenamientos. Así pues, corroboramos aquello que sabíamos del accidente de tránsito de Lazhuri y dimos con la fecha y el lugar exacto en donde sucedió. (No es algo trascendente, y además el dato se fue de mi memoria). Iríamos al hospital, en primera instancia, para conversar con alguna enfermera que pudiera saber de los objetos que no se le habían entregado al capitán. Alfredo Taclero se ofreció para hacer de detective; tenía planeada una buena excusa. Dijo que entraría al hospital y se sacaría las dudas haciéndose pasar por pariente del capitán. Y eso hicimos. Llegamos al hospital y Alfredo pidió ingresar sin compañía para no despertar sospechas. Nos quedamos fuera esperando. A los pocos minutos salió y nos contó cómo le había ido.

»Engañó a una enfermera diciendo que era sobrino de Manuel Lazhuri y que venía a recoger aquellas posesiones que pudieran haberse traspapelado luego de la internación de hacía meses. Dijo que su tío estaba convencido de que no le habían devuelto ciertos objetos, tanto pertenecientes a él, como a la mujer y al niño. Tal vez en la propia morgue habían quedado, sugirió. La enfermera lo llevó a conversar a una oficina con un supervisor y Alfredo hizo la misma jugada. El tipo hizo un breve repaso de lo ocurrido y finalmente le dijo que estaba buscando una aguja en un pajar. Si algo se había *traspapelado*, debía resignarse y darlo por perdido porque ni en el hospital ni en la morgue guardaban pertenencias de pacientes fallecidos. Le dio el pésame y lo despidió, pues en la antesala de la oficina había otra gente esperando ser atendida.

»Taclero salió del hospital riendo y pensamos que su intervención había sido exitosa. Pero no, reía porque le había parecido ridículo mentir con tanta desfachatez. Nos comentó lo sucedido y dijo que en verdad estábamos buscando una aguja en un pajar.

—Ya lo creo. ¿Se dieron por vencidos?

—En absoluto. Pero, si queríamos seguir hurgando, teníamos que probar en otros ámbitos. Tal vez el capitán había perdido esos objetos, o esa fotografía que penaba, en medio de una borrachera. Así que optamos por visitar los boliches del puerto y allí preguntar.

—¿El lugar con nombre francés?

Damián volvió una hoja de su libreta.

—Sí, pero Juan Ambrosín se negaba a participar porque le parecía poco tentador y atinado meterse en la taberna para preguntar bobadas acerca del capitán. En esos antros la gente se irrita con facilidad cuando un desconocido se pone a indagar y sus móviles no son claros.

»Pero Alfredo se movía en esos tugurios con soltura, pues andaba con pescadores desde que era muchachito, así que él se hizo dueño del plan. Nosotros debíamos esperar. Él quería investigar por su cuenta. Si existía indicio al cual prestarle atención, él iba a descubrirlo. Pero yo quise acompañarlo y también Julio. Nos reuníamos a diario por Lazhuri y no debíamos disolver la hermandad. ¡En verdad lo creíamos! —dijo Efraín sonriendo.

Incluso Olga lo escuchaba con atención. Nunca había oído estas historias.

—A lo mejor algún cliente de la taberna, borracho y cuentero, pudiera decir algo útil acerca del pescador. La neta posibilidad de toparnos con algo fáctico nos motivaba. Quizás el viejo, en una simple borrachera, había perdido esos objetos personales y alguien sabía algo; o incluso puede que estuviesen guardados en la taberna, a la espera de que los recogiese.

—Qué insólito hubiese sido —dijo Damián un poco ansioso.

—Obtuvimos en la taberna varias pistas, pero no esa primera noche. Resulta que llegamos al lugar y entramos como clientes ordinarios, pero al segundo alguien reconoció a Julio Roizzino e hizo que nuestro objetivo se estancara. Unas personas saludaron a Taclero y al instante reconocieron a nuestro célebre amigo y se armó cierto revuelo a su alrededor. Un par de tipos, no mucho mayores que él, nos lo robaron y se lo llevaron a brindar a la barra y nosotros tuvimos que ir detrás de él para que no lo emborrachasen o se lo llevasen de jarana.

»Fuimos tontos y descuidados. Así que Taclero dijo que él se haría cargo de la situación e iría a la taberna sin compañía, como lo hacía regularmente. Era lo mejor. La premisa nos pareció lógica y aceptamos. Y fíjese cuán acertada fue la decisión, pues Alfredo averiguó todo lo que precisábamos para llenar nuestro espíritu de efervescencia. El misterio se desenredaba.

—¿El misterio?...—preguntó Damián—. ¿Qué supieron?

—De la fotografía, absolutamente nada. Todos en la taberna sabían de la muerte del capitán, desde luego, pero nadie nunca lo había visto más borracho que de costumbre y menos aun buscando una fotografía perdida. Y de su tristeza tampoco supimos gran cosa. Muchos veteranos eran melancólicos, pero eso a nadie le interesaba. Nadie, joven Pecat, entendía la fatalidad misma que oprimía el pecho del capitán. Ellos también convivían entre accidentes y muertes y no había que dejarse quebrar; la vida seguía, le gustase o no a uno. Eso le dijeron a Taclero. Sin embargo, uno de los clientes mencionó el accidente de Lazhuri y dijo que un policía que rondaba el boliche había visto muerta a Alina. El mismísimo Lozada le había dado ese dato.

—Esto se pone interesante. ¿Un policía?

—Alfredo nos puso al corriente de lo recabado y dio por hecho que Lozada tendría más información de este policía.

Debía conversar con el veterano dueño de la taberna y hacerlo hablar. Lo haría..., o en realidad lo intentaría. Ese Lozada era peligroso.

—Verdaderamente homenajeaban al pescador —se animó a decir Pecat—. Álvar no estaba equivocado.

Efraín sacudió la cabeza.

—El mozo Álvar nunca se enteró del origen de la tristeza del pescador. Lo decidimos con los muchachos. Era preciso la discreción, como ya le conté, y Álvar no era necesariamente el hombre más discreto. Tuvimos que comprometernos con la causa y ya por entonces acordamos guardar silencio. Lo último que supo Álvar fue aquello que estuvo contándole a usted desde su llegada a San Sálfiro. El resto debió conjeturarlo, supongo.

—¿Y qué hicieron?

—Estábamos enfocados en algo que saltaba a la vista. ¿Por qué irían a desaparecer las pertenencias del capitán?... ¡¿Y si nunca habían estado en el hospital?!

—No lo sigo.

—¿Cómo podrían haberse extraviado aquellos elementos? Tómese un segundo y haga conjeturas. Nosotros eso hicimos. Si tales cosas habían desaparecido, alguien tenía la culpa. ¡Vamos! Que alguien había robado esas cosas en plena escena del accidente... Y ¿quién había tenido acceso al vehículo y a los heridos?

—¿A qué se refiere? —dijo Damián de lo más confundido.

—¡Elemental!, diría un detective. ¿Un policía que rondaba la taberna de Lozada daba fe de haber visto a Alina muerta? A nosotros este detalle nos pareció llamativo. Concluimos que este tipo había estado en la escena del accidente y... usted ya sabe. Sin testigos que fueran a delatarlo, tal vez cayó preso de una actitud rastrera y se dejó llevar. Los policías de antes eran como los de hoy, en el grosero sentido que insinúo. ¡Fue una deducción simple!

Damián estaba con el ceño fruncido y la mirada perdida. Las anotaciones en su libreta habían cesado.

Olga escuchaba perpleja. Ya no leía su revista, pero de tanto en tanto oteaba el reloj para calcular la hora en que serviría el almuerzo.

—Manuel Lazhuri —explicó Efraín sospechando que sus deducciones no eran tan evidentes—, luego del accidente, fue trasladado al hospital al igual que el niño, el hijo de Alina. Esto lo corroboró Alfredo Taclero en su visita al hospital. El policía quedó con el vehículo a su disposición; también con el cuerpo de Alina, ya sin vida. Los enfermeros priorizaron la atención de los sobrevivientes y marcharon al hospital. Quizás este sujeto, el policía, se vio tentado de hurtar objetos que nadie más notaría; tal vez de un manotazo se llevó los elementos que ahora el viejo penaba. Era una suposición válida. De otro modo, el anillo de oro que Alina llevaba en su dedo también hubiese desaparecido. Quizá robó la fotografía, dinero y alguna otra cosa.

—Suena exagerado... —suspiró Pecat—. ¿Quién robaría en una situación tan horrible?

—Los muertos no hablan ni piden respeto, joven Pecat, y robarle a uno de ellos es más fácil que robarle a un niño. Sé que suena tremendo, pero es factible y lo era entonces. Esos objetos habían desaparecido y nosotros teníamos una hipótesis fundada. Manuel Lazhuri había perdido lo último que le quedaba de Alina y eso lo había vuelto loco. ¿No merecía acaso algo de justicia? Pues claro que sí. Teníamos un plan: hablar con el veterano Lozada y tratar de obtener información acerca del accidente. Era posible que él apuntase al policía en cuestión acaso sin darse cuenta. Queríamos dar con esa fotografía antes de que el pescador perdiera el pellejo y quedara puro hueso. Era una generosa tentativa. Debíamos identificar al tipo. ¿Me sigue?

—Espere un momento. ¿Ustedes ya creían que el policía era culpable?

—Esos objetos no habían desaparecido por arte de magia. En el hospital la gente es humilde y trabajadora; no pensamos que allí alguien hurtaría posesiones de un paciente. Pero ¿los policías?... ¡Oh, claro que sí! En aquel tiempo, joven Pecat, eran tan deshonestos y despreciables como lo son ahora. Identificar a ese policía era buen punto de partida. ¡Realmente se volvió un asunto de detectives! Como decía Julio Roizzino, estábamos metidos en una gran aventura y debíamos triunfar, salir airosos. El destino de esos objetos perdidos y la idea misma de dar con la verdad, y también con un presunto acto delictivo, de repente se convirtió para todos en una razón esencial y ya no hicimos más que enfocarnos en eso.

—¿Volvieron a la taberna?

—Volvió Alfredo Taclero en soledad. Al principio nos resistimos a quedar marginados porque el dilema se había puesto emocionante, pero Taclero argumentó que andar sin compañía facilitaba las tareas y ya lo habíamos comprobado. Además, afirmaba saber cómo hablar con Lozada para sonsacarle información sin correr riesgos. «El veterano cacarea frente a todo el mundo y cuando se enoja se pone indiscreto. Es como hacer rabiar a un perro al intentar quitarle un juguete de la boca. Solo hay que mantenerse lejos de sus dientes».

—Qué convicción.

—Nuestro amigo, pues, volvió a la taberna y esperó en la barra una aparición oportuna del dueño para saludarlo y conversar un rato. Estuvo en tal disposición varias horas, hasta que por fin la chance se dio. Luego de que Lozada diera vueltas y vueltas por su local y se ocupara de labores que lo llevaban a cuchichear con sus chicas, y con algunos clientes, Alfredo se le acercó e hizo lo suyo. Resulta que Lozada se metió de lleno en los temas que nuestro amigo insinuaba y dio muchos datos.

Quiero decir, cuando Taclero mencionó la intrigante desaparición del capitán, Lozada escupió a la primera oportunidad que bien muerto estaba ese viejo cabrón por haber alejado de su negocio a Alina y luego haberla matado... ¡Pisó el palito! Alfredo enseguida le preguntó qué sabía de aquel accidente. Lozada refirió el suceso vagamente y se lamentó por Alina; seguiría siendo muy hermosa a pesar de estar desfigurada. Su rostro había impactado con el parabrisas de la camioneta de Lazhuri. Un policía amigo de la casa se lo había confirmado. Este sujeto y otro policía habían intervenido en la escena con tal oportunismo que lograrían salvar al niño para darle una mínima esperanza de vida. La esperanza no se cristalizó, cabe decir.

—Pero... ¿Quién era ese policía, señor Efraín?

Damián sintió una leve vacilación. De nuevo se preguntó qué estaba haciendo, sobre qué estaba indagando. La historia se tornaba minuto a minuto más novelesca. ¿Iría a escribir acerca de eso?

Efraín no reparó en la inquietud de su interlocutor.

—El policía —dijo— era uno de esos que hacía la vista gorda cuando en realidad debía hacer su trabajo. ¡Un corrupto, lisa y llanamente! Esos lugares estaban ya regulados, pero las reglas se esquivaban y los controles eran manoseados por tipos como este. El sistema ya entonces estaba podrido.

Damián decidió ir más allá. Recordó las indicaciones de Agustín Ponce Arregui.

—Y ¿qué más supo? —dijo mirando de reojo a Olga, que oía la charla desde hacía rato—. Me refiero a su amigo Taclero.

—Lozada no decía nada de Lazhuri ni del policía, sino que seguía hablando de la mujer muerta, que bajo su cuidado había hecho brillar al negocio como en épocas de gloria. Taclero nos contaba después que en ese momento no sabía cómo preguntarle acerca del policía. Y vaciló y vaciló durante minutos, sorbiendo su bebida y oyendo consideraciones que en nada le importaban. Hasta que bruscamente lanzó la pregunta y oyó de boca de Lozada, con mucha naturalidad, el nombre de un presunto canalla que pasaba por la taberna dos veces por mes para retirar las coimas y saciar sus apetitos. El tipo se llamaba Galaviz.

—¿Galaviz?

—Alfredo hizo un alto en la conversación, atónito por el nombre conseguido, y el veterano rufián al instante se percató de ello. Cambió su actitud amistosa y se puso a la defensiva. Le advirtió que no dijera nada de las coimas porque no quería más urgidos haciendo cola. Alfredo, tratando de guardar compostura y calma, le aseguró total discreción. Sabía cómo funcionaban los negocios. Tomó otro trago y quiso terminar la charla antes de que Lozada sospechara alguna extraña motivación. Comentó, pues, un par de banalidades para dar cierre a la conversación y lo logró. Observó minutos después cómo Lozada se alejaba para vigilar a los tipos que querían hacer de las suyas sin pagar lo estipulado.

—¿Quién era ese policía? —insistió Damián.

—Las suposiciones, por lo menos a mí, comenzaron a consumirme no bien dimos con ese nombre. Ya no era una locura ni tampoco una coincidencia. ¿Un policía deshonesto que rondaba el *cabaret* había intervenido en la escena del accidente? ¡Qué otra prueba hacía falta! Si los objetos del capitán habían sido robados, el autor del robo podía ser este tipo. Eso nos decíamos una y otra vez, y el razonamiento parecía consistente. ¡Galaviz! —enfatizó Efraín—. La lengua descomedida de Lozada lo había convertido en sospechoso. Y es que nadie más podía ser apuntado. ¿Estábamos en presencia de un ladrón? Yo no podía dejar de pensar en ello. Insistía tanto que Juan Ambrosín me acusaba de haber perdido el juicio y de estar contagiando a los demás. Decía Juan que todo era una locura y debíamos olvidar el asunto. El juego había dejado de ser divertido; ahora era sombrío y peligroso. Andar detrás de los pasos de un policía podía traer consecuencias. Pretendía apelar a la sensatez de Julio Roizzino, pero yo presionaba para que averiguásemos quién era ese tipo, al menos para denunciarlo por corrupto y crearle problemas. Y Alfredo Taclero me dio la razón. Empezó a jugar con la idea de desenmascarar a un policía sucio y no pudo contenerse. Pensó en lo emocionante que sería dejar en evidencia a Galaviz. ¿Alguien de forma anónima lo había denunciado? ¿Quién se atrevería? ¡¿Quién lo había traicionado?! Era tentador hundirlo. Eso decía Alfredo. ¿Y si además de ser ladrón Galaviz había pasado por la cama de Alina? ¡Qué sugestión nos embargaba! Debíamos investigar.

—¿Eso me está diciendo? —inquirió Damián apremiado—. ¿El policía se acostaba con la novia del pescador?

Efraín abrió los ojos, pero no evacuó la duda.

—Julio Roizzino tuvo una ocurrencia. Dijo que conocía a un periodista de Orencia y podía contar con él. Lo llamaría para hacerle una propuesta; lo tentaría con una posible crónica para la sección policial. Si averiguábamos algo sucio de Galaviz, algo que lo vinculara al delito (ya no pensábamos solamente en Lazhuri), esa información caería en manos de este periodista y él podría obrar como mejor considerara. Aceptamos, desde luego. Así que Julio habló por teléfono con el periodista en cuestión y le preguntó si era plausible la idea. Le aclaró que no procuraba venderle información, sino ofrecerle algunos datos para exponer a un sujeto *pesado* de San Sálfiro, una autoridad que andaba enredada en tramas sucias. El periodista quiso saber el nombre del involucrado y el origen de la información; pero Roizzino se lo negó y le advirtió que de ningún modo quería verse conectado con la noticia. «Prometido», dijo el tipo, y le pidió algunas pruebas. Julio le dijo que se las mandaría no bien las tuviese.

Damián Pecat se visualizó en medio de una contienda legal. Entrecerró los ojos y tal cosa lo preocupó.

—Señor Efraín, ¿tendré que hablar con el abogado del periódico antes de publicar mi trabajo?

—No será necesario, joven. Galaviz está muerto, y creo yo que usted podría referir este asunto sin dar nombres. En fin, Alfredo Taclero dijo que él se encargaría de identificar al policía en la taberna, a la vez que intentaría hacer algunas averiguaciones. Buscaría pruebas para incriminar a ese tipo... La verdad es que Alfredo deliraba con la posibilidad de hundirlo. Estaba decidido a aventurarse en las entrañas de la taberna y rescatar información de algún cliente que le tuviese aversión. No sería difícil, por supuesto. Si Galaviz era tan canalla y corrupto como imaginábamos, lo expondríamos no solo por la memoria de Lazhuri, sino también por la ciudad y por los que estábamos bajo su brazo torcido de ley. Secundé a Taclero en su iniciativa; dije que me prestaría para hacer lo que hiciera falta. Si se daba la ocasión, yo mismo actuaría en contra del tipo. Lo vigilaría, lo seguiría e incluso le tendería una trampa. ¡Lo que hiciera falta!

La enfermera Olga apartó los ojos de la revista y echó otra mirada al reloj. Ya estaban pasados del mediodía. Efraín debía almorzar y el almuerzo, por supuesto, era la comida más importante.

Damián, advertido de esto, avivó la atención.

—¡Olfatear a un policía! Eso sí que suena peligroso.

Efraín asintió.

—Es indudable. Pero con Taclero y Roizzino estábamos entusiasmados y ese era nuestro motor. Intentaríamos identificar a Galaviz para hacerlo pagar del modo que fuera. Juan Ambrosín ya ni siquiera se prestaba a oírnos. Decía que estábamos locos; él no podía darse el lujo de meterse en problemas con la policía; tal cosa resultaría perjudicial para el restaurante. Ya no podíamos contar con él.

—Y ¿qué esperaban averiguar?

—Por lo común, los clientes de la taberna estaban anoticiados de asuntos que incluían policías, así que Taclero dijo que algún dato u orientación iba a conseguir. Regresó a la taberna varias noches seguidas hasta que finalmente alguien le apuntó a Galaviz. Para lograr el cometido (vea usted qué ingenioso era Taclero), alertó a varios sujetos de confianza y los puso a su favor. Dijo que había tenido problemas con la ley y que necesitaba estar avisado de cualquier policía que anduviese por la taberna.

—Ingenioso.

—Los tipos que visitaban ese antro aborrecían ver cualquier autoridad amenazando un espacio que, esencialmente, era lo que debía ser. Por eso se congraciaron con Alfredo y una noche le indicaron a Galaviz. Él preguntó y los hombres hablaron. Estos incendiaron al policía con referencias puntuales y detalles nada despreciables. Muchos clientes, en realidad, estaban al tanto de la presencia eventual de este tipo y sabían de él cuanto debían saber: en dónde se movía, qué automóvil manejaba, e incluso conocían, por aproximación, su domicilio. Se sabía que estaba viviendo en un barrio nuevo, enfrente de una plazoleta particular. (Esa plazoleta tiene un ancla enorme en el medio). Uno de los clientes había trabajado allí y decía haber reconocido el automóvil del policía. Se decía también que era un canalla bravo con el que no convenía meterse. Y sí; Lozada tenía algunos arreglos con él. Ahora bien, ¿había alguna prueba? Llegado el caso, ¿estos tipos declararían en contra de un policía?

—Sospecho que no. ¿Me equivoco?

—He aquí nuestro primer problema. Alfredo no pudo dar con algo que valiese como prueba incriminatoria, para ofrecerle al periodista amigo de Roizzino, y encima, en la tentativa, casi se mete en problemas. Un cliente de la taberna desconfió de su actitud chismosa y por poco lo muele a golpes. «¡Andas demasiado preguntón!», le reprochó después, a manera de disculpa, pues lo conocía. La gente borracha es peligrosa.

—¿Estaban como al principio?

—Nunca mejor dicho. Pero Alfredo no se daba por vencido y quería seguir indagando en busca de mejor suerte. Lo persuadimos con una nueva e inofensiva idea. Si seguía por ese camino, además, alguien le borraría la sonrisa para siempre.

La enfermera Olga se puso de pie y los hombres la miraron aprensivos. Pero a ella no le importó. Dijo con autoridad que habían tenido suficiente charla y ni un solo respiro. Efraín debía prepararse para almorzar y luego dormiría una siesta.

—Pueden seguir por la tarde —dijo tan agria como siempre.

—El antiguo Le Tiers... —dijo Efraín con una mueca—. Allí esperaremos, joven.

Damián Pecat no quiso importunar a la mujer y respetó las pautas convenidas. No mostró signos de frustración.

—Volveré luego —dijo con tranquilidad.

—Aquí mismo estaré —dijo Efraín mirando su cuerpo apretado por las frazadas.

Pecat guardó su libreta y estrechó la mano de Efraín con cierta energía, produciendo así lo más parecido a un saludo fraternal y de agradecimiento. Miró a Olga sin decir nada y comprendió su postura. Con educación, le dijo que volvería en algunas horas y dio su palabra de que sería la última visita.

La enfermera, mientras lo acompañaba hacia el perchero en donde tenía colgado su saco, aclaró con sorpresiva amabilidad:

—No se sienta agredido, jovencito. Mi trabajo es cuidar de Efraín y debo hacerlo con responsabilidad. No tengo nada en contra suya ni de sus intereses. Le digo más: espero que su trabajo concluya con éxito y, por lo que pude oír, sospecho que conseguirá una historia grande. Confío en eso.

—Le agradezco —dijo Pecat un poco despistado—. Regresaré en unas horas y prometo que será la última vez.

La mujer cerró la puerta a espaldas de Damián. Esta vez no la golpeó. Él se dirigió entusiasmado hacia el bar Español Colorado. Aprovecharía la oportunidad para despedirse de Álvar y también de Joaquín. Si le sobraba tiempo, pasaría por la biblioteca para saludar a Juan Amador Tejea; de él se había despedido el día anterior apenas con un ademán.

A pesar de marcharse con una historia inconclusa, declaradamente inconcebible, se fue conforme y suponiendo que detrás había sembrado algo que daría frutos.

El final de la estadía en San Sálfiro estaba próximo. El regreso a Orencia era una realidad que se revelaba no tanto por la reserva del pasaje, sino por una cuestión llana de dinero. Si pasaba del jueves, tendría que dormir en la estación; ya no le alcanzaría para pagar otra noche de hotel. Evidentemente volvería vacío de recursos económicos, pero con una libreta llena de historias inesperadas.

ÁLVAR, DESPEDIDA

Damián Pecat llegó al Español Colorado apretado por el frío y por un mediodía vacío, típico de San Sálfiro, que se adueñaba de las calles. Todo era quietud. Dotado de la confianza que había ganado por el transcurrir de las horas, entró en el bar saludando en voz alta y gesticulando en dirección a clientes que siquiera sabían de su presencia en el pueblo. Casi nadie correspondió su salutación más que con unos leves movimientos de cabeza, aunque Joaquín le dio la bienvenida con una fresca sonrisa. El viejo Álvar estaba sentado a la barra conversando con aquella persona que lo había requerido el día de ayer.

Pecat se dirigió hacia la mesa que había ocupado las demás veces; seguía estando disponible. Joaquín se aproximó y le preguntó qué iría a servirse.

—Tráigame un café, por favor —contestó Damián y luego pensó en su estómago vacío—. Y si tiene bizcochos o algo para comer...

—¿Cómo va esa investigación? —El mozo limpiaba la mesa y estaba por retirar un cenicero lleno de colillas—. ¿Llegó a la verdad?

Siquiera esperó respuesta y se alejó en dirección a la barra. Damián volteó y miró hacia la calle, maquinando, en silencio. Esta sencilla pregunta resonó en su interior y lo hizo especular. ¿Acaso el mozo sospechaba de su patrón, de sus invenciones o de su desconocimiento? ¿A eso se debían los continuos cruces de mirada que él había captado en sus primeras visitas al Español?

Resolvió no mostrar actitud reticente; a esa altura ya no le importaba. Además, el propio Joaquín le había facilitado la dirección de la casa de Efraín. ¿Qué sentido tenía incomodarlo? Estaba allí de paso y trataría de no preocuparse. Tomaría un café, se despediría de Álvar y luego iría en busca de la auténtica historia.

—Estoy por regresar a Orencia —dijo tan pronto el mozo se acercó con el café y con un plato de bizcochitos—. Solo vengo a despedirme.

—Cuánta amabilidad se trae, muchacho. ¿Ha surtido efecto la dirección que ayer le di?

—Claro que sí. ¡No sabe cuánto!

Joaquín se retiró al advertir que estaban llamándolo de otra mesa. Damián se puso a hojear la libreta colmada de datos nuevos, sin duda sorprendentes, y se distrajo.

Al paso de unos minutos, notó que Álvar estaba parado a su lado con una sonrisa en el rostro.

—Vine para saludarlo, señor Álvar. Estoy por volver a Orencia.

—¿Significa eso que terminó su trabajo? —preguntó el viejo mientras alejaba una silla y procedía a sentarse.

—Tengo lo necesario...

—Eso me deja tranquilo. Y ¿ya se despidió de Efraín?

Damián sonrió con disimulo. «Estela», pensó.

—Todavía no me despedí de él —dijo con falsa naturalidad—. Estuve en su casa esta mañana.

—No recordaba su dirección —dijo Álvar—. Qué cosas extrañas tiene la vejez, ¿no cree? Espero que Efraín se encuentre en buen estado y que los recuerdos le lleguen claros —apostilló.

—Está un poco débil —informó Pecat—, pero ciertamente lúcido.

Tomó un primer sorbo de café y le preguntó al viejo si no bebería nada. Álvar hizo señas en dirección a Joaquín y este se acercó a la mesa. Ordenó un café. Damián no se impacientó. Estaba dispuesto a ignorar que ya sabía embustero al viejo. Le agradaba, y además debía hacer tiempo antes de volver a casa de Efraín.

—Me encuentra de casualidad —señaló Álvar como al pasar—. Almorcé temprano y me pegué una escapada para ver cómo marchaba el trabajo. Estela me vendrá a buscar pronto. De seguro me dará una reprimenda porque de nuevo estoy aquí... —Y sonrió como un chico, encogiéndose de hombros.

Joaquín se acercó con el café y se tomó unos segundos para consultarle una trivialidad acerca de un proveedor, según creyó entender Damián.

El viejo representaba una fuente muy enriquecedora de opiniones, sobre todo en torno al capitán Lazhuri, pero era Efraín quien establecía el límite entre realidad y fantasía. Eso Damián lo tenía claro.

—Y ¿cómo se encuentra Efraín? —preguntó Álvar haciéndose el distraído, rascando la superficie de la mesa.

—Está bastante enfermo —dijo Damián, sin ánimo de puntualizar los encuentros—. Por fortuna se mostró predispuesto a recibirme y contarme de la carta.

—¿La carta?... —Álvar frunció el ceño—. ¿Qué carta?

—La carta que envió al periódico —replicó Damián dudoso—. ¿No le dije? Su amigo Efraín contactó al periódico por medio de una misiva hace algún tiempo. Precisamente por eso viajé y estuve buscándolo.

Álvar adoptó actitud hosca.

—Así que Efraín tenía deseos de hablar con un periodista —farfulló—. Y tanto que nos burlábamos de los periodistas... Eso no es noble, jovencito.

—Le aseguro que Julio Roizzino, el propio Lazhuri y San Sálfiro saldrán referidos en mi trabajo tal como se lo merecen. Será una bonita historia. Conversamos con Efraín hasta hace momentos. Tuve que marcharme porque la enfermera que lo cuida es muy estricta.

El viejo apretó los dientes. Su mandíbula se marcó.

—Las enfermeras me provocan acidez —dijo como si le hubiera dado un escalofrío.

—Confirmé con Efraín algunos datos que usted me había dado.

—Esa noticia parece buena. ¿Cuándo saldría publicado el libro? Me gustaría comprarlo.

—Antes de fin de año —dijo Damián sin ninguna certeza—. Supongo que en la página web del periódico pondrán la fecha exacta de publicación en breve. También lo anunciarán en las ediciones impresas, así que usted no se preocupe. Estimo que la historia le gustará mucho. Proyecto escribir algo que favorezca la imagen de Julio Roizzino.

—¿Y Manuel Lazhuri tendrá lugar en su historia, joven amigo? ¡Sería maravilloso que lo nombre, que reviva su figura! Enloquecerían aquellos que tanto resquemor le tenían.

—Tendrá su papel en la historia. No lo dude, señor.

—No querrá mencionar cosas desagradables, ¿verdad? Puede que haya oído rarezas de su persona, jovencito, pero nosotros las mencionamos como bromas o chanzas. Figúrese usted que aquellos eran otros tiempos. Espero que sea prudente.

—Me referiré a Lazhuri en buenos términos, señor. Quédese tranquilo.

—Bien, bien —dijo el viejo y de un sorbo terminó su café.

Damián se quedó mirando el reloj. Debía esperar antes de regresar a casa de Efraín. ¿Podría aprovechar el descanso para hablar del capitán, anoticiarse de alguna otra anécdota? Preguntó al respecto.

—¡Años enteros podríamos hablar! —dijo el viejo con alegre exageración—. Hoy recordé del capitán una anécdota que usted desconoce. Estoy casi persuadido. Es una historia particular, que demanda prudencia, pero sería interesante que al menos la oiga.

Damián sintió curiosidad.

—Cuénteme, por favor.

—¿Usted se considera vengativo? —dijo Álvar como en una confidencia—. ¿Le gustan las historias de venganzas?

—No sé, señor. ¿Por qué lo dice?

—Porque el capitán alguna vez concretó una, aunque a mí me gusta pensar que simplemente hizo justicia. Es algo que se decía hace muchos años —arguyó convencido de que cabía revelar el asunto—. Doy por descontado que no osará mencionar tal cosa en su trabajo, pues nada tiene que ver con Julio Roizzino.

—Le prometo que no usaré el dato —dijo Pecat ahora con interés.

—Cabría afirmar que el capitán Manuel Lazhuri tenía secretos y que algunos eran oscuros. Se contaba algo que resumía su lado bravo de pescador, de hombre por mérito reconocido en los sitios más recónditos de nuestro querido San Sálfiro. —Meditó un instante—. Le estoy hablando de un pasado distante y muy presunto. Considérelo.

—Ya lo estoy haciendo.

El anciano miró su taza vacía y prosiguió:

—Lazhuri era un tipo bizarro y temerario, cerril y en igual tono desmedido. Si aquella historia del tiburón y aquella otra de los ladrones lo dotaron de fama y respeto en la ciudad, esta historia que voy a revelarle, muy seguramente, fue la que generó entre las personas el miedo y el aborrecimiento que por él sentían. Hay que remarcar el origen de esto: un rumor que circulaba en los alrededores del puerto. Un rumor... No tome notas, jovencito; simplemente escuche.

Damián asintió simulando ingenuidad. Dejó de lado su libreta de apuntes y entrelazó los dedos.

—Parte de la fama de Lazhuri se debió al evento de los ladrones que usted ya conoce. Pero hay un detalle que aparentemente a usted no le contaron y es el que da cierre a la misma historia. Hablamos del mismo suceso —aclaró—. Téngalo presente.

Pecat se sintió considerablemente más interesado. Miraba a Álvar y lo estudiaba con atención. Quería ver si podía atraparlo en una mentira.

—La cuestión con ese altercado del restaurante, y me refiero a la cuestión más relevante, es que Lazhuri fue herido en el intento de salvar a las personas presentes. ¿Comprende? Fue herido en el intento de liberar, sobre todo, a una señorita que había sido tomada de rehén.

—Exacto. Un acto heroico, ¡un arrojo de intrepidez!

—No necesariamente —corrigió Álvar enseguida—. Presumir eso sería tan injusto como incorrecto. El capitán era un hombre valiente y los *arrojos* son experimentados, en forma exclusiva, por personas mundanas que no saben del nervio de una hazaña. ¿Se percata de la diferencia? Una cosa proviene de la esencia y la otra más bien de un impulso.

—Tiene usted razón —dijo Damián con marcada solemnidad.

—Lo fundamental es que Lazhuri terminó siendo herido durante el incidente. Y tal vez no se lo dije, pero el pescador era recio y bravo en la misma medida que rencoroso. Lo que se dice ¡un tipo vengativo! Tanto es así que jamás pudo olvidar esa herida y se juró venganza. Tarde o temprano encontraría a ese bandido y lo haría pagar. Y así fue: esperó con paciencia y, cuando el encuentro se dio, él hizo lo suyo.

—¿El tipo no estaba preso? —preguntó Damián extrañado. Casi abre la libreta para apuntar el dato.

—Sí. Este sujeto había sido encarcelado en Orencia, me animo a presumir, pero al quedar libre regresó a San Sálfiro y cometió un error que le costaría carísimo. Se encontró con el capitán y... ¿qué cree usted que pudo pasar? Lazhuri era un tipo de los de antes —explicó Álvar—, y con los tipos de antes no se jugaba. Este ladrón, a poco de que abandonara la cárcel, pagaría el final de su condena en la misma ciudad que había elegido para delinquir.

—¿Me está diciendo que...? —Se sintió incrédulo y no pudo evitar sonreír—. ¿Hablamos de un asesinato?

—El ladronzuelo fue imprudente al volver a San Sálfiro —dijo Álvar—. Lazhuri se enteró y lo fue a buscar. Decidió, pues, encargarse del problema llevando a cabo una justicia mucho más severa que aquella que al joven le había tocado en prisión.

—¡¿Qué me está diciendo, señor Álvar?! ¿El pescador asesinó a una persona a sangre fría?

El viejo arguyó con total insensibilidad:

—Le estoy diciendo que ajustició a un malhechor, que no es lo mismo.

—Pero... ¿lo mató?

A Damián le entraron ganas de reír. ¡El anciano embustero lo estaba engañando! Decidió seguirle el juego.

—¡Eso mismo pasó, jovencito! Algunos pescadores relataban que el muchacho había sido atrapado por el capitán en las calles del puerto. Supuestamente lo secuestró cierta noche luego de una brutal golpiza y lo llevó hacia el muelle, más precisamente a su barco, para zarpar mar adentro y allí ejecutar un castigo que le parecía más conveniente. El capitán regresó a tierra al cabo de unas horas y lo hizo en compañía de su soledad. ¿Qué opina de eso?

Pecat no sabía qué decir. Estaba asombrado.

—Esta historia, de hecho, dio origen a la sentencia que apareció pintada al costado del bote del capitán. O eso se decía.

—¿Qué sentencia?

—«Nunca hay luna nueva». Esa frase evocaría el feroz castigo.

—Vaya... Qué dramático.

—Pero le recuerdo, joven amigo, que esto surgió como llano rumor. No hay certezas. Alguna vez hablé de esto con el gordo Juanito y me hizo dudar tanto que hoy podría jurar que el suceso fue auténtico. Pero no me pida esa clase de validación, por favor. Hace años le prometí a mi esposa que no volvería a jurar y vengo cumpliendo religiosamente.

Un ruido atrajo la atención de ambos. Salió un cliente del bar y dejó que la puerta fuese azotada por el viento. Al instante se dieron cuenta de que Estela estaba sentada al borde de la barra. No la habían visto ingresar.

—¡Quién sabe desde cuándo espera! —dijo el viejo avergonzado.

Damián contempló a Álvar, que mediante señas le informaba a su esposa que ya iba, y pensó en todo lo que había oído de Manuel Lazhuri. ¿Podía esta historia ser genuina? El propio Efraín había insinuado cuestiones delictivas o criminales. ¿Era Lazhuri un hombre movilizado por el odio?

Optó por darle fin a la conversación y le comentó al anciano que su estadía en San Sálfiro estaba por terminar. Le agradeció las buenas charlas y los numerosos cafés.

—Gracias a usted, jovencito, por su tiempo y paciencia. No hay muchas cosas que sobrevivan con la fuerza del recuerdo de la juventud.

—Lo espera su mujer —indicó Damián dando por terminada la charla.

Se quedó reflexionando unos minutos. Abrió la libreta y la hojeó sin buscar nada en particular. Quiso escribir unas frases, pero notó que ya no quería estar en el bar. Resolvió irse. Se levantó y saludó a Joaquín. También a él le agradeció.

Salió del negocio y caminó por la misma calle que años atrás habría pisado Manuel Lazhuri, «el vengador», pensó vagamente. Tenía un rato más por delante, así que caminó en dirección a la biblioteca para saludar a Juan Amador Tejea. Luego volvería a casa de Efraín.

Se hizo a la calle repasando de a fragmentos aquello que había relatado Álvar. Bastante increíble, pensó. Aunque luego se distrajo mirando a un perro que perseguía vanamente a un gato marrón. El felino hizo un par de ágiles movimientos y dejó al can despistado.

Meditando cuestiones que hacían de su camino a la biblioteca uno más llevadero, se preguntó si Manuel Lazhuri contaba con lo necesario para encarnar un héroe terrenal. ¿Podía serlo, o quienes lo referían elegían dotarlo de características tan singulares?

Recordó uno de sus cuentos fantásticos. Su héroe se recreaba en la justa dosis de impunidad para lograr sus cometidos sin tener que justificarse. Tal exención era precisa siempre; solo así podían los héroes ser funcionales y heroicos. Posiblemente Lazhuri había actuado de la misma forma en sus tantas andanzas y por ello la existencia de detractores y defensores. ¿Se le podía cuestionar una eximia razón para ir y matar cuando ya se lo sabía loco? Su carácter no iría a ser examinado por quienes se relamían al oír alguna que otra maniobra sucia, desde luego. Si acaso desenvainaba su arma blanca de caza, habría de ser por una causa conveniente y más que sólida. No podía simplemente estar loco.

Manuel Lazhuri tenía lo necesario para que muchos pasaran por alto sus excesos. Los pasos gigantes del vengador de una u otra forma terminaban explicándose, tal como se evidenciaba en aquellos que referían sus historias con beneplácito e ignoraban que, tras las puniciones, la sangre y el polvo se volvían imposibles de glosar. ¡Pobre de aquel que se topase con este tipo ingobernable! Agresores imprudentes y dolosos serían subyugados por su recia mano. Porque eso hacía el héroe cuando ensuciaba su alma en pro de su trabajo: marcaba caminos, reparaba grietas, tallaba ejemplos. Acaso para Álvar este loco llamado Lazhuri no fuese menos que un bienhechor forzado a actuar mal. Su depravación era necesaria y casi estimulante. ¡Quién rechazaría una pizca de impunidad sabiendo que a través de ella podrían eliminarse de nuestras sienes kilos y kilos de falsa moralidad!

Entró en la biblioteca y se topó enseguida con la figura de Juan Amador Tejea, que estaba sentado con un libro entre las manos.

El hombre se sorprendió una vez más con la aparición del joven escritor; no esperaba volver a verlo. Damián lo saludó amablemente y señaló que no pasaba para buscar información sino para despedirse.

—¡No era necesario! —dijo Amador Tejea—. Pero la gentileza se agradece.

—Mañana a primera hora vuelvo a Orencia.

—¿Completó su trabajo?

Podría Damián haber mencionado el cambio de enfoque y cuanto había ocurrido desde entonces, pero no quería perder tiempo con explicaciones y apenas si eligió decir, como informando de la novedad, que había encontrado a Efraín, el hombre que en principio iba a entrevistar.

—¿Y sabe qué, señor Tejea? Efraín me habló de Andrés Cercilo.

El bibliotecario pareció animado.

—Pero qué curioso. ¿Él lo conoció?

—Así lo creo. Hablamos de un profesor, ¿no es cierto?

—Está usted en lo correcto. Cercilo fue maestro durante muchos años. Me alegro de que su nombre todavía se mencione.

—Muy bien, señor Tejea. Le agradezco los datos tan beneficiosos que me facilitó. Ahora tengo que marcharme.

—¡Que tenga éxito, joven! Hasta una próxima vez.

Damián salió de la biblioteca satisfecho, pensando que había conocido gente buena en su pequeño viaje de investigador. Ni plagado de esperanzas hubiese supuesto sentir tanta satisfacción por el encargo que había recibido.

Se dirigió a la casa de Efraín con paso ansioso.

ANTIGUO LE TIERS

Llegó a casa de Efraín minutos antes de las cuatro de la tarde. Cruzó los dedos de una mano y con la otra golpeó rítmicamente la puerta de madera.

La enfermera Olga lo atendió y lo hizo pasar. Damián intentó compartir algunas palabras con la mujer, pero ella no hizo más que saludarlo y decirle que lo estaban esperando. Medianamente acostumbrado a su parco humor, Damián hizo caso omiso de las miradas esquivas y preguntó si Efraín se encontraba bien.

—Espero que no sea un chiste —contestó ella levantando las cejas.

—Claro que no —replicó él también levantando las cejas—. ¿Está bien?

—No quiso dormir la siesta porque esperaba su regreso. ¡Me hizo enojar! Espero que esta entrevista termine hoy mismo.

—Será la última vez que me vea, señora.

La mujer hizo un ademán para que Damián colgara su saco en el perchero y luego la siguiera a la habitación. Efraín estaba recostado en su cama; su apariencia había desmejorado respecto de la mañana, pero estaba de buen ánimo. Lo saludó cordialmente.

—¡Qué suerte que llega temprano! Estaba por tomar un té con Olga. ¿Quiere té o prefiere café?

—Podría tomar un café.

—Claro que sí —dijo Efraín mirando a la enfermera. Ella indicó que tenía todo listo; traería la bandeja con las infusiones. Salió de la habitación.

—Tengo una libreta repleta de apuntes —anunció Pecat tomando su portafolio. Luego recordó que estaba por volver a Orencia.

—Hoy mismo —aseguró Efraín— se va con una historia entre manos. Esta conversación valdrá la espera y el fruto de su relato.

—Intentaré que así sea.

La enfermera entró en la habitación y sirvió las infusiones. Se dirigió luego a su silla de lectura ligera y dio la espalda al espejo del ropero que vigilaba su alma.

—Estábamos en el antiguo Le Tiers —dijo Efraín sin perder tiempo—. Y no suponga usted que, por causa de ese nombre refinado, hablamos de un sitio refinado... Nada de eso, joven Pecat. Ese paraíso ha desaparecido y con su extinción también desapareció la sombra de Lozada. Quedan tabernas, pero ninguna tan poco recomendable.

Damián abrió la libreta e hizo una breve recapitulación.

—Me hablaba de su amigo Alfredo Taclero, señor Efraín. Él había identificado a Galaviz, pero no había logrado lo necesario para incriminarlo y llevar adelante el plan de Roizzino. La posibilidad de ofrecer datos escabrosos a ese periodista de Orencia quedaba entonces sin efecto.

—Siempre sospeché que ese mismo periodista fue, a la postre, uno de los que contribuyó con las tantas habladurías que involucraban a Roizzino. Quizá se sintió estafado por Julio, por lo que este le había prometido y luego le negó. Fue un desacierto nuestro, obviamente. Tendríamos que haber esperado antes de hacer insinuaciones y promesas. En fin, ahora conoce uno de los tantos focos de información falsa que con los años se barajaron.

—El nombre del periodista... ciertamente sería de valor.

—No tengo la menor idea, joven. Julio lo nombró alguna vez, pero no lo recuerdo. Lo lamento.

—Bien, no importa. Y ¿entonces?

—Insistimos para que Alfredo Taclero dejase la pesquisa. Nadie iba a atestiguar en contra de un policía, por mucho resentimiento que se le tuviese. Y el asunto delictivo en sí resultaba insignificante. Había muchos policías corruptos; algunos más, otros menos. Si hubiésemos tratado con un asesino, otro habría sido el panorama. Pero no era nuestro caso.

—Comprendo.

—Además, si algún cliente de la taberna le hacía llegar a Galaviz la novedad de que un joven estaba preguntando por él y sus asuntos, la cosa podía ponerse oscura. El riesgo no valía la pena. Las repercusiones podían ser desastrosas. Debíamos considerar cuestiones puntuales que en la emoción del plan inicial no habíamos considerado. Tal vez Ambrosín tenía razón y nuestros designios eran una locura. El tipo tendría contactos en el poder, lo cual sería un inconveniente para probarle alguna infracción; y nosotros no éramos más que muchachos aburridos jugando a ser detectives, husmeando en recovecos que no nos incumbían. Estábamos bajo riesgo de crearnos un problema judicial, y eso sí que a ninguno beneficiaría. Como decía el propio Alfredo, si nos declarábamos en rebeldía y le dábamos un golpe al tipo para tratar de exponerlo, el resultado tenía que ser fulminante. No podíamos correr el riesgo de someternos a un posterior acto punitivo o una represalia. En síntesis, hacerlo caer como lo habíamos previsto no parecía factible. Ahí fue donde yo quise aportar mi granito de arena. Ya sabíamos que el tipo era un maldito sinvergüenza. ¿Lo veríamos marcharse impune? Algún daño teníamos que hacerle.

—¿Algún daño? —Pecat acusó desconcierto—. ¿A qué se refiere?

—¿Sabe la cantidad de insolencias que se me ocurrieron tan solo para hacerlo encabronar? ¡Tenía dieciséis años! Imagínese. Para que las pagase por canalla, se me ocurrieron diabluras muy absurdas y fascinantes. Propuse pinchar las ruedas de su vehículo durante algún tiempo, una o dos veces por semana, por ejemplo. También pensé en reunir una buena cantidad de bolsas de basura para desparramárselas en la entrada de la casa o encima del automóvil. Quería provocarle un infarto de cólera.

A Olga no le gustó ni un poco eso de la basura. Damián, en cambio, se mostró risueño ante la figuración de esa maldad.

—Una escena de película —dijo sonriendo—. ¿Se animó a hacer eso?

—Julio respaldaba la jugarreta y estaba muy entusiasmado. ¡Quería hacerlo! Pero Taclero fue un poco más allá y dijo que esas tonterías adolescentes no bastarían para hacer justicia. Ya tenía pensado cómo hacerlo pagar: debíamos vigilar su casa y recuperar la fotografía de Alina y cualquier pertenencia del capitán. ¡Así lograríamos empatar el partido! Él había robado, pues nosotros le robaríamos a él. Incluso si no hallábamos la fotografía ni nada del capitán, debíamos robarle al tipo alguna cosa significativa. ¡Eso sería hacer justicia!

—No entiendo... ¿Querían robarle a Galaviz?

—No se le puede robar a un ladrón... —dijo Efraín, y por un instante pareció interpretar a Álvar—. Lo que se hace, en realidad, es quitarle algo que no le pertenece.

—Ya veo.

—Alfredo imaginaba cuán positivo sería recuperar los elementos del capitán, fundamentalmente la fotografía de Alina. Pero si no podíamos dar con ella, en recompensa a nuestro esfuerzo privaríamos al policía de algún elemento que fuera a penar por años. O esa era la idea. Trazaríamos así una analogía justa. Tal vez pudiésemos robarle un anillo de casamiento o una fotografía de su hijo recién nacido. Alguna maquinación debía ajustarse a lo que se merecía. Nos daríamos el gusto de castigarlo con algo de naturaleza semejante a lo que había creado a partir de su acto sucio. Lo embromaríamos por inmundo, fuese o no culpable de aquello que tratábamos de purgar.

—¿En verdad lo harían?

—Alfredo tenía un plan. Sabiendo que Galaviz vivía frente a la plazoleta del ancla, no sería difícil montar allí un puesto de vigilancia y asimilar los movimientos o las costumbres del tipo. Nuestro amigo conocía la zona y ya tenía identificado el automóvil que el policía manejaba; restaba ubicar la casa y actuar. Todos queríamos hacerlo, pese a los riesgos implícitos.

Damián Pecat meneó la cabeza, como indicando una explicación insuficiente. Efraín lo notó e hizo una apostilla.

—La idea de denunciarlo a las autoridades se había truncado, joven Pecat, pero esto podía simbolizar un buen castigo. Alfredo era un cabrón muy valiente que en varias oportunidades había tenido problemas de disciplina y conducta. Si debía meterse en una casa y robar un par de objetos, pues el coraje no le iría a fallar. Y este Galaviz era culpable por donde lo mirásemos; ¡tenía ganado un escarmiento! ¿Por qué no marcarlo con una cruz para que se diera por enterado y supiera que alguien se la estaba jurando?

—Pero... ¿era el sujeto correcto? —Pecat procuraba acoplar los trozos de historia.

—Como lobo mañero y tramposo que era, nadie más que él podría haber robado esos elementos de Lazhuri, esa bendita fotografía. Imaginábamos incluso el momento en que la había hurtado. ¿Se figura usted delinquir en tan terrible escenario? ¡Qué rabia nos daba pensar en eso! Taclero decía que él mismo se encargaría de todo y haría pagar al policía de manera conveniente. Era la única forma. Era eso o nada. Ejecutaríamos la sentencia por el capitán y por nosotros. «¿Qué hay que hacer?», preguntaba yo cuando en el cafetín nos poníamos a hablar. Por loco que pareciese, teníamos al culpable de aquel hurto y por alguno de sus tantos delitos debíamos hacerlo pagar. Yo apoyaba cabalmente a Alfredo. No era sensato dar vuelta la cara e ignorar lo que sabíamos. ¡Por el capitán y por la verdad, joven Pecat!

—Quiero entender mejor —dijo Damián absorto, algo confundido—. Luego de averiguar estos datos y esgrimir varias suposiciones, ¿ustedes ya daban por sentado que este tipo era el indicado? ¿Creían que Galaviz estaba en posesión de las pertenencias de Lazhuri?

—Estábamos convencidos de que era culpable. ¡Quién más podría haberse quedado con los elementos desaparecidos! Cierto es que un segundo policía había intervenido en el accidente, pero jamás oímos una palabra de él. El que acudía mes a mes a la taberna de Lozada era Galaviz, el que pasaba a cobrar sus impuestos era Galaviz, el que se presumía clicntc y amigo de la casa era Galaviz. Tal vez odiaba a Lazhuri... Quizá para él fue terrible comprobar que la prostituta había muerto, en definitiva, a manos del mismo tipo que le había prohibido seguir trabajando en la taberna. Reconocer a Alina y hallarla desfigurada y marchita tuvo que ser espantoso. De seguro se sintió turbado por la escena trágica y actuó en forma primitiva. Esa mujer ya no estaría nunca más en brazos de nadie por culpa del capitán. Esto tuvo que provocarle algo muy intenso, sin duda. Progresivamente, el suicidio del capitán se volvía para nosotros más y más dudoso. ¿Y si Galaviz había atentado contra su vida?

—No me diga que lo mató... —dijo Damián.

—Aunque absurdo, parecía posible. De allí que resonara la pregunta que Taclero había inyectado en nuestras mentes. «¿Cómo hacemos para recuperar esa fotografía o, en todo caso, para robarle algo de valor y dejarlo maltrecho?». La degradación era personal. Y si el tipo por ejemplo había palpado a Alina, a la bella rubia, cuando estaba muerta.

—Suena repugnante.

—Debíamos por eso encontrar el modo de recuperar esa imagen. Si la desaparición del pescador tenía una razón, nosotros la elevaríamos o la expondríamos. Por tal motivo decidimos ir tras el policía y vigilarlo. Ahora suena como una verdadera chifladura... ¿No es cierto?

—No puedo mentirle.

—Alfredo Taclero estaba enloquecido con la idea de acechar a un policía y convertirlo en víctima. Roizzino se emocionaba ante la posibilidad, pero también vacilaba, acaso apocado por las continuas advertencias de Juan Ambrosín. Era un juego aventurado, muy riesgoso. Yo temía únicamente por mi padre. Querría matarme si se enteraba de lo que tenía en mente. Pero también quería participar.

»Durante dos o tres días, Alfredo no hizo más que hablar de sus presuntos planes. Sabía cuál era la plazuela del ancla, pero aún no identificaba la casa de Galaviz. Ese era su próximo paso. La intriga no le permitía olvidar el asunto, decía. Tenía que averiguar más cosas. Y cuando a Taclero se le metía algo en la cabeza... Usted no sabe. Todos éramos responsables de sus insanas ocurrencias, y cuanto se proponía hacer era arriesgado, desde luego. Qué ocurrencia, ¿verdad?

Damián se hallaba abstraído. ¿Estaba oyendo un cuento propio de Álvar Velarque? ¿Efraín había vivido esto junto con Julio Roizzino, el deportista? Ya no tomaba notas; no sabía qué anotar. Movía el lápiz entre los dedos y estaba inquieto. Había dejado de escribir por puro ensimismamiento. ¿Tendría que hablar nuevamente con Agustín Ponce Arregui? La historia adquiría a cada instante visos dramáticos e intrigantes, y se preguntaba cómo encajaría todo eso en su trabajo. Tenía elementos más que sobrados para un escrito que asombrara a propios y extraños, que dejase entrever a un Roizzino humano antes que deportista. ¿Pero podía eso ajustarse a la idea que tenía Ponce Arregui? Luego de cincuenta años, las puertas del misterio se abrirían y el nombre del exjugador emergería a la par que el nombre de este otro sujeto vilipendiado, el pescador. La apuesta era altísima. Pero él no podía ignorar la historia.

Una verdad estaba por salir a la luz y le correspondía, más por periodista que por escritor, indagar y tratar de llegar al fondo del asunto. Que Ponce Arregui tomara la decisión del caso luego de leer el borrador.

La enfermera Olga ya no leía su revista y escuchaba a Efraín con un poco de escepticismo.

—Usted no se estará inventando semejante historia, ¿no? Se me ocurre que fabula con astucia para impresionarnos y tenernos atentos. Eso hacen los cuentistas.

Efraín negó con la cabeza y sonrió, al igual que Pecat. Dijo que no era necesario mentir; había suficiente verdad para sorprender.

—Alfredo proponía vigilar a Galaviz —prosiguió—. Quería aprender sus horarios, y además quería comprobar si tenía mujer o hijos, pues ese sería un inconveniente difícil de superar. Llegado el momento, si todo se presentaba favorablemente, él mismo vería cómo colarse en la casa para buscar la fotografía y consumar el propósito. Estaba decidido.

»Al principio todo sonaba como una barrabasada surgida en una noche de borrachera —admitió Efraín reflexivo—; no puedo negarlo. Averiguar quién era el tipo y tratar de denunciarlo parecía factible, pero acecharlo y exponer nuestro pellejo en el sondeo era indudablemente peligroso. Sin embargo la idea fue tomando cuerpo y sin darnos cuenta se volvió para nosotros una prioridad. Contagiados por el optimismo de Taclero, desdeñábamos los riesgos evidentes y mascullábamos: «¡Robarle a un ladrón! ¡Qué locura!». Pero sonaba genial. El mismísimo Julio Roizzino quería participar, pero Alfredo Taclero se mostraba al respecto categórico. Debido a su popularidad, no podíamos contar con la ayuda de Julio porque incluirlo en la misión era una apuesta demasiado azarosa. Cualquier persona en cualquier momento podía reconocerlo y todos nuestros planes, entonces, se verían comprometidos.

»A Julio esto no le gustó, pero entendió el reparo lógico de Taclero. Quería, no obstante, estar al tanto de cada movimiento o detalle del plan. Yo en cambio podía ayudar y fingir ser una persona anónima. Lo dije, y me mostré muy insistente. No permitiría que Taclero hiciera todo solo. ¡El plan era del grupo! ¡Era de todos!

—Entonces, ¿tenían un plan?

Efraín ladeó la cabeza.

—Teníamos una suerte de bosquejo y el tiempo además apretaba. Llegaba fin de año y Julio Roizzino en cuestión de días partiría de nuevo hacia Orencia. Y él quería saber cómo terminaba todo; lo exigía. Debíamos entonces apostarnos en la plazoleta del ancla y corroborar si el policía tenía o no familia. ¿La casa?... Taclero creía haber dado con ella. Pero restaba comprobar si el tipo vivía solo o si entraba y salía del lugar alguna otra persona, lo que en definitiva provocaría que el plan se archivase o tuviera que ser repensado. Los horarios en los que no se veía movimiento dentro o fuera de la casa, en síntesis, constituían el punto más importante a estipular.

—¡Qué va! Tenían un plan.

—Queríamos hacerlo antes de que Julio volviese a Orencia. Si Juan Ambrosín no quería participar era problema suyo, pero Roizzino merecía saber porque había estado con nosotros desde el inicio.

—Es lógico.

—Un día en el bar, casi como si fuera un juego, determinamos en qué consistirían las tareas de vigilancia. Primero iría Alfredo Taclero porque conocía a Galaviz y además porque era artífice de la idea; luego iría yo para corroborar datos por él recabados. El objetivo era vigilar desde una distancia segura y comprobar qué hacía el tipo y qué era de su vida.

»Cierto mediodía, Alfredo eligió un lugar estratégico de la plazoleta y lo ocupó fingiendo ser una persona que iba a disfrutar de una tarde recreativa. Eligió un banco, cerca del ancla que estaba en el centro, y se sentó a la espera de revelar *qué, quién y cuándo* en la vida del tal Galaviz. Llegó al lugar con un libro, unos pequeños binoculares y un anotador de bolsillo por si tenía que apuntar algo relevante.

—¿Unos binoculares?

—Sí, unos pequeños binoculares dorados que había comprado en la feria del puerto. Uno de esos prismáticos de bronce, pequeñitos... —Dudó un momento—. Tal vez ya no sean conocidos.

—Yo los conozco —intervino Olga de lo más atenta. Y parecía conocerlos muy bien porque puntualizó de qué material estaban fabricados los baratos y también los costosos. Mencionó plástico, madera, nácar y bronce. Hizo con las manos la figura de unos binoculares y simuló con ellos mirar por la ventana hacia la calle. Fue raro, pues la representación duró un par de segundos.

—Esos mismos —dijo Efraín y sonrió de placer por el comentario tan idóneo—. En principio yo recomendaba que Alfredo no los llevase, porque andar lejos del puerto con esos aparatos era infrecuente si uno no era marinero o turista. Pero finalmente comprobé su utilidad. Considerando que nuestro amigo tenía espíritu tan aventurero como insensato, antes que se fuera a montar guardia, con Julio le advertimos qué comportamiento debía adoptar para no llamar la atención. Esencialmente, debía quedarse quieto y no exponerse ni dejarse llevar por la emoción. Le dijimos que usara los binoculares con moderación, pues eran un arma de doble filo. Además, debía conservar una distancia prudente y una conducta ordinaria que lo mantuviesen a salvo. Si no descubría nada trascendente, convenía abandonar la plazoleta sin hacer ninguna tontería. Era fundamental esto último porque, sea lo que fuere que ocurriese, esos metros de distancia y una actitud normal eran la diferencia entre estar haciendo algo presuntamente ilegal y estar disfrutando una tarde de ocio en la plazuela.

—Una recomendación atinada —dijo Damián. La enfermera afirmó con la cabeza, como razonando.

—Pasado el atardecer de ese día, luego de unas cuantas horas de vigilancia y supuesto aburrimiento, Galaviz apareció en su automóvil bordeando la plaza, quizá viniendo desde su trabajo, y eso valió a Alfredo para corroborar aquello que presumía. En efecto, tenía ya identificada la casa del policía.

»Llegó al Español Colorado, tal como lo habíamos planeado, e intentó llenarnos de esperanzas con importantes detalles que aseguraba haber descubierto. No había demasiado, a decir verdad, pero algo parecía propicio: el territorio en cuestión, la plazoleta y el barrio, se mantenía en constante calma. Alfredo afirmó que no había percibido en la casa de Galaviz ninguna clase de movimiento. «El tipo vive solo», decía muy convencido. La quietud de esa casa era plena. No había mujeres ni tampoco niños saliendo o entrando.

»No parecía concluyente, según mi juicio. Había que corroborar este dato puntual. Era una verdadera locura actuar sin tomar previsiones. No podíamos jugarnos la cabeza en una sola mano. Pero Alfredo estaba tranquilo y confiado. Dijo que podría entrar a la casa en un abrir y cerrar de ojos. Le llevaría unos minutos hacerlo. Insistía... Pero nuestra resistencia parecía tan rotunda que Taclero se desdijo y se comprometió a vigilar de nuevo. Yo me quejé; dije que me tocaba a mí. Pero él se mostró apremiado y quiso tener otra chance.

—¿Y usted accedió?

—Yo ni siquiera conocía a Galaviz. Me ofrecí a acompañarlo, pero él se negó aludiendo que íbamos a levantar sospechas si estábamos en la plaza tantas horas. Me prometió la siguiente guardia, al otro día.

»Una vez más Alfredo hizo sus maniobras y vigiló como ya lo había hecho. Apareció en el Español diciendo básicamente lo mismo, incluso que Galaviz había llegado a su domicilio promediando la misma hora. Un dato de enorme valor. Aseguraba que en ausencia del policía la casa estaba efectivamente vacía. Con sus binoculares había podido examinar cada centímetro del lugar y nadie más vivía allí. Lo confirmaba; quería convencernos. «Hagámoslo de una vez», decía.

»Me tocaba vigilar a mí y lo dije. Por recomendación de Julio, puse un paño frío a la situación y señalé que no avalaría ninguna idea hasta tanto no estuviese convencido de que valía la pena actuar y asumir riesgos. Intenté poner las cosas en perspectiva; antes de ceder a las presunciones debíamos certificar datos. Eran miramientos claros y legítimos; tomarse el asunto a la ligera no era inteligente. Se lo dije varias veces y Alfredo comprendió. Me instó, pues, a que constatase lo que él decía. Me ofreció los binoculares, pero los rechacé. Parecía exagerado andar con... —Efraín tosió repentinamente y sacó a Olga de su estado de concentración. La enfermera se asustó y amagó a incorporarse de la silla, viendo que Efraín tosía como si estuviera ahogado.

Damián Pecat abrió los ojos e inhaló aire con los dientes apretados. Miró a Olga, que por fin abandonó la silla, dejando caer la revista a un costado, e indicó que Efraín tenía que descansar. Cenarían temprano.

Pecat sintió estas palabras como un golpe de bate en las piernas. Dijo suplicante que necesitaba oír el desenlace de la historia porque estaba próximo a volver a Orencia. Se reprochaba haber estado tanto tiempo en el cafetín e incluso haber pasado por la biblioteca.

Efraín intervino en favor del muchacho e indicó que quería terminar de hablar; de ninguna manera podría despedirse con el cuento a medio acabar. Propuso que Pecat se quedase a cenar. La mujer rechazó con tibieza lo que parecía ser una oferta, pero el hombre agravó su tono e insistió.

Pecat, aliviado por la determinación, pensando instintivamente en la posibilidad de probar comida casera, aseguró que no molestaría y que podrían comer tranquilos mientras él esperaba en el living.

—No sea tonto —dijo Efraín recobrando su tono de voz afable—. No sabe cómo cocina de rico Olga. ¡Quédese con nosotros! Cenaremos en la cocina si le incomoda hacerlo en la habitación.

—No, no es por eso, señor Efraín.

—Entonces comeremos aquí. ¡Está decidido! Luego seguiremos con la charla.

La enfermera dijo que debía asear a Efraín y prepararlo para la cena. Le pidió a Damián que esperase en el living.

Serían aproximadamente las ocho y media; ya era de noche y hacía frío, incluso dentro de la casa. El invierno seguía sintiéndose.

Damián Pecat sabía de misterios y peligros, pues había crecido en esos campos. Ya de niño había fantaseado con vidas que lo llevaban a adentrarse en los numerosos pero deleznables mundos del quizá. Había esperado, activamente en su fantasía, a personas que nunca lo reclamarían y por ello permanecía agazapado en la oscuridad de su habitación, jugando el juego de ocultarse y simulando necedad respecto de sus orígenes. Muchas veces se escurría de la vista de sus padres adoptivos tan solo para palpitar el regreso de unos padres incógnitos que nunca habían estado para acompañarlo en sus vacilaciones.

¿Qué podía ser más emocionante que enfrentar un peligro o develar un misterio? ¿Cómo se desbarataba la pretensión inagotable de una búsqueda, aun cuando la misma no reflejaba sus intenciones? El ejercicio de preguntar y repreguntar no solo daba sentido al movimiento, sino que lo causaba. Se había criado así, en buena medida gracias a su madre y a su imaginación. ¿Cómo podrían entonces los muchachos escapar de ese destino, de una promesa más que de una chance?

Sabía que el objeto de la aventura valía la aventura misma. Se figuraba sujetos extraños intentando resignificar una historia desconocida y conseguía plasmarlos en su cabeza. Pensaba en todo lo que le había contado Efraín y le apenaba verlo sufriendo una irreparable espera, bajo el cuidado de una enfermera que pronto acabaría su labor. Allí estaría Efraín, recostándose con un cuerpo enfermo, alisando sábanas que alguien más debía cambiar y limpiar en su nombre. Se compadeció y hasta le pareció indigno. Había en su estado de vida un matiz de traición biológica. No le gustó pensar esto.

¿Se podía medir el provecho y perjuicio de un silencio juramentado? Quiso evaluar la posibilidad para alejar reflexiones sombrías. ¿Tenía Efraín una aguja atravesada en sus entrañas, o romper el juramento se debía a una necesidad esencial, algo que en su finalidad intrínseca debía concluir?

Distinguía el relieve de una vida marcada por una mancha que había sido un silencio tal vez absurdo. No dejaba de preguntarse por qué este grupo de amigos habría callado tanto tiempo. Probar la lealtad sufriendo un compromiso que por el simple paso de los años perdería mérito moral se adivinaba tan ilógico como nocivo. ¿Cuán graves podían ser las razones? ¿Creaban los juramentos auténticos lazos o eran una demostración momentánea de fidelidad, una prueba que irremediablemente perdía significación?

Tal vez Efraín había sido atrapado por estas dudas y por cuenta de la nobleza se había dicho por años: «Todo juramento promete cárcel». Cierto. Pero de uno dependía escapar o llamarse a la responsabilidad culposa para no expectorar lo que tienta a salir. ¿Cuánto vale un secreto que quiere explotar en el pecho? ¿Cuánta vida ocupa una confidencia?

¿Podría Efraín justificar la vergüenza de haber callado un asunto que no merecía tan escrupuloso mutismo?

Abandonó la abstracción cuando se percató de que la enfermera Olga estaba parada detrás de su sillón. Cerró su libreta y le preguntó, una vez más, si Efraín estaba bien.

Sintió que la radio antigua volvía a sonar, luego de haber quedado en segundo plano, y se incorporó para seguir a la mujer que lo invitaba a retornar a la habitación. Ella dijo que prepararía la cena. Él pensó en sus propias culpas, en esas que rozaban su alma. El rostro de Anabel acudió a su mente.

Notó que en la habitación había un aroma diferente, más fresco. Efraín lo recibió con una sonrisa.

UNA ÚLTIMA CENA

Durante treinta minutos hablaron distendidamente de cosas que no se relacionaban con Julio Roizzino o Lazhuri. Cenaron en la habitación, luego de que Olga se acercara con platos humeantes de sopa y con porciones de carne blanca. Hablaron de sus respectivas familias, dando referencias no muy concretas. Efraín mencionó a su hermana mayor, que lo ayudaba en todo lo que podía, y luego habló de su madre fallecida cuando él era pequeño. De su padre ya había hablado, dijo.

Sostenía su plato en una bandeja que apoyaba sobre sus piernas. Mientras hablaba hacía equilibrio para que nada se le volcase. Parecía incómodo, pero cuando Olga amagaba a acercarse para asistirlo, él le indicaba que podía valerse por sí mismo. Esto pasó dos veces. Tomó una medicina (una cápsula de dos colores) con un largo sorbo de agua y desde luego no hizo referencia alguna a su estado de salud.

También habló de su esposa fallecida, con la cual había tenido demasiados altibajos, e hizo algunos comentarios acerca de la soledad y de los hijos que nunca habían llegado. Por último, agradeció haber conocido a Olga en tan complicada etapa de su vida. Ella lo atendía bien, lo hacía sentir querido y encima le cobraba barato. Sonrió, y también lo hizo ella.

A Damián todo le parecía muy deprimente, pero no lo dijo.

Habló él de su familia adoptiva, de sus padres y hermanos, y también mencionó a su novia Anabel.

Respecto de la familia adoptiva, la conversación podría haberse extendido, pero fue Efraín quien prefirió guardar recato y no preguntar. Damián contó que había sido adoptado luego de ser abandonado en la puerta de un hospital. Reveló que nunca había tenido noticia alguna de sus padres biológicos.

No le interesaban, dijo mintiendo. Le parecía curioso, eso sí, no saber qué día había nacido.

Luego mencionó su vuelta a Orencia y consideró que la laboriosa recolección de datos estaba por terminar. Se sentía por ello agradecido. Efraín se encantó ante la posibilidad de verse reflejado en las páginas de un libro, en donde estarían también sus amigos. Luego de pensarlo se disculpó. No quería ser pretencioso.

Damián comentó que había meditado la posibilidad de utilizar seudónimos para aludir a ciertas personas y no generar problemas. Sería su jefe, en cualquier caso, quien lo decidiese.

—Los muchachos —dijo Efraín— se sentirían enaltecidos por aparecer en un libro, y ni le digo el mozo Álvar. Pero nombrar al policía, por más que ya esté muerto, sería algo así como involucrar a una fuerza armada. Desconozco los procedimientos periodísticos... Pero mejor volvamos a lo nuestro, ¿no le parece?

Olga aprovechó una pausa para retirar los platos. Dijo que en breve prepararía unas infusiones para hacer la digestión. Salió de la habitación, pero volvió a los pocos segundos para recoger unos cubiertos que habían quedado en la mesita. Le echó a Efraín una mirada contemplativa, pues con cierta dificultad este intentaba acomodarse en la cama para adoptar una postura más erguida.

—¡Puedo solo! —dijo cuando ella intentó ayudarlo.

Olga encaró hacia la cocina con los trastos restantes. Efraín parecía satisfecho, contento y nada enfermo.

—¿Ya se despidió de Álvar? —preguntó frunciendo el entrecejo—. No puedo imaginar la sorpresa que se llevará el mozo al leer la historia completa. Sí que me gustaría ver su cara.

—Pasé a saludarlo al mediodía. Aprovechó para contarme una breve historia del capitán Lazhuri, una historia que francamente me dejó helado. «Un rumor», según recalcó.

A Efraín se le escapó una sonrisa y aguzó la vista.

—¿Un rumor? ¿Qué cosa le contó ese viejo embustero?

Damián habló de la venganza de Lazhuri con tanto detalle como su cabeza y la libreta le permitían. El capitán no había asesinado a cualquier tipo, sino al mismo que lo había herido en aquel atraco del restaurante. El asunto era de por sí turbador.

Efraín meneó la cabeza y apartó la mirada, lo cual desarticuló a Damián. «En verdad pasó», se dijo entre hechizado y sobrecogido.

—No todo es blanco o negro, joven Pecat. No suelo relatar chismes y, particularmente, no me compete ese cuento de pescadores. ¿Escuché tal cosa alguna vez? Claro que sí. No creo que haya persona de mi edad que no haya oído de esa supuesta venganza. Es más, hay una ínfima parte de esa leyenda que me sirvió de inspiración para la aventura que yo vengo relatando. Un detalle de color, podrá luego comprobar. Pero no nos adelantemos; aún falta para eso.

—Bien —dijo Pecat—. Creo que me iba a contar lo que sucedió luego de la vigilancia hecha por su amigo Alfredo Taclero. Ahora le tocaba vigilar a usted.

—En efecto —dijo Efraín mientras observaba a Olga, que entraba en la habitación cargando la bandeja con las tazas y el agua—. ¡Qué rápido! Ya tenemos el té.

—El agua estaba caliente —explicó ella impasible, y enseguida sirvió las tres tazas.

Cada uno recibió la suya y le puso azúcar a gusto. Estuvieron en silencio pocos segundos, mientras revolvían sus infusiones.

—Me tocaba vigilar a mí —dijo Efraín—. El objetivo era poner en la mira al culpable. ¡Eso era el policía Galaviz! Alfredo me indicó desde dónde debía vigilar para no ser descubierto; también, desde luego, me dijo cuál era la casa del tipo y cómo era el automóvil que manejaba. Así que todo estaba dispuesto. Serían las dos de la tarde cuando agarré mi tablero de ajedrez y fui hacia la plazuela del ancla para hacer mi vigilancia.

Damián parpadeó ante el detalle.

—¿Un tablero de ajedrez?

—El hermoso tablero de mi padre —dijo Efraín—. Lo llevé a la plazoleta para despistar y jugar. Si tenía que estar sentado durante horas, bien podría aprovechar el tiempo y jugar alguna partida, ¿entiende? Puede que en Orencia no se estile jugar ajedrez en espacios abiertos, pero aquí ocurría entonces con más frecuencia que en la actualidad. Había quien visitaba las plazas para disfrutar de un rato ocioso, y también quien se sentaba en un banco a la espera de compartir algún juego de ajedrez o de dominó. Sería una modestísima pero efectiva distracción. Eso pensé. Pasaría por una persona común que no se proponía nada malsano ni tenía en mente acechar a un vecino del barrio. Solo debía sentarme y jugar ajedrez contra alguien o contra mi sombra, y en el entretanto espiar la casa de Galaviz. No parecía difícil. El ajedrez es un juego de silencios; perfectamente podría vigilar entre movida y movida, teniendo un ojo en el tablero y otro en la casa.

—Así pues, ¿llegó al lugar, abrió el tablero y se puso a jugar?...

—¡No crea que fue fácil! Oh Dios... Me senté en la plazoleta, cerca del ancla, y estuve más de una hora aburriéndome de lo lindo porque en la casa del policía no percibía el movimiento de una mosca. El tipo evidentemente no estaba y en ese lugar no vivía ninguna familia. Tal vez los binoculares habían ayudado a Alfredo, pero yo no los traía encima y el aburrimiento era insoportable. Así que empecé a mirar a la poca gente que caminaba por la plaza y moví una y otra vez mis piezas de ajedrez para ver si alguien se acercaba y hacíamos una partida. Nadie en los primeros minutos. Esperé pacientemente a que alguien al menos se dignara a mirarme. Nadie. Los pocos que andaban por la plazuela ni se mosqueaban de curiosidad. Luego de un rato una persona mayor se acercó y me preguntó si quería jugar o si esperaba a alguien. Acepté de inmediato, por supuesto. El tipo tomó asiento y, luego de comentar algunas tonterías, arrancamos la partida. Lo dejé jugar con blancas. Los primeros movimientos fueron amables; intercambiamos algunas fichas quizá por mera cortesía. Pero resulta que el tipo sabía jugar y creo que lo sorprendí. Gané la primera partida luego de un enfrentamiento que nos demandó más de treinta minutos. La casa de Galaviz seguía en silencio. Me despreocupé y traté de disfrutar el juego. Iniciamos una revancha y el tipo jugó duro, muy concentrado y sin regalar nada. Supongo que no quería perder dos veces seguidas contra un muchachito. Me ganó de buena ley. Arrancamos la tercera partida; ciertamente la definitoria. No le iba a tener lástima por más que tuviera edad para ser mi abuelo. Al cabo de un rato, luego de agarrarme la cabeza de tanto pensar, comencé a ganar terreno y la estrategia audaz que me había propuesto dio frutos. Quedé bien posicionado. ¡La victoria era mía! Sí, pero de pronto el mundo se puso patas para arriba y todo se fue a pique... Qué digo a pique, ¡al diablo! Tomé un par de decisiones erradas y eché por tierra mi último juego. No puedo recordar ese momento sino de forma desagradable, joven. Galaviz apareció frente a mi persona y ahí todo se arruinó; no solo mi juego.

—¡No puede ser! —farfulló Damián.

—Aunque parezca increíble... —dijo Efraín—. El mismísimo policía estaba frente a la mesa y casi me hizo caer de espanto. Sabía que era Galaviz, aunque nunca lo había visto. Estaba parado a escasos centímetros de la mesa. «Galaviz», pensé aterrado, y sentí en la nuca una pesadez que casi me llevó al desmayo. Aparté la vista raudamente y volví a posar los ojos en el tablero. Acomodé la visera de mi gorra marinera para proteger mi identidad y ya no quise levantar la cabeza ni

siquiera para observar a mi contrincante. Estaba tremenda-
mente perturbado.

—¿El policía sospechaba algo? ¿Qué hacía en la plaza?

—Tal vez se había acercado para curiosear o presenciar la
partida de ajedrez. No lo sé, pero ¡era insólito! Era más viejo,
gordo y desaliñado de lo que imaginaba. Los nervios se me
crisparon... ¡Imagínese! Ese bigote que Taclero había descripto
morrocotudo tenía su razón de ser. No podía ser otro que el
policía que yo debía estar vigilando.

»Ojeé con disimulo la casa que debía vigilar, y en efecto
comprobé que su auto estaba estacionado al borde de la calza-
da. ¡Era el tipo! Me sentí acorralado y tuve deseos de echar a
correr. Pero todavía estaba jugando y no podía abandonar. Me
volví consciente de la plazoleta, de la gente y de la tarde. Pensé
en lo que había estado haciendo allí y percibí, por puro temor,
que Galaviz estaba a mi lado para amenazarme. Otras dos personas observaban la partida y no imaginaban mis intenciones.

»Ahora se lo cuento livianamente, joven Pecat, pero no
sabe usted el pánico que me entró. Mi mente se nubló y ya no
me permitió hilar una sola jugada. No podía pensar, así que mi
nivel de juego decayó y mi desempeño se volvió discutible.
Luego de dos movimientos desafortunados, la persona que
enfrentaba se aprovechó y tomó ventaja. Yo estaba sufriendo
y pensé en rendirme como nunca antes había hecho. Pero mi
contrincante hizo un movimiento inesperado, llevando un alfil
a posición desprotegida, y me puso en jaque... Oí un murmu-
llo alrededor, pero no hice caso. Ni siquiera sabía cómo había
pasado tal cosa; no lo había previsto; no entendía la jugada;
me sentía desconcertado. El policía estaba parado a escasos
dos metros de la mesa, y yo identificaba inequívocamente la
sombra de su cuerpo, que era proyectada en el tablero al igual
que las sombras de algunas ramas. La tarde había pasado y yo
había perdido noción de la hora. Pero no me animé siquiera a

chequear mi reloj. Comencé a sacrificar mis piezas, una a una, las mismas que antes había posicionado con tanto esfuerzo, para salvarme del jaque mate inexorable y no quedar como un deplorable competidor. Una de las personas que observaba el enfrentamiento se alejó, acaso previendo el desenlace. Mi contrincante no tuvo piedad y desplegó su juego más agresivo. En dos o tres minutos me derrotó. No pude más que gesticular como un ingenuo; imposible defender mi mal rendimiento súbito. El hombre me preguntó si me sentía bien y solo dije que tenía que marcharme. ¿Qué más podía hacer?

—Qué situación...

—Mi contrincante abandonó su asiento y me tendió la mano respetuosamente. Yo devolví el saludo, pero no pude acompañar el gesto cortés con la mirada porque temía que Galaviz reparase en mis facciones si erguía el cuello. El señor se retiró de la mesa vencedor. Quién sabe qué habrá pensado. Debió considerarme grosero y encima mal perdedor.

»No quise pasar un instante más en la plazoleta. Reuní las piezas del tablero y las guardé sin ningún cuidado en la caja que mi padre con tanto cariño les había asignado. Siempre con la cabeza gacha, como un muchachito ofendido, dejé mi asiento y, antes de iniciar mi huida, oí la voz del policía largando una carcajada y diciéndole al otro espectador: «No era tan buen jugador. Es solo un niño».

—¡Qué desgraciado! —espetó Damián. Olga echó una mirada grave intentando respaldar la afirmación.

—Me sentí francamente humillado, y al cabo de unos minutos, cuando ya estaba a tres cuadras de la plazoleta, comenzó a inundarme una sed de revancha que nunca había experimentado. De repente quería hacer pagar a este tipo con más avidez que Taclero. En mi cabeza, los elementos que el capitán había penado hasta su muerte descansaban en manos de este bandido que todavía se daba el gusto de hacerse llamar policía. ¡Qué tremenda bronca me invadió! Ese comentario insolente hinchó mi alma de veneno y quise hacerlo pagar. Me propuse, pues, ayudar a Alfredo Taclero en lo que hiciera falta. ¡Ahora sí iba en serio! ¡No me frenarían los riesgos! Fui al Español Colorado, sobre el atardecer, y avalé la información que había dado Taclero en sus dos vigilancias previas. Dije muy resuelto que debíamos recuperar la fotografía o, como mínimo, causarle al tipo algún dolor de cabeza. No mencioné el juego de ajedrez y nunca lo hice.

—Pero... —Damián parecía confundido—. ¿Cómo no habló del juego? ¿Y si lo habían descubierto?

—Improbable. Galaviz no me conocía; yo era un simple muchachito pasando el rato en la plazoleta. Además, no quería revelar detalle de lo sucedido porque los muchachos iban a reprenderme y no íbamos a ganar nada. Conjeturé, quizá para convencerme, que la aparición del policía había sido absolutamente fortuita y preferí callar. Había cometido un error negligente, pero ya no podía remediarlo. Y no quería arruinar los planes. Durante el mediodía, o en las primeras horas de la tarde, no volaba una mosca en la casa de Galaviz y eso sí pude confirmarlo. El barrio era un cementerio. Dije que debíamos intentar algo más, por ejemplo una irrupción, antes de que nos diera un ataque de los malos. Juan Ambrosín, que ese día no estaba presente, me hubiese tratado de loco. Pero yo no estaba loco. Manifesté que ese horario era perfecto porque se veía poco movimiento en el barrio. Taclero de un sopetón dijo que debíamos hacerlo; era nuestro deber. Julio Roizzino miraba desencajado, riendo de ansiedad. «Es muy arriesgado», decía, como si fuese Ambrosín. Pero Taclero sabía cómo entrar y enseguida expuso su plan. Nos explicó que las ventanas de la casa de Galaviz eran como las de su casa (la casa de sus abuelos), y aseguró que eran muy fáciles de fastidiar. «En un segundo entro y salgo», repetía animosamente, al tiempo que argumentaba su decisión esperando que lo apoyásemos. Pero yo no quería que fuera él; quería ir yo mismo para hacerle al policía alguna jugarreta, aunque no recuperase ninguna de las pertenencias robadas. Para mí era una cuestión personal. ¡Así lo veía!

—Parece una locura —dijo Damián divertido. Olga acusaba en el rostro una evidente expresión de incredulidad—. ¿De veras se ofreció usted mismo?

—Alfredo Taclero decía que ni de casualidad me permitiría cargar con el problema. Si quería ayudar, podría hacerlo vigilando mientras él se metía en la casa. Debíamos hacer una *irrupción limpia*: entrar y salir en pocos minutos. Esa argumentación me dio una ocurrencia... ¡Una gran ocurrencia! Me aferré a ella para justificar mi oferta y demostrar que el sujeto indicado para proceder era yo. Mi razonamiento cuadraba. Sabía del riesgo que corría, pero era acertado que lo hiciese yo por varios motivos. Era mucho más ágil y menudo que Alfredo, lo cual se traducía en un ingreso más sigiloso y veloz, y además nadie conocía mi rostro fuera del Español o de la barbería de mi padre, ya que no andaba en la noche o en el puerto con tanta frecuencia como lo hacía Alfredo. Era ventajoso ser un completo extraño. Julio asentía al escuchar mis argumentos; sabía cuánta razón tenía. Por último, agregué que confiaba ciegamente en la capacidad de Taclero para vigilar mis espaldas, dado que él manejaba el equipo de vigilancia más competentemente. No hubo más que decir. Taclero hizo una mueca de resignación y a los pocos minutos cedió. Roizzino lo animó a reconocer mi exposición, cosa que a la postre hizo.

—¿Y si el policía no era culpable? —intervino Olga preocupada por la suerte del hombre.

—A esa altura no teníamos dudas. Galaviz era el ladrón que buscábamos. Por su evidente inclinación hacia los asuntos corruptos, por su intervención en la escena del accidente, por su asistencia al antiguo Le Tiers... Eran demasiadas coincidencias y ninguno de nosotros creía en coincidencias. Si no podíamos hacerlo pagar por este crimen, lo haríamos pagar por alguno de los restantes. ¡Nuestro pequeño acto de vanidad! —dijo Efraín alusivo. Olga lo miró tal vez sin entender. Estaba sorprendida por el rumbo que había tomado la historia—. Llegado este punto nos movía un deseo poco altruista. Pero tanta confianza tenía justificación: Taclero podía entrenarme con las ventanas de su casa para que en el momento de actuar la tarea resultara fácil. Según Alfredo, la maniobra demandaría no más de diez segundos. Si yo no me animaba, se haría cargo él. Aseguró que las ventanas eran una porquería y fastidiarlas era menos dificultoso que descorchar una botella de vino. Fuimos a la casa de su abuelo para practicar.

»Luego de aprender el truco para vencer el pestillo de seguridad de una de las ventanas que daba hacia el exterior, probé tres o cuatro veces y pude abrirla sin ningún esfuerzo. El abuelo de Alfredo gritaba para saber qué demonios estábamos haciendo; abriendo y cerrando dejábamos entrar la tierra que volaba. Las trabas de seguridad de la ventana eran muy ineficaces. Empujando la esquina de una de las dos mitades de la ventana, la madera se arqueaba ligeramente y la traba cedía por sí sola. ¡Absurdo! Al cabo de unos minutos ni siquiera tenía sentido la práctica; ya estaba listo. El corcho de una botella de vino, en efecto, presentaba mayor dificultad o resistencia.

La enfermera Olga no sabía si pararse para llevar las tazas a la cocina o terminar de oír el relato. Cada tanto dejaba escapar una mueca silente pero incontenible, sobre todo cuando algún comentario despertaba su escepticismo. Se preguntaba si Efraín estaba inventándose la historia para impresionar al joven periodista. Pero la trama era demasiado enmarañada. No conocía a nadie en San Sálfiro capaz de improvisar algo tan complejo y con semejante nivel de detalle. Efraín tal vez hubiese sido buen escritor.

—Irrumpir en una casa no es tan difícil como puede presumirse —dijo Efraín en una lícita observación, dirigiéndose a los dos oyentes—. En algo sí se parece a las películas: si uno está decidido, el allanamiento a la propiedad privada se hace efectivo en pocos segundos.

—¡Qué extraño suena eso! —dijo Damián sonriendo. Había llenado dos hojas de la libreta. Ahora anotaba sucesos en forma cronológica.

—Tenía una idea. Para acercarme a la casa del policía fingiría ser un repartidor de diarios. Vestiría ropas adecuadas y podría acercarme al lugar sin despertar suspicacias en quien me viese rondando. Entraría por el patio para luego abrir alguna ventana y proceder. Estaba enfocado. No solo tenía un bolso típico de trabajador, sino también ropa afín y una gorra marinera que en nada se diferenciaba a las que usaban algunos repartidores. Podría parecer un pibe cualquiera haciendo una entrega. El plan era elemental pero sólido. Alfredo en este punto parecía ser el más avispado. Nos emocionaba la posibilidad de hacer una travesura justiciera. ¿Podríamos así llamarla? Yo diría que sí. Haríamos algo ilegal, pero no movidos por la malicia.

Damián Pecat volteó varias hojas de su libreta. Efraín no lo notó y prosiguió:

—Asignamos las tareas... Yo entraría en la casa y Taclero montaría guardia desde la plazoleta para alertarme de cualquier peligro. Tampoco queríamos arriesgar el pellejo de gusto, sin tomar precauciones.

—Señor, me quedé pensando en algo. Entiendo que Juan Ambrosín no estaba con ustedes, pero sin embargo fue parte del juramento. ¿Finalmente él supo todo?

—Pronto entendimos por qué Juan se mantenía al margen. Su novia Aiko estaba embarazada.

—¿La chica japonesa?

—Pero... ¿usted ya sabe de ella?

—No, Álvar simplemente la mencionó. ¿Era japonesa?

—Sí. Más tarde Aiko fue su esposa y la madre de sus hijos.

Damián repitió el nombre y lo anotó. Le mostró a Efraín para verificar si estaba bien escrito. Este se echó a reír con ganas. ¡Presumía que sí! Nunca había reparado en ese detalle.

—Juan tuvo que casarse con la chica a poco que Julio se accidentara. Aiko había puesto de lado sus creencias y las fuertes tradiciones de su cultura para estar con Juan, un extranjero para ella y su familia. Y eso, joven Pecat, en la época no era algo baladí.

—Una transgresora —acotó Olga—. Muy valiente esa chica.

—Sobre el final de la aventura le contamos a Juan Ambrosín cómo había resultado todo e ideamos, asimismo, el juramento. Lo sucedido le pareció inaudito. Al principio se horrorizó, pero finalmente se alegró por Julio y por nosotros. Prometió no hablar jamás con nadie; dijo que podíamos confiar en él. Los cuatro compartiríamos el silencio de por vida. Podemos inferir que cumplió con su palabra.

—Me hablaba de la irrupción —recordó Damián, y tuvo el reflejo de mirar la hora. No quería que se hiciera más tarde y que Olga perdiera el buen ánimo.

—Sí, sí, la irrupción —dijo Efraín despabilado—. Pero antes de dar ese paso, Alfredo Taclero quiso revisar el automóvil de Galaviz para comprobar si de casualidad la búsqueda no terminaba allí. ¡Valía la pena hacer el intento! Quizás encontrásemos en el coche las pertenencias del capitán y todo acabara pronto.

»Alfredo se jactaba de poder abrir cualquier vehículo por medio de sus ventanillas sin que se le cayera una gota de transpiración. Así que nos pusimos de acuerdo, sin mucha preparación, y una medianoche nos lanzamos hacia la plazuela del ancla para la faena. Vino con nosotros Julio Roizzino. No había un alma en las calles y el riesgo que suponía andar en su compañía era casi inexistente. Las casas permanecían cerradas y apenas si escapaban de ellas tibias luces por el reborde de los postigos o por debajo de las puertas. Debíamos sacarle partido a la noche de San Sálfiro y adueñarnos, en sentido figurado, del automóvil de Galaviz. Esperaríamos en la plazoleta espiando con disimulo la casa, valiéndonos de seis ojos, y cuando el tipo apagara las luces y diera señales de que se había retirado a dormir, daríamos nuestro primer paso como delincuentes. El automóvil era el objetivo.

»Nos apostamos en un banco que daba a una mesa de cemento para la recreación (y para jugar ajedrez) y allí nos quedamos hasta certificar que en el interior de la casa del policía no quedaba una lámpara encendida ni movimientos que indicasen actividad. Bien pasada la medianoche el tipo se fue a dormir. Yo debía volver a mi casa de un momento a otro; supuestamente estaba en el Español. Estuvimos sentados en ese banco más de una hora, calculando cuándo era conveniente acercarse al auto y cómo hacerlo para que ningún perro nos divisara y echara a ladrar como un demonio. Tuvimos al fin ocasión de actuar.

—¿¡Tuvieron suerte!?

—Si supiera cuán fácil fue para Taclero abrir ese auto, me doy cuenta ahora de que hubiera sido perfecto hallar la fotografía, por ejemplo, en la guantera o en algún portaobjetos, acaso oculta entre otros papeles. Alfredo metió un alambre por una de las ventanillas triangulares y levantó el pestillo sin más. Lo consiguió en cuestión de segundos. Con Julio Roizzino nos manteníamos a escasos metros, expectantes. Alfredo, agazapado y en cuclillas, nos miraba con complicidad y sonreía con cara de chiflado.

—¿Y qué encontró?

—Nada. Algunas porquerías de diferente naturaleza, pero ni rastro de lo que buscábamos. Le confieso que me decepcioné. De pronto prefería hallar la bendita fotografía en ese instante y terminar con el misterio. Tuve deseos de agarrar mi navaja y acuchillar los tapizados del vehículo, ¡para que el tipo aprendiera! Pero Alfredo me detuvo e impidió que hiciera una locura. Si Galaviz notaba que alguien estaba fastidiándolo, pues su sentido de alerta aumentaría y nuestros planes se verían entorpecidos. Julio le dio la razón. «Vamos, vamos. ¡Escapemos!», dijo Taclero, y nos alejamos del vehículo.

»En un acto de lucidez, no obstante, se me ocurrió asomarme a la casa y verificar que las ventanas fueran las mismas que había en casa de mi amigo. Quería asegurarme. Vislumbré un patio por el cual podría entrar sin que nadie me viera. Daba al fondo de la vivienda. Eso me dio esperanzas, pues para no mentirle, joven Pecat, debo confesar que estaba acobardado.

—No es para menos.

—Entrar en una casa no sería lo mismo que revisar un automóvil. Pero no dije nada y nos alejamos de la plazoleta tonteando y riéndonos por el fracaso. Al menos nadie nos había descubierto. Manifesté que era mi turno y me fingí lleno de coraje. No quería quedar frente a mis amigos como un cobarde. «Creo que tendría que entrar mañana mismo», insinué. Los muchachos me miraron con atención, acaso para comprobar si mi propuesta iba en serio. «Mañana mismo», confirmé. Alfredo Taclero dijo que era buena idea. No era lógico llegar a las fiestas de navidad en medio de este dilema.

—¿Estaba por llegar la navidad? —dijo Pecat discurriendo.

—¿Navidad? —intervino Olga—. Pero ¡qué vergüenza comportarse así! ¡Qué muchachitos!

Efraín dijo que era de los buenos. Qué caso tenía juzgarlo luego de tanto tiempo.

—Esa noche —prosiguió— me sentía preocupado. ¿Tendría coraje suficiente para meterme en la casa? Era una cuestión de orgullo. No podía acobardarme. La irrupción en sí misma, la acción, era tan importante como el resultado de la faena.

»Habíamos pactado con Roizzino y Taclero encontrarnos al día siguiente en el bar, sobre el mediodía, para ultimar detalles y hablar no solo de la judiada, sino también de lo que iría a robarle y de...

—¿Judiadas en épocas navideñas? —interrumpió Olga, y enseguida dejó escapar una sonrisa.

—Habíamos planeado preparar para Galaviz alguna diablura que le pusiera los pelos de punta. ¡Una judiada!, bien entenderán. Pensamos algunas fechorías sutiles y otras muy desvergonzadas. No nos contentaríamos con robarle algún elemento que fuera a torturarlo emocionalmente. ¿Y si le dejábamos un mensaje críptico que le arruinase las fiestas de fin de año? ¡¿Y si agarraba mi navaja y cortaba cuanta tela se me pusiera en el camino?! Esa noche me costó conciliar el sueño. Mientras me preparaba para la invasión, consideré un sutil mensaje para dejarle a Galaviz: un guiño críptico, algo que lo hiciera pensar y desconfiar. Si encontraba los elementos robados, sobre todo la fotografía de Alina, dejaría en su reemplazo algo más.

—¿Algo más?

—Una adivinanza. Si daba con la fotografía, dejaría en su lugar una adivinanza que aludiera a Manuel Lazhuri. ¡Sí, me dije que eso sería irónico! Depositaría en reemplazo de la fotografía un papelito con una frase que sugiriese la presencia del capitán en la casa... ¡Magnífico! ¡Casi maquiavélico! Pensar esto me entusiasmó. Luego de dos horas me dormí. Al día siguiente, en la barbería, mi padre me miraba enigmáticamente y como sospechando que escondía algo. No pude más que esbozar una mentira. Revelé que había conocido a una chica y que estaba ansioso. Mi padre reía y mi hermana se burlaba diciendo que me seguiría para espiar. Yo me excusaba con frases reticentes, pidiendo que no me molestasen ni me pusieran todavía más nervioso. Agarré un papel y sobre él tracé un detalle preciso que apuntaría directamente a Manuel Lazhuri. Me preparé para irme.

»Era el día indicado; no había vuelta atrás. Proyecté un plan para no dejar nada librado al azar ni acobardarme a último momento. Imaginé en qué recoveco podría estar guardado aquello que el policía robaba en sus allanamientos o intervenciones. Se me ocurrieron algunos escondrijos, de hecho. Los enumeré mentalmente para no vacilar en el delicado momento de buscar. Contemplaba diversas contingencias para no perder tiempo no bien estuviera en el interior. Debía trazar una ruta factible, ingeniar un procedimiento para entrar y salir de la casa en menos de cinco minutos.

»Llegué al Español y me reuní con los muchachos. Mientras tomábamos café, Taclero repasó el plan y dijo que tenía pensada una venganza muy chusca. Pintura sintética de color rojo. En el interior de la casa, en cualquier pared, tendría yo que dibujar una diana acompañada de una advertencia mafiosa: «Retírese del juego o laméntelo». Imaginaba Alfredo que Galaviz se sentiría perturbado al toparse con dicho mensaje y no volvería jamás por la taberna. Todos nos reímos, pero observé que andar con una lata de pintura encima no sería cómodo. Luego les hablé de mi adivinanza y sugerí que tan simple papelito volvería loco a ese cretino. Lo haría sufrir y sugestionarse de la peor forma. Insinué que alguien tan corrupto como el policía no se amedrentaría frente a un mensaje mafioso. Por el contrario: tal vez apareciese por la taberna y, al indagar y enfrentarse con Lozada, surgiese el nombre de Taclero. Sí, un muchacho que había estado haciendo extrañas preguntas.

—Una evaluación muy lúcida.

—Eso dijeron los muchachos. Mi adivinanza en cambio era sutil, pero sería devastadora. Ciertamente haría vacilar a Galaviz. ¿Alguien actuaba en nombre del pescador? Sería fabuloso. Los muchachos así lo juzgaron y apoyaron mi iniciativa. Admitieron que era irónica y ocurrente. Me mostré seguro y dije que en efecto lo era.

»Pero en mi interior la vacilación existía. De pronto el juego de ajedrez ya no parecía importante, y recuperar las pertenencias del capitán equivalía a un sacrificio. ¡Estaba acobardado! No quería figurarme en tal situación ni loco. Si se enteraba mi padre, sin duda me desterraría. ¿Se imagina usted si algo salía mal y era pescado en pleno acto? Por Dios, no quería caer preso. Debía entrar y salir del lugar sin dejar ningún rastro. ¡Quién sabe qué clase de detective se escondía detrás de ese policía! ¡Fantaseaba horriblemente con eso!

—¿Cómo iba a entrar? ¿Lo sabía?

—La casa tenía puntos débiles, amén de las ventanas inseguras. El patio que había observado la noche anterior me serviría para lograr una entrada limpia, como decía Alfredo. Ningún vecino o paseante me vería allí dentro. Debía aproximarme con disimulo a ese espacio, tal como si fuese un repartidor de periódicos, y saltar una pequeña valla de madera que lo dividía de la vereda exterior. Estando dentro, restaba elegir una ventana y abrirla como había practicado en casa de Taclero. Era cuestión de segundos. ¿Sabe usted qué pensaba?... No podía fallarle a ninguno de los muchachos. Si había tomado el lugar de Alfredo, tenía que hacerlo bien. Debía mostrarme valeroso y no fallar.

Damián Pecat contó las hojas en blanco de su libreta. Le quedaban dos. Efraín lo notó y aseguró que estaban cerca del final.

—Salimos del Español —continuó— despidiéndonos de Julio Roizzino. Con una mezcla de excitación y entusiasmo, acordamos reunirnos por la tarde para compartir el resultado de la aventura. Julio se separó de nosotros y se fue melancólico hacia su casa. Entendimos el porqué. Atrás quedaba él, Juan Ambrosín, el mozo Álvar, el Español Colorado, ¡San Sálfiro! Íbamos por el homenaje que nos habíamos planteado hacía varios días, saliese como saliese. La ciudad estaba sumida en ignorancia, pero nosotros representábamos todas las voluntades.

»Nos desviamos y pasamos por la casa de mi amigo. Retiraríamos allí una pila de periódicos para que mi personaje de diariero fuese más verosímil. Sin otro preparativo, nos encaminamos hacia la plazoleta para cumplir nuestro designio. Llegando al área de acción, repasamos a grandes rasgos el plan. Alfredo señaló el sitio desde donde vigilaría y me indicó hacia dónde debía correr si acaso él avistaba algún peligro y hacía sonar el silbato. Sí, el silbato marinero que tenía... —dijo de lo más explicativo—. Tenía un silbato marinero y también dispuso de él para el acto. Estábamos armados y listos.

—Señor, ¿funcionó el plan? —dijo Pecat de lo más ansioso—. Queremos saber...

Efraín estalló en una risa casi festiva.

—¡Los detalles son necesarios para un escritor! ¿Usted no lo cree así? No se estará aburriendo de escucharme, ¿verdad?

Y con su regodeo contagió tanto a Damián como a la enfermera Olga. Ambos estaban intrigados, pero ella no lo dijo. Se había desentendido de las tazas que debía llevar a la cocina y ahora se hamacaba en la silla mecedora guardando expectación. Había tapado sus piernas con una frazada. La noche era cerrada y hacía frío, aun con las estufas al máximo.

Efraín prosiguió:

—Alfredo marcó un espacio de la plaza desde donde tendría buena referencia visual. Desde allí vería hacia todas las direcciones y, sobre todo, podría examinar la calle por donde había visto llegar a Galaviz en sus dos guardias. Observaría el panorama completo y cuidaría de mis espaldas, aseguró. Si el silbato comenzaba a sonar, era una señal inequívoca: debía salir del lugar echando humo.

»Agarré el bolso, palpé la adivinanza que guardaba en el bolsillo de mi camisa y me preparé para actuar. Alfredo fue hacia el puesto de observación y yo lentamente me situé a corta distancia de la casa de Galaviz, pero todavía en la vereda de enfrente, sobre la plaza. Cargaba el bolso y me parecía incómodo. Pero pensaba en la adivinanza y, por alguna razón, eso me ayudaba a calmarme. Presuponía, no obstante, lo bochornoso que sería que alguien me encontrase en situación sospechosa, vestido de trabajador diariero cuando no lo era, con un único diario que se correspondía con esa fecha de diciembre (los demás eran viejos). De a segundos experimentaba una oleada de nervios que quería paralizarme. Taclero me hacía señas a lo lejos, con necesario disimulo, mostrándome el silbato marinero e insinuando que estaba listo y velando por mi bienestar. Yo lo miraba y luego reparaba en la casa de Galaviz. Verificaba las esquinas y cada ventana que veía entreabierta en los otros domicilios, porque por Dios no quería ser visto y atrapado en el acto. Miraba también el terreno baldío que habíamos pautado para escapar en caso de que algo saliera mal. A cuarenta metros, en una calle lateral, un descampado en forma de *ele* cortaba en perpendicular la manzana y daba hacia una calle que apenas se distinguía desde donde ahora estaba. Cruzando esa tierra de pastos crecidos, podría alejarme en segundos y quedar a salvo del hipotético peligro.

»Esperé algunos segundos para confirmar la quietud del lugar. Crucé la calle como yendo hacia una de las esquinas, a unos veinte metros de la casa del policía, y me detuve porque estaba un poco alterado. Cada vez que volvía la cabeza veía que Alfredo me hacía señas, como arengándome, y entonces recordaba las veces que él se había ofrecido por la causa y yo lo había hecho callar. No podía acobardarme.

»Avancé por la vereda y la casa me pareció más grande que en la noche anterior. Trataba de moverme con soltura para no llamar la atención, pero no sé si lo conseguía. El paquetón de diarios que cargaba en el bolso se hacía pesado. Me hallé a pasos de la casa. ¡No había más!... La adrenalina fluyó por mi esqueleto y tensó mis músculos. Busqué con la mirada a Taclero y le hice un gesto para confirmar que estaba listo. Hacia la casa de Galaviz me dirigí. Extraje un diario del bolso y caminé hacia la verja de madera que daba hacia el patio; allí había una puertita de un metro de altura. Me aproximé con el periódico en la mano, como si cumpliera mi rutina laboral, y para mi suerte comprobé que la calma que se apreciaba desde lejos era auténtica. Esto me tranquilizó muchísimo, y el estómago dejó de hacerme presión. Con la gorra tapándome las cejas, miré hacia ambos lados para cerciorarme de la soledad y sin más preliminares entré por esa puerta, abriéndola con cuidado para no hacer ruidos, pero también con naturalidad para no parecer sospechoso. Posé la mirada en el fondo del patio y avancé... notándome asustado en la misma medida que eufórico. ¡Haría un favor a la ciudad y honraría al pescador hundiendo a ese sinvergüenza! Eso pensé, y una vez más toqué el bolsillo de mi camisa.

»Con paso de atleta sigiloso, fui hacia el fondo de ese espacio abierto y me serené. Ningún vecino podría verme allí, salvo que se aproximase a la valla de madera y escrutase el patio con indiscreción. El sitio era grande, pero estaba cercado en sus lados; la única salida era también la entrada. Miré con atención las ventanas y certifiqué que eran las mismas que conocía. Todo en el interior parecía calmo. Me acerqué a uno de los vidrios e intenté matar el reflejo del sol haciendo sombra con una de las manos. Pude distinguir entonces la quietud de una vivienda que estaba a mi disposición. «¡Lo voy a hacer!», pensé para reunir valor. Tanteé la ventana para echar suerte, recordando la práctica en casa de mi amigo, y constaté para mi sorpresa que ni siquiera se hallaba trabada con el pestillo de seguridad. ¡Me sobresalté! Me descubrí deslizándola hacia arriba con premura pero delicadeza. Vacilé un instante antes de abrirla por completo, pero me puse más nervioso al temer que alguien me viera hurgando y sin repartir un miserable periódico. ¡Debía entrar! La tensión que notaba en mis músculos me animó y salté dentro.

»Me hallé en el comedor de una casa a media luz y ahí sí que comencé a parecer un ladrón. Mis pies descansaban sobre las baldosas de un lugar desconocido y recordé aquello que Taclero había remarcado. No debía encender luces a menos que fuese imperativo; tampoco debía llevarme los muebles por delante. Pero mis ojos se acostumbraron a la tenue oscuridad en segundos; la claridad del exterior se colaba por las ventanas, a través de las cortinas, y era suficiente. Estaba dentro y la sensación era rara. Me parecía menos peligroso que estar en el patio, intentando reconocer el espacio a invadir. En consecuencia, me calmé e intenté oír cualquier movimiento en el interior del hogar. No percibí nada preocupante; solo el segundero de un reloj de madera que provocaba un eco profundo y parecía dispersarse hacia cada rincón. Dirigí mi atención hacia los diferentes ambientes y tampoco descubrí cosa alarmante. Reinaba dentro una quietud real. Aun así, experimentaba en mi interior el estremecimiento propio causado por la intromisión. Nunca había delinquido, pero el delito en ese momento agudizaba mis sentidos y mi alarma interna me mantenía estremecido pero listo para atacar o correr, lo cual era espantosamente agradable. Repasé mi tarea. Primero debía buscar la fotografía de Alina y cualquier pertenencia del capitán; segundo, robarle a Galaviz algún recuerdo que penara; tercero, dejar mi adivinanza y regocijarme como en una película de misterio. ¡Un criminal plantando su fullería!

»Por algún motivo, quizá por los nervios o la precipitación, olvidé el recorrido mental que había trazado para buscar la fotografía sin perder tiempo. «¿Dónde tenía que buscar?», me preguntaba congelado, sin hallar respuesta. Estaba en blanco. Me despojé de la gorra que en la oscuridad entorpecía la visión, la deposité sobre el bolso de diarios que descansaba en el suelo, al lado de la ventana, e hice gran esfuerzo de concentración para recordar aquello que había planeado. ¡Mi memoria volvió! Resolví dejar la ventana entreabierta para tener un oído afuera. Con paso cuidadoso pero ligero, me di a la tarea de rebuscar escondites y recovecos. Se me dio por husmear y comprobar si el tipo no tenía una caja fuerte en la que guardaba sus tesoros robados... Me detuve en seco. La idea de toparme con una caja fuerte me desmoralizó. ¡Qué horror! Cosa terrible hubiera sido. Pero no hallé ningún compartimento de seguridad, y ese fracaso me devolvió el entusiasmo y la esperanza. Seguí buscando. ¡Debía apurarme! Lo próximo que hice fue ponerme de rodillas e identificar zócalos sueltos, tanto de la cocina como del comedor, para registrarlos minuciosamente en busca de pruebas.

—Qué imaginación.

Efraín alzó las cejas, asintiendo.

—Hay gente que guarda dinero y objetos de valor en sitios así. Un zócalo podría resultar una puertita que condujera a un cofre secreto —se aventuró a decir—. Pero nada hallé detrás de los zócalos: solo algunos insectos y mugre. A continuación, examiné cada mueble que tenía a la vista. Barrí con atención todo lo que veía y nada me pareció especial. Comencé por ende a impacientarme y toqué instintivamente mi navaja, que anhelante esperaba en el bolsillo trasero del pantalón. Me propuse buscar en lugares todavía más comunes y por consiguiente menos esperables; tal vez el tipo no escondiera sus botines y hasta se jactase de su impunidad. ¡Canalla! Revisé algunas alacenas y un modular lleno de porquerías y tampoco encontré indicio de lo que buscaba. Me topé, eso sí, con varias publicaciones de casos policiales y con un portarretratos en donde aparecía Galaviz con dos muchachos y una mujer. Vacilé un momento y tomé la fotografía para estudiarla. ¿Quiénes eran? Parecían familiares... Pero la casa estaba vacía y en ninguna vigilancia habíamos visto entrar o salir a nadie. ¿Estaría divorciado?

»Me cuestioné por impulsivo, pero intenté apaciguarme y pensar con claridad. Estaba frenético y sin darme cuenta ya había agarrado la navaja. No estaba dando con nada de valor siquiera para robarle. «¿El portarretratos de su familia?». No, no podía ser tan burdo. Tenía que encontrar algo más interesante. «¿Qué demonios hago?», me dije. Ni señales de las pertenencias del capitán. Y ese portarretratos familiar parecía insignificante en comparación al daño hecho. Busqué con intranquilidad en los bolsillos de unas ropas que estaban en el comedor, sobre una silla, y solamente encontré dinero. Nada relevante. Seguía con la navaja en la mano y ya no iba a soltarla. De pronto me había entrado un enfado tremendo y quería acuchillar los almohadones del living, el tapiz de las sillas, las camas... «¡Las camas!», me dije. Fui hacia la habitación y allí me puse a hurgar. Intentando olvidar la presunta familia del tipo, tratando de imaginar en dónde podría estar lo que a mí me interesaba, al fin obtuve resultados...

—¡¿Las encontró?! —exclamó Damián con franco aturdimiento.

Olga acusó estupefacción y abrió los ojos.

—¡No puede ser! —dijo con tono emocional—. ¿El policía era ladrón?

—Estaba dándome por vencido y ya había tomado una determinación. Si no tenía éxito en los próximos segundos, pues me iría en posesión del portarretratos mugriento y le acuchillaría los sillones y sillas con mi navaja, para luego rellenar cada herida de tela con aceite, vinagre y azúcar. Una idea bien cochina que Roizzino había barajado en su momento. Algo de vandalismo.

—¡No me lo creo! ¿Encontró las pertenencias del capitán? —insistió Damián.

—Busqué en los cajones de unas mesitas de luz que estaban a los laterales de una cama grande y no hallé nada; solo algunos papeles, llaves, unos colgantes de bisutería, otro poco de dinero suelto, y un par de estuches de cuero en donde busqué vanamente fotografías. Luego me enfoqué en un tocador que estaba en el centro de la habitación. Abrí un cajón y encontré medias y ropa interior; abrí otro y encontré remeras y demás prendas comunes; abrí un tercero y encontré carpetas, cuadernos y papeles. Nada importante. Pero había montones de papeles... Era raro el desorden de ese último cajón; no estaba en armonía con el resto de la casa ni tampoco con los demás cajones. Tal cosa atrajo mi curiosidad, así que dejé la navaja sobre la cómoda y comencé a revisar las carpetas y cuadernos. Escarbé entre el desorden de objetos que tenía enfrente para hallar algo de interés. Saqué una de las carpetas para hacer un poco de lugar y, cuando la levanté, por debajo aparecieron varias fotografías sueltas. ¡Me estremecí! Serían siete u ocho fotografías. De inmediato me aproximé a la ventana de la habitación para examinarlas a la luz, para buscar un rostro conocido, una bella mujer abrazada al capitán. Pero no encontré nada. En las imágenes aparecían las mismas personas que había visto en el portarretratos. Volví entonces sobre la cómoda y agarré de nuevo mi navaja. Estaba enojado, pero pensaba ahora en esa familia. Moví unos papeles más y, desde el fondo del cajón, saltó ante mí un puñado de manuscritos enlazados con una cinta roja. Eso me extrañó. Agarré el paquetito y por debajo, sin apenas sospecharlo, como escapando de la asfixia, emergió un papel doblado que al levantarlo me conmovió con la figura de Manuel Lazhuri... «¡El capitán!», murmuré, y la piel se me crispó. Su cara estaba frente a mí y pensé que estaba viendo mal, que los ojos estaban jugándome una mala pasada. Dejé la navaja otra vez sobre la cómoda y fui hacia la luz de la ventana. Tomé el papel satinado con ambas manos y lo puse a centímetros de mi cara para comprobar si la vista no estaba fallándome. Pero no: ¡era la fotografía y estaba en mi poder! Alina sonreía, tan bella como podía imaginarla, y posaba al lado de un Lazhuri de cara hosca y rígida.

—Es increíble... —murmuró Damián azorado y miró a Olga, que estaba pálida. Ella no podía creer que el policía fuese ladrón.

—La adrenalina se adueñó de mí, joven Pecat, y con ambas manos apreté la imagen con fuerza y la llevé a mi pecho. «¿Es esta la bendita foto?», me preguntaba escéptico. Reparé en la tez del papel descuidado (ajado en el centro por el pliegue) y tuve que apretar mi mandíbula para no aullar como un desaforado por el éxito. ¡Era cuanto esperaba! —Efraín miró a los dos oyentes y se incorporó para hacer la confesión—. Les juro ahora, por mi sangre enferma, que en ese instante experimenté felicidad al saber que estaba haciendo algo positivo. Alina sonreía libre y el capitán la acompañaba. ¡Quería contárselo a los muchachos! ¡No podía creerlo!

»Galaviz era nuestro ladrón y yo estaba quitándole algo que no le pertenecía. Me sentía genial. Miré mi navaja y ya no me importó guardarla en el bolsillo. «¡La adivinanza!», pensé emocionado. Luego miré el cajón y ese manojo de manuscritos que habían estado besando la fotografía y quise saber... Me agarró mucha intriga y desaté la cinta que los apresaba. Varios manuscritos huérfanos saltaron ante mis ojos. Al instante entendí... ¡Me dio asco! Eran poemas de amor, de bajísima calidad, escritos por el cerdo de los bigotes gruesos. Me pareció insólito y repulsivo que estuvieran junto a la fotografía de Alina. Repasé ligeramente esas vulgares loas que hablaban de amor, de dolor y muerte, y la verdad es que ¡me dio asco y bronca! Deduje lo que debía hacer. ¡Al diablo la navaja, el aceite, el vinagre y el azúcar! «Este cabrón se queda sin poemas», me dije.

—¡No!

—Antes de marcharme, no obstante, se me dio por hurgar en el fondo del cajón para ver si encontraba algún otro elemento que pudiera identificar del capitán. No hallé nada. Era la hora de partir. Acomodé el ligero desorden (metí la carpeta y los demás objetos que había sacado) y en lugar de la fotografía y los poemas dejé plantada mi adivinanza. Si el tipo apreciaba esos manuscritos tal como yo imaginaba, moriría de rabia al notar que le faltaban al igual que la fotografía de Alina. ¡Era justicia! Cumpliría la presunta voluntad del capitán y marcaría a Galaviz por el pecado; lo condenaría por su propio mal y la adivinanza le enfermaría el alma. Esta vez lloraría él.

»Tomé el manojo de papeles, los enlacé de nuevo junto con la fotografía y me dispuse a salir de la casa guardando los elementos en el interior de mis prendas íntimas, no en el bolso con los periódicos. No quería cargar con la prueba del delito, pues me invadió de repente una sensación ominosa. ¿Y si me atrapaban justo en ese momento? ¡Qué horrible! Ya tenía la fotografía y no quería perderla. Ya habían pasado varios minutos y el riesgo era inadmisible. ¡Tenía que huir! Las cosas podían complicarse y... ¡eso mismo pasó!

Los oyentes abrieron los ojos.

—¡Qué diablos! —soltó Pecat sin entender.

—Cuando estaba a punto de huir, joven Pecat, cuando ya me había puesto la gorra marinera y tenía el bolso colgado de mi hombro, ocurrió algo que me dejó frito... Divisé un elemento contundente que estaba tirado en el suelo y previamente había ignorado. Agucé mi mirada y descubrí que el cuerpo extraño era un hueso agrietado. Un hueso... En el piso había un enorme hueso masticado por un perro que era evidentemente enorme.

—¿Un perro, señor Efraín?

—¡Me estremecí! Quedé inmóvil y llevé la mirada hacia cada rincón del lugar. Me puse a buscar desesperadamente un perro dormido que no hubiese visto antes. «¡Tonto!», me reproché. Juzgué que el temor era ilógico; ya había estado demasiado tiempo hurgando y haciendo ruidos. No había ningún perro en la casa. Resolví, pues, ir al encuentro de Taclero. ¡Qué emoción tenía! Pensaba en el simple cajón y en el momento en que había visto la fotografía robada. Me sentía orgulloso y valiente. ¡Qué dirían los muchachos!

»Cuando puse la pierna en el marco de la ventana, un ruido despertó mis temores más profundos y aflojó mis rodillas. Un silbato agudo empezó a sonar desde la calle, y sonaba y sonaba. «¡Taclero!», reaccioné sobresaltado.

—¡¿Qué pasó?! —exclamó Olga.

—Salté hacia fuera con tanta imprudencia que con la espalda golpeé el marco de la ventana y la misma se cerró aplastándome el pie. De casualidad no rompí el vidrio. Sentí un intenso dolor en el tobillo y el bolso con los periódicos me dificultó la recuperación. Advertí que Alfredo Taclero estaba esperándome en la valla de madera con el silbato en la mano. Estaba agitado y su rostro proyectaba consternación. Debíamos escapar porque el coche de Galaviz se aproximaba; lo había visto a dos cuadras gracias a sus binoculares. Echamos a correr en dirección al terreno baldío con la esperanza de saltar los pastos largos y aparecer en otra manzana. «¡Vamos, vamos!», gritaba Alfredo, al tiempo que me preguntaba si estaba sordo o qué. Y yo le decía que no lo estaba; había salido del lugar como un rayo al repico del silbato. Pero él no entendía.

»Cruzamos el descampado y salimos a una calle que jamás había visto. El tobillo me ardía de dolor y corría con dificultad por el peso del bolso. Quise detenerme, pero Alfredo me trató de insensato y me instó a continuar. Estaba muy convulsionado. Al trote, pues, nos dirigimos hacia la esquina más próxima y doblamos por ella. Miré hacia atrás y no vi nada. Ahora sí me detuve. Casi llegando a mitad de cuadra, miré nuevamente hacia atrás y con pavor advertí que el auto de Galaviz se acercaba a gran velocidad. «¡Estamos perdidos!», gruñó Alfredo al percatarse de que el policía nos había visto.

—¡No puede ser! —dijo Olga abombada e incrédula—. ¡Usted nos está engañando, Efraín! ¡Díganos la verdad! ¿El policía los atrapó?

—Atinamos a correr de nuevo por desesperación, pero notamos que el vehículo de Galaviz estaba a muy corta distancia y tuvimos que detenernos. Pensé con horror que caería preso... ¡Mi padre me mataría incluso antes del juicio! ¡Habíamos sido pescados!

—¡Dios mío!

—Tuve un pensamiento frío y, antes de levantar las manos para darme por rendido, acomodé el manojo de manuscritos robados para que no se notaran. Los tenía en mi ropa interior. El coche frenó cerca de nosotros y se abrió una puerta. De repente saltó un perro furioso que se nos abalanzó y comenzó a ladrarnos. ¡Me paralicé del terror! No me mordió, pero el miedo me hizo caer hacia atrás y soltar el bolso de periódicos. Me quedé quieto en el suelo; mi mente no arrojaba otra indicación. Mis manos seguían en alto, mientras el perro ladraba enloquecido. Galaviz descendió del vehículo con el arma desenfundada y, en ese instante, creí que moriría de un infarto. Mi corazón empezó a saltar como un sapo y levanté las manos incluso más rectamente, como si eso fuera posible. Alfredo había copiado mi gesto. ¡Estábamos acorralados!

—Qué desgracia... —masculló Damián boquiabierto.

—El policía se acercó y nos trató como a delincuentes. Nos apuntó con su arma y dijo que ya no podíamos huir. Sus ojos reflejaban el deseo de violencia. Estábamos rendidos, pero él nos seguía gritando. Insólito abuso. Taclero bajó la mirada y yo hice lo mismo. Era nuestro fin y lo sabíamos.

—Dios mío. Los atraparon...

—He aquí la historia que usted vino a buscar, joven Pecat. —Efraín sonrió—. En ese instante, prácticamente de la nada, apareció Julio Roizzino en su motocicleta y, montándose en la vereda en donde estábamos siendo hostigados por el perro y por Galaviz, ¡hizo una verdadera locura! Tocando bocina y a gran velocidad, se dirigió derecho hacia nosotros, no sé si con la intención de atropellar al perro o al policía o tal vez para crear una mera distracción y ayudarnos a escapar. No lo sé; pero nada bueno ocurrió. Cuando Julio pasó cerca de Galaviz, este reaccionó de forma áspera y tiró una recia patada a la motocicleta luego de valerse de un hábil movimiento de torero. Nuestro amigo perdió el equilibrio y chocó violentamente contra un árbol. Quedó despatarrado en la calle, al lado de su moto todavía encendida. El deportista... ¡estaba accidentado!

Efraín hizo un silencio y miró insinuante a Damián Pecat y luego a Olga. La mujer le devolvió la mirada con evidente desconcierto y reparó en la cara del joven periodista, que tenía los ojos iluminados.

—Entonces... —murmuró este conmovido—. ¿Me está diciendo que ese fue el accidente de Roizzino? ¡¿Y qué más pasó?! ¿Estuvieron en la cárcel? —El corazón le había dado un vuelco.

—Nuestro amigo estaba tirado en el suelo y nosotros estábamos paralizados, estremecidos. El perro de Galaviz había desaparecido. Yo estaba aturdido; supuse que Julio había muerto; permanecía inmóvil. Claramente ninguno podría escapar...

Sentí gran desazón. También sentí pánico cuando Galaviz se nos acercó y comenzó a palparnos en busca de armas u objetos robados. El muy canalla se quedó con mi navaja, y era mi navaja preferida. Pero por suerte no encontró aquello que me había llevado de su casa. Estábamos con Alfredo temblando y no atinábamos siquiera a excusarnos cuando el tipo preguntaba por qué habíamos echado a correr. Solo nos preocupaba nuestro amigo. El pobre yacía en el suelo, estático, como si estuviese muerto, y Galaviz no se acercaba ni siquiera para tomarle el pulso.

»Luego de unos segundos, Julio recobró la conciencia y empezó a gemir de dolor mientras se tomaba la pierna. Nos miramos con Taclero y suspiramos de alivio. En este punto, lo único que valía era que Julio estuviese con vida. Estaba tirado a unos diez metros de nosotros. Galaviz fue por él.

—¿Cayeron presos? —dijo Olga con los ojos tan avispados como los de Damián.

—Nadie cayó preso —contestó Efraín—. No solo porque Galaviz no encontró prueba alguna para incriminarnos, sino porque en un soplo descubrió quién era el tipo que se había accidentado en la moto y resolvió auxiliarlo, hacerse el tonto por lo que había causado. ¿Entienden lo que les digo? Galaviz supo quién era el sujeto de la motocicleta y cambió repentinamente su actitud. Nos exigió que lo ayudásemos. «¡Levántense, levántense rápido!», dijo con apremio. Quería socorrer a Julio Roizzino.

—No entiendo. ¿Y ustedes...?

—¡Imagínese! Estábamos en extremo asustados. Se amontonaron algunas personas en la vereda para ver qué sucedía, y Galaviz se dirigió a todos alzando las manos y diciéndoles que se quedaran tranquilos. «¡Ha sido un accidente, pero se recuperará! El deportista se recuperará». No están ustedes oyendo mal. Gesticulaba pidiendo calma, y luego preguntó quién tenía teléfono para llamar al hospital. Tres vecinos levantaron la mano en simultáneo.

»Al poco rato apareció la ambulancia y las autoridades y nosotros quedamos libres de culpa simulando ser testigos del accidente de Julio Roizzino. ¡Qué me dice! Bajo coacción, fingimos haber presenciado un simple accidente de motocicleta. Galaviz nos ordenó declarar eso. Antes de dejarnos ir, dijo que él se iba a encargar de todo y que iba a escoltar a Julio Roizzino hasta el hospital. Insinuó que de ese modo nos estábamos salvando de una brava, pues podría acusarnos de vagos, ladrones o de lo que se le ocurriese, ya que podría utilizar de testigo a cualquier vecino. Aseguró que, si hablábamos con alguien y revelábamos lo sucedido, si llegábamos a vincularlo con el accidente, alguna porquería iría a inventarnos y nos haría pasar un mal rato. ¡El muy podrido!

—Dios, ¡qué situación!

—Tuvimos que hacerle caso, desde luego; estábamos aterrados. Tampoco hubiésemos podido explicar el acontecimiento en su totalidad, ni siquiera poniendo énfasis en la reacción desmedida que había provocado el accidente. Aceptamos la mentira los tres. Julio tendría que exponer eso mismo cuando fuera interrogado.

—¡Por la virgen! —dijo Olga y se tomó la cabeza—. Pobre Julio Roizzino, ¡pobre hombre!

—Galaviz quiso ir al hospital, supongo, para asegurarse de que Julio no abriera la boca y lo ensuciara. Así fue como la fama de nuestro amigo terminó salvándonos de algo tremendo. —Efraín esbozó una sonrisa—. ¡De dónde había aparecido! Sin duda había sido nuestra salvación...

Entre fascinado y perplejo, Damián dejó de apretar su libreta y por fin relajó el cuerpo. Estaba tieso; se había inclinado sobre la cama para escuchar mejor a Efraín. Volvió sobre el respaldo de la silla, reflexionando:

—¿Y el policía Galaviz? ¿Cómo apareció de improviso?

—Nunca lo supimos, joven Pecat. Pero en ese barrio no se permitían revoltosos, dijo al quitarme la navaja. Tal vez algún vecino lo alertó o, por pura casualidad, él llegó a la casa y nos pescó en su vereda. Creo yo que nos vio en su vereda. Nunca lo supimos. Al repasar los acontecimientos, con Alfredo presumimos que el tipo se había largado a perseguirnos como un demente porque en un reflejo nosotros habíamos echado a correr. ¡Y nada más sospechoso que eso, ¿verdad?! Cuando nos atrapó formulaba con insistencia dos preguntas: ¿Por qué habíamos huido como ladrones?, y ¿qué hacíamos con esos periódicos viejos? Creyó que estábamos estafando a la gente del barrio. Con Alfredo intentamos defendernos y señalar que nada malo hacíamos. Cuando llegó la ambulancia para trasladar a Julio, Galaviz ordenó que nos fuéramos y dijo que nos vigilaría de cerca. No debíamos olvidarlo.

—¡Qué policía despreciable! —se quejó Olga.

—Julio pudo haberse matado —dijo Efraín reflexivo—. Supongo que Galaviz se percató de la locura que hizo y por eso nos amenazó. Qué escándalo hubiese sido.

—Ciertamente —dijo Damián.

—Ahora bien, si ustedes se preguntan por qué nada de esto trascendió, pues la respuesta descansa en estas consideraciones últimas. Tan grande fue el temor que sentimos que convenimos con los muchachos no revelar una palabra a nadie. Y de ese tonto silencio nacieron las mil habladurías... La gente necesitaba una excusa, una buena justificación, y trataron de inventarla. Las payasadas que se dijeron con los años, obviamente, fueron más terribles que las verdades enmudecidas. ¿Haciendo acrobacias con su motocicleta?... Yo siempre cuestioné la decisión de guardar silencio. Puedo jurarlo sin faltar a la verdad.

—Qué penoso debió de ser para él.

—Una mentira de por vida —dijo Efraín—. Pensar en esto a la distancia es fácil; lo hablamos con Alfredo infinitas veces. Pero entonces nuestra única opción era callar. Teníamos miedo por nosotros y por nuestras familias. Y el más perjudicado terminó siendo aquel que menos involucrado estaba. ¡Qué ridículo, ¿no cree?! ¿Por qué apareció Julio con su motocicleta? Confesó luego que no quedaría al margen de la aventura, pues nunca se lo hubiera perdonado. Y ¿de qué podíamos culparlo? Era una aventura de grupo. Pero qué extraña historia, ¿verdad? Apuesto a que usted no imaginaba algo así.

—¡Quién podría, señor Efraín!

—El retiro de Julio Roizzino se sucedió al cabo de esto, aunque por otras causas.

Damián ladeó la cabeza. Olga, que estaba distraída mirando el reloj, volvió a reparar en Efraín.

—¿La historia sigue?

—No, pero el retiro de Julio se dio por circunstancias no relacionadas con el accidente. Es una razón públicamente conocida, pero distorsionada de forma grosera.

Ni Damián ni Olga preguntaron.

—Al otro día del accidente —explicó Efraín—, cuando las cosas se calmaron, con Alfredo Taclero y Juan Ambrosín (azorado por lo ocurrido) fuimos al hospital para visitar a Julio. Llevamos la fotografía de Alina y los poemas de Galaviz para compartir con él semejante triunfo. El logro también era suyo. ¡Agradecimos la locura que había hecho y coincidimos en que su fama nos había salvado! Él estaba de buen ánimo, al margen de que una enfermera había ya confirmado que pasaría la navidad internado. Nos pidió absoluta reserva; también había sido amenazado por Galaviz y no quería poner a sus padres en riesgo. Le prometimos silencio, naturalmente. Ese fue el origen del juramento. Presumimos que era sensato obrar con cautela y discreción. Nos habíamos salvado por un pelo e ignorábamos cuán audaz era el policía. Tal vez llevase a cabo alguna de las varias amenazas.

»Luego revelé con lujo de detalle cómo había inspeccionado la casa de Galaviz y cuánto había disfrutado al dejar el papelito con la adivinanza. Por suerte no había hecho locuras con la navaja; eso me hubiera delatado. Entre todos examinamos indiscretamente cada poema de Galaviz, y por momentos reímos y por momentos callamos. Contemplamos la imagen de Alina y el capitán y nos compadecimos por la suerte del viejo pescador. Tal vez pudiese seguir vivo... Luego tuvimos que abandonar la habitación de Julio, pues otras personas esperaban entrar. Nos fuimos del hospital asegurándole que esperaríamos a que se recuperase para disponer de los elementos y darles un destino.

»Por esos días Julio Roizzino empezó a maquinar algo que evidentemente sería para su vida significativo. ¡Atento a esto, joven Pecat! Me consta que Julio pasó navidad internado y la fiesta de fin de año en casa de sus padres, en una celebración moderada. Estuvo presente su novia María, que había viajado por esas fechas desde Río Muyet. Ese mismísimo día Julio determinó que su vida tomaría nuevo rumbo. Dijo haber experimentado en el hospital una suerte de revelación al no poder olvidar ni la fotografía de Alina ni tampoco los poemas de Galaviz. Fue para él un soplo bendito, un llamado de alerta. No seguiría estando lejos de María; debía mudarse a Río Muyet cuanto antes. Y eso vino a significar una cosa: ya no jugaría profesionalmente al básquetbol, al menos no en Orencia. No justificaba seguir lejos de su novia por causa de un deporte con el que no conseguiría más gloria que la conseguida. ¿Comprenden ahora por qué se retiró? Pues yo no... En verdad nunca lo hice. Obviamente, jamás me permití cuestionar esa decisión porque solo a él le correspondía. Tampoco lo hizo Alfredo. Fue como si a Julio una ráfaga de amor lo hubiese abordado de pronto y las necesidades se le hubiesen hecho inaplazables. Y eso que parecía una loca ocurrencia, que creímos que se le iba a pasar, se sustentó con el paso de los meses y uno de esos días ya no quiso volver a hablar de básquetbol. Dijo sentirse un jugador retirado y rechazó incluso ofertas de clubes menores de Río Muyet. No quiso volver a jugar, a pesar de que estaba por completo recuperado de la pierna.

—Vaya. Qué decisión extraña...

—Nunca lamentó su retiro; se lo puedo asegurar. Jamás lo oí quejarse; ni siquiera luego de muchísimos años. Se aferró a una vida anónima y fue feliz con su mujer y con sus hijos. ¿Qué podríamos ahora decir?

—Creo que es una historia maravillosa —observó encantada la enfermera Olga—. Nada pudo ser más bonito y romántico.

—El amor excusa cualquier padecimiento —dijo Efraín. Y luego, con aplomo de secreto abierto, sentenció—: Mi parte ya fue ejecutada, joven Pecat. Ahora que conoce la verdad, mueve usted.

EPÍLOGO

El último instante de un juramento llamado a romperse hacía cincuenta años había sido registrado. Así lo dijo Efraín Atinelo. Mencionó a continuación el destino del objeto recuperado y de los robados y contestó varias preguntas que Damián improvisó.

El joven se despidió al cabo, sobre la medianoche, deseando buena suerte para su entrevistado (esto le sonó estúpido). Prometió que a ambos les haría llegar un ejemplar del libro cuando se publicara. Miró a Olga al decirlo.

Salió de la casa y en un instante supo que también se despedía de San Sálfiro.

Le pareció curiosa la conducta de Alfredo Taclero y trató de imaginarlo en ese tiempo, luego del incidente. Un ermitaño.

Los muchachos jamás volverían a ver al policía, pero tanto Efraín como Alfredo por muchos años recordarían el episodio de la captura con miedo o franca pavura. Temían hallar a Galaviz en alguna esquina desierta, en alguna calle en donde podrían ser ajusticiados por la maldita adivinanza. ¿El tipo habría supuesto que ellos —esos muchachos que alguna vez había atrapado— eran los responsables de haberle hecho desaparecer los poemas y la fotografía de Alina? La probabilidad era muy alta.

Alfredo Taclero había adoptado una actitud práctica por precaución. Como no iba a abandonar la noche y los lugares de mala vida, para que Galaviz no lo reconociera se había dejado crecer el pelo y la barba hasta el punto de parecer un ermitaño. Efraín decía que era gracioso verlo con ese aspecto estrafalario. Ni era antisocial ni tampoco penitente; más bien parecía mendigo.

Jamás Taclero se cruzó con Galaviz, pero se acostumbró a andar con esa apariencia descuidada y así lució hasta su muerte.

La fotografía recuperada, los poemas robados, la adivinanza... Todo para Damián parecía hecho a medida de un relato ficticio. La adivinanza ostentando la frase que el capitán había acuñado en su día, luego de ejecutar una cruel venganza, era en verdad ocurrente. Se regocijaba al imaginar este gran giro.

«Nunca hay luna nueva» había rezado el bote de Lazhuri luego de un desquite que, aunque incomprobable, por poco se juraba auténtico. La misma frase había empleado Efraín junto con una enigmática pero sencilla pregunta. «¿Sabe usted por qué... nunca hay luna nueva?». Quien respondiera esta pregunta iría a descubrir que Manuel Lazhuri estaba hablando.

El cretino llamado Galaviz algún día encontraría ese papelito en ese tercer cajón, en lugar de la fotografía y los manuscritos, y querría morir de odio y vergüenza al saber que alguien por fin había hecho justicia.

Acaso con esperanza inquebrantable y necesaria valentía, aquel muchachito de dieciséis años había intentado parafrasear al capitán y, por qué no, cobrarse revancha por el juego de ajedrez en el que había sido humillado.

De camino hacia el hotel Sales Santas, todavía cerca del puerto y el mar, repasó los detalles resultantes de la historia de la fotografía y también sopesó el destino de los poemas pertenecientes al policía.

Los días posteriores al accidente de Julio Roizzino, los muchachos decidieron actuar y disponer del objeto recuperado y también de los robados. La suerte de la fotografía, el elemento por el que Lazhuri había perdido la cabeza, merecía un final acorde y eminente. Los amigos, luego de examinar diversas posibilidades, tomaron una determinación acertada pero drástica. Resolvieron llevar la reliquia adonde pertenecía: a la tumba de la mujer rubia. Tal vez la mitad iluminada por ella alcanzase para reparar la mitad turbia ocupada por el pescador, para que al fin su descenso a las profundidades lo devolviese a la vida sin culpas. Si el capitán había decidido castigarse con la muerte, cegado por el dolor y torturado por un hombre deshonesto, los muchachos con este gesto intentarían absolverlo de la condena, para que protagonizase otra aventura heroica y rescatase en un abrazo virtuoso a la rubia que volvería a suspirar por él.

El comportamiento de Manuel Lazhuri antes de su muerte (aquello de vaciar el barco y tejer redes que ya ni vendía) finalmente adquiría sentido representativo. Cuando por aquellos días los muchachos fueron al cementerio para depositar la fotografía que daría corazón a la tumba de Alina, entendieron lo que había sucedido meses atrás. Llegando al espacio en cuestión, guiados por el sereno del camposanto, advirtieron un rastro de amor y dolor que el propio hombre-guía se encargó de explicar. Allí descansaban las redes que Lazhuri había tejido por aquellos días. El sereno afirmó que tales pertenencias eran del capitán y que él mismo las había traído.

Quizá las redes tuviesen retazos de aquella red sobreviviente al episodio del tiburón que tanto gustaba al niño. Tal vez los tejidos buscasen un mar en el más allá, en donde cierto horizonte se volviera inalcanzable y no quedara confinado a un descanso de tierras frías y negras. ¡Quién sabe qué clase de aberraciones acosarían al pescador!... Quién sabe si aquellas noches en La Orilla no intentaba recrear la imagen del abrazo en una servilleta de tela. A lo mejor dibujaba un rostro, rasguñaba un testamento o firmaba sus últimas palabras antes de arrojarse al mar para que lo tragase una ola enorme, cuando no un tiburón. El loco y vengativo hombre de los mares se reconocía derrotado.

Los muchachos depositaron sobre la tumba de Alina, a los pies de la lápida, al lado de las redes, una cajita de chapa con la fotografía del abrazo imperecedero. Tal vez el rostro del capitán, incluso envejecido y muerto, lograra ennoblecer el terreno en compañía de su amor y de aquel chiquillo. Al fin les correspondía a ambos declararse libres y sin prisiones. La vida recomenzaría; tal vez fuese distinta.

Los amigos, cual sentencia de cierre o plegaria para muertos, se alejaron del cementerio pidiendo por el descanso de los cuerpos y rezando por las memorias malheridas. Dieron por finalizada la aventura con este simbólico gesto y le encargaron al cuidador del cementerio que protegiese esa pequeña cajita de chapa sin valor. Luego se fueron tranquilos. Más tarde, ese mismo día, arrojaron al fuego los poemas lastimeros y enfermizos de Galaviz. No merecían otro destino.

Las vacilaciones con que muchos periodistas y fanáticos imaginaron a Julio Roizzino podrían haberse materializado, pero nunca sucedió tal cosa. Jamás ninguno de sus allegados lo vio apesadumbrado, depurando una decisión impulsiva, cuestionando en un despertar las acciones tomadas, sopesando las virtuales pérdidas. Ni un laurel valdría para cuestionar lo que su corazón demandaba hacer por la búsqueda del honor legítimo.

El propio Damián Pecat se paralizaba frente a la actitud. ¿De qué valía la lírica si su espíritu no podía alojar aquello que plasmaba en sus inquietos parpadeos? Anabel estaba detrás no para ser sombra agobiante, sino crepúsculo que curase asfixias. ¿Actuaba él en consecuencia? ¿Oía los llamados de quien llegaba a su puerta para adormecerse al cabo como musa afónica?

Culpas no le faltaban.

Tuvo que esperar a la mañana del día siguiente para abandonar San Sálfiro. En cuestión de horas atestadas de impaciencia, vio salir la luz del sol, dejó el hotel Sales Santas y se dirigió a la estación de colectivos. Estaba eufórico no solo por su trabajo. La noche anterior el cuento obstinado había sido desenredado. Probablemente la idea necesitaba aire.

Abandonó el lugar de los hechos a primera hora del jueves.

Tituló su crónica *Nunca hay luna nueva* y, en las notas finales, hizo un apartado especial para agradecer a Álvar Velarque y para honrar la memoria del recientemente fallecido Efraín Atinelo, el auténtico narrador de la verdad. La crónica del mítico exjugador se publicó como un libro aparte. El borrador presentado por Damián resultó tan llamativo que las autoridades del periódico decidieron darle tratamiento exclusivo.

Efraín no llegaría a ver su secreto publicado; veintitrés días después de la entrevista falleció. La enfermera Olga se encargó de llamar a *Las Voces* para avisarle a Damián Pecat. El joven volvió a San Sálfiro con objeto de acudir al entierro. Allí se encontró con la enfermera y conversaron del libro (faltaban meses para la publicación) y de los últimos días de Efraín. Olga aseguró que Efraín se había quitado un peso de las espaldas y dijo que había cerrado los ojos con calma. Damián lamentó el suceso y señaló que el trabajo lo hubiese alegrado.

Conoció a la hermana de Efraín. Intercambiaron algunas palabras relacionadas con los días de la entrevista, y Damián prometió que también a ella le mandaría un libro. La mujer agradeció el gesto y se sintió complacida por saber que su hermano, finalmente, había dicho lo que quería decir.

Luego de despedir los restos mortales de su mejor entrevistado, Damián habló con un guarda del lugar y se vio tentado de preguntar por el destino de las tumbas o nichos del pasado lejano. Tenía que intentarlo... El hombre le dijo que los espacios comunes, aquellos que no eran preservados por un alquiler, se liberaban luego de varios años para dejar espacio a los que llegaban. Así lo dijo. Aunque sonase paradójico, el cementerio se iba renovando.

Damián pensó en Alina y en el niño, ambos deshechos por algún fuego puntual y esparcidos junto con otras cenizas anónimas e intrascendentes. Se apenó. Colmado de un sentimiento ambiguo, trató de figurarse aquellas tumbas enaltecidas por las redes de pesca y por la fotografía resguardada en el interior de una simple cajita de chapa.

Se santiguó y, antes de marcharse, sonrió al imaginar cuánto hubiese brillado aquella fotografía en el libro de la ciudad.

ÍNDICE

Año 1977. Argentina. Escritor independiente.
Vivió en diferentes provincias, pero fue en Chubut, Patagonia argentina, en donde dejó de quemar manuscritos para hacerlos dormir en una carpeta.
En una provincia norteña acentuó sus intereses literarios y musicales. Novelas, cuentos y canciones desde entonces.
Literatura del siglo XIX, mediados del XX. Tan tradicional —y terco— que todavía lamenta la decisión que alcanzó al adverbio solo y a los pronombres demostrativos.
Amante del cine y de los anticlímax.

Información de contacto en www.marcelocimadamore.ar

Si el libro te gustó, por favor tómate un momento para comentarlo en redes o reseñarlo en la plataforma en donde lo adquiriste. Ayuda mucho a la difusión. ¡Hasta la próxima!